献给爱情、椰子、指环，

以及355个纷繁风光，花瓣上飞扬的舞蹈……

Kong  Chuang

空窗

章元著

四川出版集团　四川文艺出版社

K o n g C h u a n g

图书在版编目(CIP)数据

空窗/章元 著. 一成都：四川文艺出版社，2007.1
ISBN 978-7-5411-2475-4

Ⅰ.空... Ⅱ.章... Ⅲ.长篇小说—中国—当代
Ⅳ.I247.5

中国版本图书馆CIP数据核字(2006) 第140774号

空窗 KONG CHUANG

责任编辑　胡　焰
封面摄影　齐　琦
整体设计　邹小工　孙文茜
责任印制　唐　茵
责任校对　程　于等
出版发行　四川出版集团 四川文艺出版社 (成都槐树街2号)
电　　话　(028)86259285[发行部]　(028)86259303[编辑部]
邮政编码　610031
网　　址　www.scwys.com
防盗版举报电话　(028) 86697071 86697083
印　　刷　成都蜀通印务有限责任公司
成品尺寸　141mm×210mm
印　　张　10
字　　数　207千
版　　次　2007年1月第1版
印　　次　2007年1月第1次印刷
书　　号　ISBN 978-7-5411-2475-4
定　　价　20.00元

目　录 CONTENTS

目录 CONTENTS

目录 CONTENTS

1

无法跨越的华尔兹

庄美娴把刀子刺进他的胃部。那是一柄德国产的“双立人”，刀刃长25公分，曾经成功地分割过一只 65 磅重的幼年海豹，一个丹麦船员送给她的。

第一刀，他没有任何反应，庄美娴迅速把刀子抽出再次狠狠地刺入。他穿着一身浅驼色的休闲装，质地很好，一看就知道是Versace的高级货。可他既没有流血呻吟，也没有挣扎反抗，只是看着她，目光中流露出庄美娴最讨厌的那种“无辜”。

时间被冷冻，庄美娴可以看见半个刀柄没入他的肚皮，他弯着腰，而她那只包裹着淡粉色职业装的手臂还黏在刀柄上面，一个彻头彻尾的杀人犯造型！此时，庄美娴的灵魂嗖地一下游离到身体之外，仿佛一个观众，静静地看着这一幕——他的衣服、他的脸、他带着刀的肚皮、她那只穿着淡粉色职业装的手臂，无声的场景，不真实的快感袭来……然后，世界突然切换成黑白片，没有她想象中的那一抹令人兴奋的嫣红，快感消失得无影无踪。她绝望地醒了，坐起身来，床头上的小闹钟显示现在是凌晨4点一刻。

Colin还在睡，她管自己的所有情人都叫“Colin”，他嘟囔了一声翻了个身继续睡。以前发生这种情况的时候，Colin都会咻地一下醒来，抱住她，轻轻呼唤着：“宝贝儿，宝贝儿，醒醒，我在这，别怕，别怕。”但是现在不会了，他没有耐心再去听她讲述那些改编过的梦魇、那些心碎的往事，她的眼泪不再成为他可口的甜点。

他们相识的时候，Colin在八个时区以外的伦敦，她在东八区的China，他一边在MSN上看着她的文字，一边咀嚼高热量高脂肪高胆固醇的cheese汉堡。庄美娴的故事附着在网络数据线上涌进他的视线，他似乎品尝到了屏幕后面那令人痴迷的痛苦——她有一个相爱很深的男人，就在他们选购结婚礼服的那天，一辆古老而健壮的白色微型面包车轻而易举地结果了那个男人的性命。她亲眼看着男人的鲜血在她眼前绽放，她经历了（或者还是现在进行时）这个巨大的打击，思想在肉体上空飞翔。他决定拯救她。

应该说这是一个“天作之合”，Colin正好受到他在国内曾经就读的山荔学院的邀请回国设计礼堂，于是他便有机会从网络后面跳到庄美娴面前，这在很长一段时间内成为朋友中的佳话——跨国网恋！一个活生生的人，穿越八个时区的距离，付出560个大不列颠货币单位的代价！而唯一令庄美娴感到欣喜的是，他在伦敦时就叫“Colin”，这有效地节省了她说服他接受这个名字时所需要耗费的唾沫。

遗憾的是，对于庄美娴来讲，生活却意味着见异思迁。不是她，就是别人。在她成为网站商城供应商之前，她是一名普通的不学无术的小白领，每天在一幢38层高的写字楼里做忙碌状。即使想要交谈的人就坐在她身后，她也要发电子邮件进行沟通；在家打电话，她也养成了先拨外线“0”的恶习；好在她所在的公司并没有进入世界百强企业之林，她目前还没有在晚间新闻里得知自己明天将会失业的机会。报纸杂志上管她这样的人叫“小资”，指名道姓地告诉她什么才符合她的“小资”身份。她要知道丝巾的28种系法，了解意大利馅饼的原料就像熟悉自己的胸围一样，要看得懂没有中文字幕的《发条橙子》，一定要把打高尔夫球的姿势练习得很漂亮，会不会打倒是次要的……这些庄美娴做起来全都得心应手，而她和别的“小资”唯一不一样的地方是，她的网名是中文——蜂房姑娘，一个可以引发暧昧联想的ID，只是名字而已。

后来庄美娴认识了一个在海关当公务员的Colin，她便鬼使神差地干起了“国际贸易”——没理由浪费身边的人力资源是不是？这生活本来好好的，可惜，就在他们分手之后的那个

白天，整个世界全变了。她苗条的身影只要在港口出现，那些小贩就会颇具默契地互相转告：“瞧，她就是‘蜂房姑娘’，她和整整一条船的人都睡过！上至船长、大副、二副，下至厨师、水手、清洁工，无一漏网。”

没人知道他们这么说的目的是什么，是嫉妒庄美娴可以轻易拿到最便宜的时髦货，还是旨在关心她的私生活？她怎么可能和整整一条船的人都睡过？她只不过练就了一身能在最短的时间内判断谁可以给她便宜货的绝技，然后进行抛媚眼之类的小勾当。有谁可以拒绝一个眉目含情的东方姑娘呢？她只是迷恋那些只需国内三分之一售价就可轻松拥有的香水、化妆品、皮包、衣服、照相机、笔记本电脑……她可从来没敢把贪婪的爪子伸向高档汽车、钻石手表、私人游艇。对此，我们只能说，嫉妒的手从未雕塑过任何一件真正的艺术品。

庄美娴不是语言天才，但这并不妨碍她和各色人种讨价还价，只要有一部计算器就够了，轻触键盘，按下数字，让那人看到计算器屏幕上的显示——足矣！阿拉伯数字是世界通用语言，整个地球已经进入数字时代，所有人都将不再拥有真正意义上的隐私。庄美娴一不留神成了IT业中的一员，摇身一变成了网站商城供应商，Vogue人物。

公务员Colin在完成他的“跳板”使命之后，很快在庄美娴那里下了岗，她又有了别的Colin。这是公务员Colin的错，他居然以为他爱她，他就可以娶她，她就必须感恩戴德地答应他！也许是因为再也尝不到庄美娴调制的特色鸡尾酒，也许是因为再也上不去她那张涂满情欲的旋转大床，总之“蜂房姑

娘”的艳史是经由公务员Colin那张还未被过多五粮液浸泡过的嘴巴传遍了整个港口。他本可以拥有更精彩的未来，30岁的时候升职加薪，肚皮逐渐腐败成一个孕妇。可惜他的舌头长过任何一名有职业素养的家庭妇女，庄美娴决心通过鱼死网破的方式和他一道“殉情”——她狠狠心拿出一万块送给公务员Colin，再举报他利用职务之便收受贿赂，他在单位里也下了岗。

认识伦敦Colin之前，庄美娴一直以悲情女子的面貌示人。她把被第一个男友抛弃的事实变成了男友为了她而死于车祸的痴情绝恋，她把倒霉的背叛故事改编成琼瑶版。每每当她叙述时，她的眼泪是那么真诚，泪水和着（别人的）烟雾一起飘扬，她在自己的叙述中，她仿佛真的看到了那个叫Colin的未婚夫举着冰激凌甜筒在马路对面冲她微笑，却忽略了飞驰而来的汽车……然后，世界安静了。

“他真傻，真的。他光注意看我了，根本没看见汽车……”人们不得不怀疑这段话是从《祝福》那里剽窃来的，庄美娴没付过鲁迅稿费。

所有Colin都像伦敦Colin一样，在最初迷上了庄美娴的痛苦。痛苦这东西有时候就像鸦片，无论是制造商，还是消费者都会沉迷其中。然而痛苦这种鸦片似乎又与其他鸦片的配方不同，消费者会很快戒掉庄美娴贩卖的这种痛苦，既而把兴趣转移到其他方面。究其原因，大约是物质文明高度发达的今天，同类替代品太多了；要么就是“边际效益递减”在作祟——第五个烧饼已经吃饱了，再吃第六个烧饼就会生病——庄美娴从

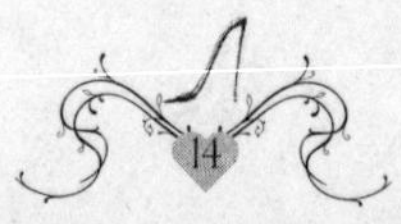

未想过更新版本，人们都听腻了。所以也就难怪那么多Colin最终都会离庄美娴而去，连最善良的伦敦Colin也开始对庄美娴的“鸦片”不屑一顾了。

值得庆幸的是，庄美娴毕竟是做国际贸易的，她深谙拓展市场才是发展的硬道理，总在不停地开发新Colin。何况俗话说得好，上赶着的不是买卖。庄美娴知道自己该做什么——又到了该离开的时候。当她从那样的梦境中醒来，不再被枕边人搂在怀里抚慰时，她的行期就到了。

凌晨4点半，格林尼治时间晚8点半，庄美娴用冷水冲了一把脸。打开电脑，看到四份订单，蜂房姑娘又要穿上那双可爱的CHANEL运动鞋出洞了。有一艘从斯德哥尔摩游过来的装载量为3000吨货轮正停在美妙的蔚蓝色海面上，现在开始化妆的话，到达港口时，正好可以赶上受时差困扰的瑞典船员狂欢。说“晚上好”或者“早安”应该都不算过分，她现在已经会用16种语言说“我爱你”。如果她的瑞典语足够好，她也不介意再说一遍：“他真傻，真的。他光注意看我了，根本没看见汽车……”直到一只缀满金色汗毛的前肢拥她入怀，吸住她脸上神秘而古老的东方泪水。那时应该是北京时间8：30am，伦敦Colin可能已经发现她带着她的故事和眼泪一起消失了。那将是怎样的一副场面呢？

地铁站入口有一个年轻的画家，半长头发破牛仔裤，街头艺术家的一贯装束。大大的画架顶在他干瘪的肚子上，他不时

瞄一眼过往的人群，匆匆画上几笔，时不时地还要抽空揉一下鼻子。一顶礼帽放在他的脚边，里面尽是些不超过两位数的硬币和纸币。他的身边摆着一些没有装裱过的画，这或许是他赖以生存的唯一资本。

小画家年轻的脸上刻着不相配的沧桑，更像是个负气离开家离开学校，到头来却无家可归找不到同伴的孩子。银子想，如果我是他，我就站在马路对面的地铁站出口，那样行人才更有可能为我驻足——这是银子作为商人的想法。小画家也许去过纽约，也许到过巴黎，在那里受到了启迪才来这里扮演流浪艺人的角色。也许他哪里都没有去过，只是迷恋这种孤独的感觉，谋生之外燃烧自己对绘画的热情。这是因为年轻，还没有向现实低头，没有考虑过未来，孤独的理想支撑了憔悴不堪的落魄，和年轻时酷爱吉他的银子一样，那么固执又那么勇敢，即使站在无人喝彩的角落，也可以把那当成吉他大师吉米亨德瑞斯站过的舞台。

想到这里，银子笑了，小画家恰好也完成了那幅作品。银子凑过去，纸上呈现出铅笔勾勒下的地铁站里阴霾匆忙的风光。小画家用期待的眼神看着银子，习惯性地揉了揉鼻子，很孩子气的动作。银子掏出钱包，想找些零钱，结果里面最小面额的纸币是50元，他就恭恭敬敬地把钱放到帽子里。小画家看到这张“大票”打了个口哨，把那张素描递到银子手里，银子对他笑了笑。小画家随口哼起一段《祝你平安》，然后和银子一起笑。银子走进地铁站，脸上还挂着笑。

银子的咖啡店里没有“如果我不在咖啡店，我就在去咖啡

店的路上”的字样，但别人从没在咖啡店以外的地方找到过他。他开一间小得不能再小的咖啡店，只有三张桌子七把椅子。但是咖啡店里有一个大得不能再大的舞台，夜晚时分会被璀璨的光线照耀。和小小的店面比起来，这舞台显得太大了，不像商人的作为。

每天下午1点钟，银子都从光明站搭地铁到伯利站，在出口买一份当天的报纸，然后步行10分钟到咖啡店，时间：13时40分。掀起卷帘门，打开咖啡店里所有的灯，研磨咖啡豆、煮制浓咖啡、用蒸汽加热牛奶、向咖啡杯注入牛奶、舀出奶沫……银子的Cappuccino永远不按标准比例调配，他喜欢苦一点的Dry Cappuccino。对面面包店的小工看到银子打开报纸就会跑过来给他送一只新出炉的羊角面包，拿了钱回到面包店时，那只上世纪50年代出品的挂钟正好敲两下。银子的活动总是这样有规律，像个不再有幻想的老人。

午饭后银子的报纸也看完了，通常他都会把报纸丢进垃圾桶，然后趴在吧台上睡觉。他看报总是很快，只看“征婚启事”和“讣告”，都是因为母亲。如果母亲没有死，他就要给她带一个儿媳妇回去，这是他能见到她的唯一理由——现在他已经分不清看哪一栏的兴趣更大一些。今天的报纸上依然没有他希望的东西，他太清楚“面容姣好、温柔能干”背后的意思了——面容姣好（闭上眼睛看）、温柔能干（才怪）！——感谢上帝，母亲还活着。

吃饱之后，银子没有睡，而是拿出了久违的吉他，走到一直空着的舞台中央，拨响了琴弦。太久没有触碰过它了——

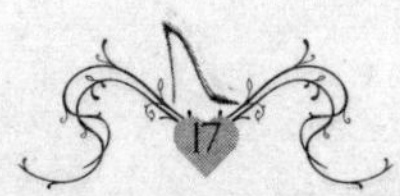

“青春的花开花谢，让我疲惫却不后悔。四季的雨飞雪飞，让我心醉却不堪憔悴……”吉他入门曲《青春》从银子的指间流出，他的喉咙咕咚一声，发出了音节：“允许我为你高歌吧，以后夜夜我不能入睡。允许我为你哭泣吧，在眼泪里我能自由地飞……”

走进咖啡店，庄美娴被吓了一跳，有那么几秒钟的时间她都没认出坐在光圈中的人是谁。米黄色的格子衬衫，里面套着一件纯白的T-shirt，下面是一条浅色休闲裤——她喜欢的一种男人打扮。精干的短发微微卷曲，有点毛茸茸的，想伸出手去摸一摸。右耳上一枚闪闪发亮的耳钉，像黑夜中最明亮的天狼星。庄美娴这时才认出那个抱着吉他万分投入演奏的人正是她所熟悉的银子。这家伙是没吃药，还是吃错药了？

在庄美娴的记忆中，银子是一个无欲无求的咖啡店小老板，对物质没苛求，对自己也没苛求，过得很知足。不能否认这也是一种幸福。可在庄美娴眼里他多少有点不求上进。不是说赚很多钱就表示这个人有理想有抱负，可人总得活出点“向上奔”的劲头吧。而银子给庄美娴的感觉是——要不是觉得自杀对不起父母，他早就去死了。当然，银子从没这么说过。

庄美娴的到来显然打扰了银子的自我陶醉，他刚刚流畅起来的音符霎时变得踉踉跄跄。今天就到这里吧，银子对自己说。

“又去港口了？”他问庄美娴。

只要庄美娴戴上那个黑色假发，就证明她又跑到老外面前冒充东方淑女去了。生存需要——庄美娴的理由——这和三级片女演员都要去隆胸取悦观众是一个道理。

“还没吃饭吧？”银子看了看表，“想吃点什么？”

“烈火之吻！”庄美娴边回答边扯下头上的假发，随手丢在玻璃砖砌的吧台上，然后钻进吧台里给自己调一杯“香橙汽酒”。她那颗爬满火红色卷毛的脑袋摇摇晃晃，哼着一首怪模怪样的歌。坦白讲，庄美娴还是戴着那顶假发好看，漆黑的长直发，齐齐的刘海儿，蛮可爱的。银子说过，可是她不听。

所谓“烈火之吻”是庄美娴发明的叫法，其实就是红烩牛肉饭。只不过在庄美娴的强烈要求下，银子在米饭中间挖了一个洞，把番茄牛肉汁倒进去，并且只要发挥超常的想象力，就可以把这想象为正在喷火的火山，于是也就有了“烈火之吻”的名号。这是庄美娴一辈子也改不了的小资脾气，干什么事都要讲究一个情调。就好比二锅头决不能拿来就喝，一定要和鲜榨橙汁、苏打水、冰块混合在一起后倒进嘴巴。这样就不是在喝二锅头，而是“香橙汽酒”（有客人来时她就把这称为“橙色海洋”，可以要大价钱），适合餐后饮用的鸡尾酒，够情调的酒精饮料。

银子的咖啡店是庄美娴的半个家，她在这里比和任何Colin在一起都要舒服，不知情的人还以为她是老板娘呢。可人和人之间是要讲究缘分的。打从看到银子的第一眼，庄美娴就认定他会是个一顶一的好哥们儿，而决不会是一个好Colin，所以也就没把沾满情色的小爪子伸向他。事实也确实如此，银子是具

没理想没激情的活尸，不能满足庄美娴的爱情空想。

15分钟后，银子把“烈火之吻”放到庄美娴的面前，又给自己弄了一杯Dry Cappuccino。他给自己限量，每天都不会超过三杯，今天已经是第三杯了。品着几乎已经尝不出什么特别味道的咖啡，银子一眼瞥见了吧台上那个苹果大的小鱼缸（那可是庄美娴空窗——庄美娴管失恋叫“空窗”的标志），惊讶地问：“你又跳槽了？”

“是啊，又该往里边放小鱼了。那个印度人真坏，这次他找我多要了两块钱，折合人民币差不多有20块钱呢！今天的牛肉火候不够呀，银子你要好好反省一下哦！”

“这次又是因为什么？你不是说那个英国来的家伙对你很好，你还在考虑嫁给他吗？再这样下去，你就该换鱼缸了！”

“没关系啊，我的玻璃鱼都好小的，每个才米粒那么大，装不满的。再说，那个印度人还告诉我，他有一种更小的玻璃鱼，也就四分之三个米粒那么大，做工更精致！他答应我，如果我想换的话，他可以给我算便宜一点，还可以把以前的鱼折价回收。我正在考虑。”

银子盯着鱼缸里的玻璃鱼，他已经懒得去数了。每一次空窗（不用问，肯定是跟《康熙来了》里的那个小S学的；银子倒觉得这个词蛮危险的，不是说和艾滋病患者发生关系后去检查，虽然没有感染，但也有三个月的“空窗期”么），她都会往里面放一只玻璃鱼，也不知她为什么要这么做，难道是因为空了的窗子需要玻璃鱼来填满？如果这只是一个女孩心爱的小玩意儿该多好，可惜却装了那么多“游戏”。这些小玻璃鱼真

好看，乖乖地睡在缸底，不会有梦魇。

“你把东西吃到脸上去了。”银子对着庄美娴指了指自己的腮。

“这里吗？”庄美娴抬起小手擦脸，却总也擦不对地方。银子索性拿起餐巾纸帮她擦掉——有一滴水滴在他的手指上。他的手指僵住了。庄美娴在流泪。

“我喜欢Colin。我爱他！”

“我知道。”

“我是说现在这个Colin！”

“我知道。”

“可是今天我做那个梦被吓醒的时候他都没理我。”

“我知道。”

“你说我为什么总也忘不了以前那个Colin？我忘不了他我就没办法和别人待下去！”

“我知道。”

“你就不能说点别的吗？你怎么总说‘我知道’？”

“我不知道。”

每次空窗时庄美娴都会说上一通类似的话，银子不可能不“知道”，所以他总是回答“我知道”。作为这个城市唯一知道庄美娴故事真正版本的人，这并不能给银子带来什么荣誉，当然，倒也没给他带来什么烦恼。他所要做的无非是隔一段时间收容一下庄美娴的眼泪，以及把咖啡店借给她当临时旅馆，庄美娴的回报是一大桶正宗巴西咖啡豆，或者一包新鲜奶酪。

说实在的，身为一个大男人，他也不想总在庄美娴面前扮

演“姐妹”的角色。可在这个城市里，他们一样孤单，悲伤是把他们联系在一起的唯一纽带。他既没有见过任何一个Colin（连那个最著名的Colin的照片都没有见过，这对庄美娴那个盗版的悲伤故事来说，实在有点说不过去，缺乏最起码的道具），也没有对自己不了解的事物指手画脚的习惯，也就难怪他的回答除了“知道”就是“不知道”。曾经（只是曾经的一个小刹那），他试图演绎都市版圣彼得，勇敢地走到庄美娴的苦难当中去。可眼见着鱼缸里的玻璃鱼一天天地增加，银子也就放弃了这种愚蠢的想法。还是等着庄美娴自己变成圣保罗吧。伦敦Colin就比银子蠢多了，可见网恋是多么的不可靠。

庄美娴酒足饭饱，开始动手收拾餐具，这是银子比较欣赏的一点。他喜欢做饭，可是他讨厌洗碗。水槽里传来哗哗的水声，银子百无聊赖，又要开始他例行公事的发呆了。水声和着庄美娴的歌声，“我怕来不及，我要抱着你……”

银子寻思着，要给夏天什么礼物才算是惊喜呢？他的口袋里揣着一条项链，项链的坠子上嵌着一枚钻石，远远看去，就像一只闪闪发亮的眼睛。她今天31岁了，可这是能给她带来惊喜的礼物吗？

“咦，这是什么东西？你什么时候开始玩收藏了？这方面我可算个行家，我来帮你鉴定鉴定。这个画画的萨卡是谁？哪国人？很有名吗？”庄美娴一边擦手一边问银子。墙上那幅从地铁站买来的素描挂在最不起眼的地方，竟被她发现了，连他自己都没有注意到上面有画家的签名。

“胡乱买着玩的。”银子心不在焉地回答，“美娴，你帮

我关门吧。我有事要出去一下，今天就不回来了。”

银子像个幽灵似的飘了出去，庄美娴愣在那里，一瞬间完全不知该何去何从。

银子并不是她生命中多么重要的一部分，甚至都不应该用“重要”来形容，可是，就在此时此刻，庄美娴觉得他的离开向她预示着，她被所有的一切、全部的人和物，抛弃了。她先是被那个Colin抛弃了，接下来又被若干个Colin抛弃了，现在连银子也把她抛弃了！庄美娴觉得她已经被整个世界抛弃了……而这，都要怪银子！他为什么要在她最脆弱的时候离开？

那把旧吉他在舞台中央的高脚凳上独自闪着神秘的光，庄美娴有一种走过去把它砸烂的冲动。但是她控制住了自己，在茫茫人海中，她不能失去银子这最后的码头。

难道Colin还没有发现她不见了吗？为什么还没有给她打电话？她的离开正是他求之不得的吗？

山荔学院建在半山腰，风景倒是不错，可惜交通太不方便了。从早上8点到晚上8点，每隔一小时才有一班公交车开到山下，途经所有商业区繁华地带。车里的学生总是塞得满满的，装载了对花花世界的全部渴望。Colin躲在学校配给他的白色吉普车里，默默地看着三三两两归来的学生，不知道还能不能看到那个穿着短裙蹦到桌子上的女孩。请相信，这是一种很单纯的盼望，不带任何调戏成分。

如果说Colin第一次在自习室里占领那个女孩的座位只是无意而为，那么后来的几次的确是故意的。这是一种很拙劣的追求手段，Colin很清楚自己在干什么，私底下也嘲笑过自己的幼稚。可他也没有办法，他喜欢那个笑容明朗的女孩，他喜欢那张没有经过化妆品雕琢的脸，他喜欢那漆黑的长头发扎成的辫子，像……像个长一点的鹌鹑尾巴！有时他就是喜欢看着，看着也高兴。

他就是喜欢那个女孩，胜过喜欢泪水涟涟的庄美娴。尽管无数经典名著、电影，甚至民间故事都向我们传达了这样一个信息——只有悲剧才是永恒的，只有悲剧才能成就造物者。可那不是现实生活。我们会被眼泪打动，但我们不想一辈子都扮演海绵。Colin越来越坚定不移地相信，他就是庄美娴的海绵。

既然庄美娴这么快就被他列为不受欢迎的人，那么，当初是什么吸引他来到她的身边？不容忽视的一点是，庄美娴很漂亮（这要感激网络视频功能），具有一切美女元素，是时代娇娃，Colin的漫漫归国期不能没有女性陪伴——Colin在国内倒是有过一个女朋友，可惜，出国以后距离有了，美却没了，分手。那又是一段没什么味道的失恋故事。

"她竟拿着我给她买的王菲演唱会的票去和别的男人看。"

"也许是同学、表哥、蓝颜知己。"

"肯定不是，有人看见他们在一起搂搂抱抱！"

分手，没有别的路可以走。

——而起了催化剂作用的自然是庄美娴的泪水，以及她不

可遏制的悲伤（还有比他更惨的人呢，难以名状的满足）。当然，最终的决定因素还是山荔学院向他伸出的这只手，这只满足一切物质需求的手。他们为他租房子，给他配备专用车，除了最终的设计费外，每月还有一笔可观的“补助”（按照英国收入水平计算），外加一个“为母校做贡献”的好名声，你让Colin如何说得出这个丧尽天良的“NO”？而学院这么做的原因仅仅是，Colin为城市中心公园设计的喷泉获得了市长的称赞。校方四处打听设计者，没想到竟出自自己门下，Colin就这样回来了。对于一个郁郁不得志的建筑师来说，虽然成功是早晚的事，但谁不希望来得早点呢？谁和面包有仇？

末班车已经停了一个多小时了，Colin知道不会再看见那个女孩，这种无意义的等待只不过是在给蚊子开party罢了，他决定把这一袋烟抽完就走。不管怎样，他还是要回到那个房间，他无处可去。

在英国留学的日子里，Colin学会了抽烟斗，老牌绅士都这样，他的偶像福尔摩斯更是烟斗不离身。BBB牌烟斗，石楠木的，正宗英国货，价值两周薪水。遗憾的是，他虽然拥有了高品质的烟斗，却难以拥有同样高品质的烟草。烟草这东西毕竟是易耗品，他一个留学生如何消费得起？而令他感动的是，当他在首都国际机场看到庄美娴时，她的手里就捧着一只方方正正的小樟木匣子。乍一看，那个小匣子把他吓了一跳。对一个中国人来讲，那个形状的小东西很容易和葬礼联系起来。她不会有随身携带未婚夫骨灰的习惯吧？Colin吓坏了。而当庄美娴把匣子递到他手里时，他才知道里面装的是丹麦出品的顶

级W.O.Larsen烟草。那一刻的感动是Colin无法用语言来形容的，他真没想到庄美娴看了他一张叼着烟斗的照片，就送他这么一份厚礼。相比之下，他那套花15镑买的SPA香薰家庭装就显得有点拿不出手了。

烟斗有它诱人的地方，使男人变得审慎多思成熟稳重，Colin精心设计过的形象终于在庄美娴那里收到了良好的效果。她就喜欢吻那张被烟草浸淫过的嘴巴，似乎是想用这种方式品尝它的味道。Colin想，如果庄美娴不是总把死去的男友挂在嘴边，也许他们还不至于走到今天这步田地，她还是有她的可爱之处的。而现在他的等待（那个女孩）和躲避（庄美娴）其实是一回事。等待是为了躲避，既然躲避就必须等待。嫉妒死人并不光彩，可活人没道理要给死人让位不是？庄美娴不是野蛮女友，她不会用野蛮来掩盖没齿难忘的悲伤。她是翻版的祥林嫂，靠她的顽强回忆，他完全可以把她的一切往事倒背如流！男人是有尊严的，男人的忍耐更是有限度的。有时候，他真恨不得拧下她的头，用洁厕液好好洗一洗刷一刷，让她忘了那早该丢进马桶的一切。她的心，给死去的爱情立下了一个永恒的牌位。他的眼，刻下了她全部的可怜的伤悲。可是他的自尊，却越来越不允许自己收容她的牌位。

这都是何苦？

浓浓的夜色袭来，Colin有一点冷，他必须挣扎着借助月色才能看清对面的人是男是女。这地方好像只剩他一人，可他还是不想回家，他想把回家的时间拖到最后一刻，最后一刻。他是那么地渴望冲进闹市区，那里流动的人群会帮他一起消磨

时光。他真的害怕面对庄美娴，害怕她胜于一切。今天，她又那样醒来了，他用装睡蒙混过去。因为他真的不知道当她哭泣时，他是该上前拥抱，还是该掉头走开。到现在才肯承认，他担起了一份他根本负不起的责任，跳上了一班永不停靠的列车。

萨卡收拾起画架，那个女孩还没有走，他不耐烦地皱了皱眉，揉了揉鼻子，好像生怕闻到她的气味似的。像他这样年轻又有点小才华的男人，最讨厌被女人纠缠。而她，也仅仅是一个女孩，还未发育完善的青涩女孩，根本不能算是女人。当然，他的年纪也不大，如果还在学校的话，他现在应该在写毕业论文。哦，不，毕业论文早就该完成了。现在的安排应该是，白天换上一身道貌岸然的衣服挣扎在应聘面试的路上，晚上扒下这身人皮和同学喝散伙酒，唱一些抒发感情的老歌，呕吐，忙着和女朋友分手，或者租房子同居。好无聊的生活。

其实，世上又有几个人会对喜欢自己的人态度良好呢？从看到萨卡的那一刻起，呼呼就决定为他的艺术事业贡献出自己的毕生精力——时刻准备着！她决不会去计较萨卡的态度，那恰恰是他魅力的源泉、艺术家气质淋漓尽致的体现！他邋遢的外表、拮据的生活，都为他不怎么出众的外貌添上了迷人的玫瑰红晕。学校里不是没有伪颓废派，一条牛仔裤可以从开学一直穿到学期结束；头发长长的，因为出汗出油被粘成一条条；一到吃饭的时候就四处借钱；抱着一把破吉他不上课，躲在宿

舍里不是喝酒就是睡觉……他们是邋遢的，可那是因为他们懒，而不像萨卡是因为没有条件换洗衣服！他们也是拮据的，可那是因为他们不会理财，而不像萨卡那样根本没有钱！够了，够了！他们太恶心了！再想下去，呼呼也要吐了。萨卡是无与伦比的！

呼呼似乎比萨卡本人更清楚一个艺术家要经受多少磨难才能修成正果，她向往成为一个成功男人背后的女人，她渴望和他一起流离失所，渴望和他一起风雨飘零，渴望成为克洛岱尔式的情人、挚友、模特儿、仆人、疯子……萨卡将是罗丹一样伟大的艺术家！她愿意在国际大赛的领奖台下默默地仰望他，她愿意流下“守得云开见日出”的泪水！

应该说，即使是获得若干国际大奖的影片，对青少年也有不可估量的误导作用，这种误导有时甚至可以说是毁灭性的。呼呼看了那部致命的《Camille Claudel》，她被法国电影里唯美的华美的凄美的调子迷惑，完全忽略了结局——女主人公住进了疯人院，一心只想体验那种电影梦境里的爱情。她在做梦，的确是这样的。

萨卡比呼呼想得简单多了，只想今天在哪里过夜。他已经决定什么时候累了，就在那里躺下睡觉。口袋里揣着他流浪以来收到的最大面额的纸币，他捏了捏鼻子有些飘忽忽地想：真正的艺术还是有人懂得欣赏的，金子总会闪光的！他决不会向该死的规则妥协，他决不会为了生活去画违背自己意愿的东西，他决不允许艺术被亵渎，让那所泯灭个性一心培养电脑狂人的学校见鬼去吧！

繁华的街市要比冷清的地铁站让异乡人感觉舒服温暖。我不是孤单的——这虚假的感觉很能蒙蔽人的眼睛，但愿也可以欺骗灵魂。身后的女孩还是亦步亦趋地跟着萨卡，他想回过头怒吼一声："你跟了我好几天了，你到底想干什么！"可是一回过头，触到那小鹿般的受伤眼神，他就什么都说不出口了。

夜，越来越深，毕竟是夜。萨卡尽可能地选灯光明亮的地方走，说不清为什么，只是害怕万一有专门袭击女孩的坏人藏在阴暗的地方。他一个穷光蛋没什么可怕的，可那个女孩呢？如果坏人把他让过去，然后神不知鬼不觉地捂住她的嘴巴把她拖走了呢……他是暴力片看多了，忘了世上还有警察。但他的担心因为是关心，所以才不会显得多余。

日子也不少了，七个夜晚，她就这么跟在他身后，黏人的影子。不是相依为命，没有耳鬓厮磨，就那么如影随形。她的模样像个学生，应该快考试了吧？每天这样跟着他露宿街头，可以吗？为了她，他已经有一个夜晚睡在广场的长椅上，两个夜晚睡在地铁站的过道里，三个夜晚睡在火车站的候车室，今天是第七个晚上了。上帝都要休息的日子里，他将在何处容身？

他讨厌她。他讨厌她是因为他还会关心她，还会在意她。当她第一次出现时，他就从那对眸子里发现了与众不同的东西。他是个画家嘛！而那种东西让他害怕，让他畏惧，让他本能地想要逃避，可最终似乎还是深陷其中。她的眸子里装着一个他，也只有他。

她跟着他，这更让他讨厌，他无法安心睡去，他还要替她

警惕身边可能存在的坏人；她困得不行睡过去了，他就成了守护神。天，这角色颠倒了！可是，如果她不跟着他了呢？如果某一天她不再跟随他的脚步，这寂静的夜里，他将多么孤独！

有那么一会儿，萨卡沉浸在自己的世界里忽略了身后的脚步，当他回过神来，他蓦地回头，带着惊恐、搜索、绝望的目光回过头，搜索她的身影。她还在，只是被他的样子吓呆了。萨卡忽然觉得嗓子发干，他迫切地想要吸入或者吐出点什么。喉咙被卡住了，他只能张着嘴巴。女孩迟疑地、小心翼翼、诚惶诚恐地、羞愧难当地说："我渴了。"

远处，霓虹闪亮。萨卡辨别了一下方向，发现他已经不知不觉从光明站走到了伯利站，大约有六七公里路程。看了一眼腕上的Swatch，10点3刻。

"前面可能有喝东西的地方。喝完东西，我送你回去。"萨卡终于对她说话了。

庄美娴的哭泣终因无人喝彩而草草落幕。她忘情地投入到悲伤中，却因无人赏识而偃旗息鼓，这是对空窗者最无情的嘲讽。

我总该干点什么，我总该干点什么……

她一遍遍地对自己重复，手里还握着那个精巧的小鱼缸。她已经厌倦了这种没有同事、没有老板、没有公司章程、没有季度年度工作指标的生活，虽然这曾经是她最迷恋的地方。可是，有谁知道一个所谓的"网站商城供货商"的苦恼呢？她太

孤独。

她的确厌恶像集中营条令一样的打卡制度，她厌恶同事之间的排挤，她恨透了上司对她的性骚扰，她简直一刻也不能忍受这种无休止的重复，她讨厌死那种生活了！她选择“见异思迁”。当她因为失去了一个Colin就对所有的一切感到厌烦，不顾一切地想要逃离这些、打破这些、毁灭这些，当她真正做到的时候，她才发现——在这个世界上，她竟是如此孤独！她逃离的、打破的、毁灭的，其实是她自己。只有她自己。

这个夜晚，银子走了以后，除了想那些令她伤心的Colin，还有什么是留给她干的吗？咖啡店的生意萧条，连个能给她做伴解闷的客人都没有，她太清楚这是因为什么了。如果银子肯把这家店交给她打理，她敢保证不出三个月这里就会人满为患！但是，这需要心情，现在他们谁都没有这个心情。就让我的眼泪陪我过夜！不然，还能怎样？难道要这样颜面无存地回去吗？要不就去通宵Disco舞厅玩上一夜！喂，今天我可空窗了，难道我还没有让自己happy一下的权利吗？

庄美娴小心翼翼地把鱼缸收在柜台里，身后一个声音问：“老板在吗？”

“不在！”哪壶不开提哪壶，庄美娴怒气冲冲地回答，回过头来一看，呆住了。

找银子的陌生人有一个很好看的下巴，先进入庄美娴视线的就是这个泛着青楂儿的俊下巴，不停蠕动的下巴，左颊上还有一个浅浅的酒窝。再往上看，庄美娴看到了他的眼睛，那双像极了格利高利·派克的眼睛，宽和长的比例恰好是完美的

0.618黄金分割。有了这个数字做论据，他的眼睛有多好看也就无须证明了。更重要的是，良久地注视着这双眼睛，你会发现里面装着一汪深情，深不见底。女人见了这样的眼睛注定是要沦陷的，明知那深情不是为己，还是要义无反顾。

“他有事出去了。”庄美娴忽然换了一副小鸟依人的嗓音，把他发展为下一个Colin也未尝不可。“你有事可以在这里等会儿他，他一会儿就回来。”这是拖延战术。她热切地等待他的回应。

陌生人环顾了一下咖啡店，庄美娴看到他嚼的是口香糖。唔，那嚼过口香糖的嘴巴是什么味道的呢？“也好，我等他一会儿。”他中计了！

“你想喝点什么？”庄美娴兴高采烈地问，谁也想不到她几分钟前还痛哭过。

“啤酒，不要冰的，谢谢。可以抽烟吗？”

“当然！不用客气！”

就在回身拿啤酒的这十几秒，庄美娴已经想出一个非常完美的方案。她将充分利用他的耐性，在他给银子打电话之前套出他的姓名、电话号码。这不是什么难事，有了在港口摸爬滚打的经验，和陌生人迅速拉近距离对庄美娴来讲简直易如反掌！晶莹剔透的玻璃砖吧台会成为庄美娴妖冶的舞台，她将像涅槃的凤凰一般嵌在这玻璃砖的中心，成为一颗耀眼夺目的琥珀，永远挂在他的胸前，记在他的心间。

然而，这一次蹩脚的编剧再次和庄美娴找了别扭，等她准备好表情回身时，陌生人已经离开吧台向舞台走去。他没有选

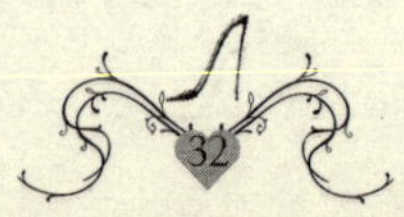

择庄美娴为他布置的，请他参与演出的舞台，而是选择了那个空荡荡的地方，像见到老朋友一样把吉他抱在怀里——音符流了出来。

光线照耀下的陌生人变得更加陌生，如果他戴上一顶礼帽再叼上一根烟，那么他和派克的区别又能有多大？女人为这样的男人迷醉是值得的。如果他有路易斯·阿姆斯壮的性感嗓音，有肯尼·G的萨克斯风伴奏，来上一段优雅忧郁的爵士乐，庄美娴肯定会醉死的！幸亏编剧又一次成功地背叛了庄美娴，挽救了她的小命，我们的陌生人试音之后唱起了崔健，“我要从南走到北，我还要从白走到黑，我要人们都看到我，但不知道我是谁……”

浪漫没有了，只有一样萧索破败的嗓音。庄美娴无法把派克与崔健的形象重叠起来。庄美娴想哭，为这让她失望透顶的一切而哭。

“小姐，请给我拿……”萨卡扭头问呼呼，“你要什么？”

“可乐。”

“一杯可乐，一杯啤酒。你吃东西吗？”他又问，得到否定的回答后，他偷偷松了口气。“再来一个火腿三明治。多少钱？”

庄美娴回过头看这两个不速之客。

“没有三明治。最后结账。”

可乐几乎是被庄美娴丢出来的。来了两个出气筒。

“那你们有什么？”萨卡提高声音问。

庄美娴这时才认真地打量了一下他们，一对落魄的小情人儿！她在心里笑了一下，他们从头到脚没有一样是名牌！

“鸡肉汉堡，一分钟就可以吃到嘴。”庄美娴回答。

“我要一个。”

“出门左转，隔壁就有一家24小时营业的便利店，那里面有卖的。你可以免费使用里面的微波炉加热，热汉堡更好吃。”

“你！”

呼呼拉住了萨卡那只指向庄美娴的手，悄声说：“这里有你的画呢！”

这话让萨卡平静下来，他回头看了看呼呼，又顺着她指的方向看到了自己的画，那一瞬间的感觉相当奇妙。这是萨卡第一次看到自己的画被别人郑重地挂起来展示，得意扬扬的骄傲在心底蔓延，他的脸却像被孙悟空喊了“定”，不好意思笑出来。他多么希望呼呼刚才说得大声一点啊，那么这个红脑袋就该知道有一个画家光顾这里，态度也就恭顺些了吧？

“我们去便利店吧，那里的东西肯定比这里全。”呼呼再次小声提议，萨卡感激她没有说出便利店里的东西比咖啡店便宜许多的事实。

他们的离开让庄美娴松了一口气，不幸的事情却发生了——那个陌生的男人不知什么时候结束了倒霉的陶醉，也向门口走去。

“你不等他了？”庄美娴急急地喊住他。

“我去找他。”他吐出嘴里的口香糖又往里面塞了一块新

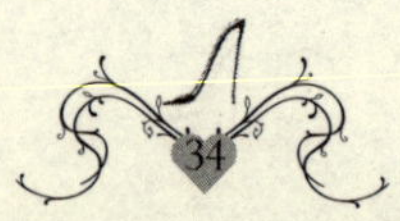

的。

“你知道他在哪儿吗？”

“他在‘明珠’，刚才给我打电话了。”他回头冲她一笑，蛊惑魅人，却是终结。“谢谢你。”他说。

再也没有挽留的理由，庄美娴再次感到整个世界遗弃了她。她忽然有一种要冲到“明珠”去的冲动，冲到那个物欲横流极尽恶俗的地方，她想知道他、他、他，还有他，他们，为什么会为了这样一个地方抛弃她？为什么整个世界都抛弃了她！

Colin无论如何也不会想到会在便利店遇到他梦寐以求的女孩。莫不是老天在有意成全他？在街上闲逛的时候他忽然想起他的面包干用完了——画图少不了这东西做辅助工具，这也是蹉跎光阴的好借口，不用那么早回家。免费的汽车吞噬着免费的汽油，Colin肆无忌惮浪费着他所能浪费的一切能源来寻找并不是非买不可的面包干。也许还应该再买一点阿司匹林，今天早上他莫名其妙地连打好几个喷嚏。就这样，Colin在先找便利店买面包干还是先找药店买阿司匹林之间左摇右摆，果断地错过了药店的最后营业时间，变得无可选择。

走进这间小小的便利店，Colin忽然想起《北非谍影》里的一句台词：“Of all the gin joints in all the towns in all the world, she walks into mine.”这句经典对白被Colin篡改后就成了——世界上有那么多城镇，城镇中有那么多便利店，

她却走进了我待的这一家。

很明显，这是世界各个地区、各种种族、各种社会制度、各种宗教信仰、各种文化背景下的人们都喜欢的一种巧合，没有创新精神的巧合，不需要逻辑推理能力的巧合，小制作低成本的巧合，丝毫不考虑现实可操作性、一心只想欺骗观众的巧合。

Colin在收银台跟前听见女孩身旁的男孩对她说："吃完东西我送你回学校。"Colin仔细盯住他们买的东西，面包、饮料、几只苹果，仅此而已，没有什么不堪的东西，他放心了。

"学校早就关门了。"她竟有些高兴地说。

"谁让你一直跟着我的？"他在责备她。

"反正我回不去了。"她在耍赖。

"那怎么办？我又没有住的地方。"他想推卸责任。

"去地铁站啊！我喜欢那里，比火车站强多了。"

"你不能去！"

"为什么你可以我就不可以？前几天我不是也去了？你无权限制我的人身自由！"

"前几天是前几天，现在不行。"

"为什么？"

"不为什么，就是不行！"

"到底为什么？"

"我说不行就是不行！你要是不听话，我就再也不让你看到我。我说到做到。"

女孩不再说话，隔了一会儿，她才带着哭腔说："其实你

早就打定主意不再让我找到你了是不是？你要把我送回去，还请我吃东西，就是要向我告别了是不是？要甩开我你可以直说，不用这么拐弯抹角的，我自己会走！”

她跑了。

“呼呼，呼呼！你给我站住！”

他追了出去。

Colin这才知道这个在山荔学院自习室里令他春心大动的女孩叫“呼呼”，那么那个男孩又是谁？Colin已经把面包干忘得一干二净，也跟着追了出去。

刚出门，Colin就不可遏制地连打了好多喷嚏。该死，又闻到那股味儿了！他猛地想起来早上似乎闻到的也是这种味道，只是因为好久没有闻到，让他忘了那是该死的“鸦片”香水，浓郁得令他发疯的檀香味。他不是感冒了！在英国的时候他就被这种古怪的味道折磨得苦不堪言，恨不得一年四季都被鼻窦炎困扰才好。好容易回到国内，本以为可以好好呼吸，没想到庄美娴第一次见面就给他来了个下马威——披着一身华贵的“鸦片”香水迎接他。他马上接连打了数十个喷嚏以示感谢，差点把舌头咬断。幸好庄美娴够体贴也够细心，知道他过敏就把那瓶香水束之高阁。现在怎么又闻到了？

Colin拿出手帕，一边对抗，一边祈祷，比芥末吃多了还难受。这一轮的喷嚏终于过去了，他抬起泪水蒙胧的眼睛想要搜索呼呼，却看见庄美娴站在眼前。

“小娴？你怎么在这儿？正好，一起回家吧！”Colin又打了几个喷嚏才把话说完。

“我不回去了。”

“今天有船要来吗？”他还在打喷嚏。

“我永远都不回去了。”

“你说什么？”打喷嚏时，他咬到了舌头，很疼，可这疼痛还不足以抵御庄美娴给他的冲击。

“我们分手了。”

“什么？”

“我们分手了！Game over！Over！”

2

小心翼翼的狐步舞

清晨的第一缕光线刺进萨卡的眼睛，他记不清上一次这样赤裸裸地和它面对是在哪里。他揉了几下鼻子，伸了个懒腰，手不知把什么碰到地上，发出清脆的声音。他被吓了一跳，手忙脚乱地从沙发上滚下来。掉到地上的东西是一个大肚皮青蛙，不知道是做什么用的，似乎可以用来定时。萨卡第一次见到这种新鲜玩意儿，好奇地摆弄。他拆过家里的闹钟、玩具小汽车、收音机，还试图把电门从墙上拆下来（未遂，被妈妈吼了一声，吓得把螺丝刀丢在地上），但他不

知道该怎么弄这个东西。

萨卡满头大汗，徒劳地坐在沙发上，不再理会那个破东西。呼呼听到动静从卧室里走出来，见到彼此都有些尴尬，却又都觉得很亲切。他们小声地问好，生怕吵醒另一间卧室里还在熟睡的Colin，Colin却已经精神抖擞地钻出来，笑着和他们打招呼。

是他把他们捡回来的。

昨夜，或者说今天凌晨，雨突如其来地降落，好像把整个尼亚加拉大瀑布都搬到了这个城市的头顶，那么肆无忌惮地倾泻，雨声令人生畏。Colin开着车在街上游荡，庄美娴的话时不时地钻进他的脑袋，挥之不去。这么简单就分手了吗？解脱来得竟如此之快，Colin非但没有解脱的感觉，反而陷入了新的烦恼。“鸦片”香水在庄美娴身上重新出现是一个危险信号，她是玩真的，她是真的要和他分手！她不再在意他的过敏症，不再在意他的感受他的好恶，不再把他当一回事了！难道真的像她说的那样，他们之间是Game——over了吗？这一切全都是游戏吗？Colin有一种遭人戏弄的感觉。

雨是如此之大，Colin的视野除了水还是水，继续前进不是好主意。他想停下来歇一歇，可一来这里树太多，他怕被闪电击中，二来这里是洼地，他怕万一熄火，水就会灌进排气管，再也发动不了汽车。他忽然发觉这进退两难的境地和他的人生一样——庄美娴让他无所适从，他只能不情愿地小心翼翼地前

进。他只是不喜欢庄美娴对旧情人念念不忘，他只是有点喜欢呼呼爽朗活泼的样子，他并不想就这样结束，他还没想好要不要结束，他没想过就这样结束！现在，该怎么办？未来八个月的工期对Colin来说更像是无期徒刑，未知的日子就像这场雨，激烈、无情、毫无指望。该怎么办？

这场雨对萨卡和呼呼来说也是一样的激烈、无情、毫无指望。他们被困在屋檐下，忍受着狂风，雨点打在皮肤上很疼。萨卡把他珍爱的画架拿出来为呼呼挡雨，而呼呼对画架的珍爱似乎更胜于他，她坚决拒绝，简直是以死相逼。迫不得已的情况下，萨卡用背挡住了雨，一双手撑在墙壁上，为臂腕里的呼呼筑起一个温暖的小巢。暧昧的距离，不暧昧的关系也会变得暧昧。萨卡就在这风声雨声呼吸声中，第一次吻了呼呼。纯洁之吻，情不自禁地印在呼呼的额头。再往后，Colin开着车路过他们藏身的地方，一道苍白的闪电划破天空，把这对被雨中浪漫冲昏头脑的小情人暴露给无所事事的Colin。他一下子就认出了他们，几乎是毫不犹豫地邀请他们上了车（他不可能只邀请呼呼，这样的话他说不出口，这个降福音似的邀请也会被绘上无耻之色）。

如果说一个小时前呼呼和萨卡还没有任何关系的话，那么现在谁也不会质疑他们的恋人关系。呼呼好像轻易就忘记了和Colin在自习室里的不愉快，一门心思感激这个把他们救出水深火热的“死鹌鹑”。她需要一张床，过去的一个星期里她忘记了床的滋味，她迫切地需要重温这个柔软物体给她带来的舒适享受。她很快就在客房里睡着了。她是那么放心地把自己交给

两个陌生男人，甚至没有锁门，她的单纯令人感动。

Colin洗完了澡，打算把浴室交给萨卡使用，而萨卡却盯着客厅里《卖虾女》的复制品不放。

“她的笑很美，让人看了想和她一起笑，是不是？”Colin站到萨卡旁边说。

“告诉我，你是在哪儿搞到的？国内很难看到荷加斯的作品，即使是复制品。”

Colin笑了，他很难克制这种笑。这笑不是针对萨卡，而是对他自己过去的所有行为的嘲笑。

“你瞧，你比我知道得清楚多了，我甚至都不知道这幅画的作者是谁就买了下来。伦敦满大街都是这种复制品，如果——”Colin扫了一眼萨卡的画架，“有机会的话，你真应该去一趟伦敦。特拉法加广场北侧就是伦敦国家画廊，它在整个欧洲都是数一数二的！”

“你经常去吗？”

Colin听出那声音里是不含嫉妒的羡慕。“没有。”Colin撒谎了，“我可以把这幅画送给你。”

这是个很难拒绝的提议，但是萨卡摇了摇他高傲的头。

“你可以拿你的画和我交换。再说，这幅画对我来说已经失去了意义，如果它能到喜欢它的人手里，也是功德一件。”

是的，他本来以为任何人看到画上这个阳光明媚的少女都会被她感染，都会发自内心地微笑起来，可庄美娴偏偏对艺术有免疫力，她竟能对它视而不见，完全忽略Colin的良苦用心。也幸亏她的视而不见，否则没准她还会觉得这个位置很好，把

她的“前夫”的遗像挂在那儿呢！Colin忍不住怨恨地想。算了，如今斯人已“Game over”，还留这劳什子做什么？空悲切。

萨卡高兴地接受了这个提议，可他拿不准英镑与人民币之间的汇率，不知该拿自己的哪幅画、哪几幅画进行交换。他过高地估计了这幅复制品的价值，也过低地贬低了自己的价值。不过我们可以把这理解为萨卡对大师的敬仰，而非对自己没有信心。在大师面前自惭形秽是正常的。最终，萨卡决定由Colin选一幅或者几幅他自己喜欢的。萨卡真是自卑得够戗了，他已经没了地铁站时的冷傲，钱被提升到一个前所未有的高度。

萨卡的建议正合Colin的心意，他问：“全部都在这里吗？无论哪一幅都可以吗？”萨卡说是的。Colin没有再追问一遍，问一遍是礼貌，问两遍就会让人起疑。他克制住寻找的欲望，假装认真地欣赏每一幅，而实际上他只想尽快找到呼呼的影子。他当然会失望，可他又不能找人家要人家女朋友的肖像，只好挑了一幅地铁站风光。事实上，萨卡的画绝大部分都是以地铁站为背景的。

“你很喜欢地铁站？”Colin随口一问。

“也说不上特别喜欢，它有很多我不满意的地方，主要是味道不大好。可因为天天在那里待着，慢慢地也就喜欢上了。如果有可能的话，我希望可以拍一部关于地铁站的短片，那里面的地铁站将是最完美的。”

“老实说，我也不喜欢现在的地铁站，你知道，我是学建筑的，我总希望把地面上的部分建成小城堡的模样。在英国乡

村有很多城堡……”

“那种有吸血鬼的城堡？”

Colin笑了：“就是那种城堡，但是没有吸血鬼。他们以很低的价格把这些城堡租给游客，我喜欢那些厚重的大门。”

“地铁站不需要门，需要的是栅栏。”

“所以这只是一个梦。”

“你可以把你的梦画下来。”

“我的梦不是平面的，是立体的，是钢筋混凝土的，最好还可以有砖头、有木料，是可以摸到的，摸起来还会有粗糙感的。可是，现在人们都喜欢有现代气息的，越现代越好，最好全是迪拜的阿拉伯塔酒店那样的恐怖建筑，干脆住到月球上得了！世贸大厦被炸的那天我真高兴，真的，我真讨厌有那么高的楼，走在高层下面我经常觉得害怕，它的影子把我压得透不过气来。为什么要建那么高的楼？向外星人示威吗？”

“把楼建得越高就越能表示你们建筑师的本事，不是吗？克服重力，人类对自然的挑战、颠覆。”

“你相信这样的话吗？”

“不相信。”

他们都笑了。

“来点威士忌怎么样？”Colin走向房间里的小吧台，“可惜没有冰块了。”

“好吧，随便，我没喝过那玩意儿。”

“说实话，我也不是经常喝。在英国这玩意儿太贵了，消费税接近三分之一，留学生哪有那么多钱！你现在做什么？画

画，卖画吗？”

萨卡接过Colin递过来的杯子咂了一口，味道不怎么样，有一种他说不出来的淡味，还有一点莫名其妙的甜，好像红烧鱼没有放盐，热牛奶只有50摄氏度一样。他不喜欢，也许只是不习惯。他只是习惯揉鼻子，还没习惯别的任何其他。

“我以前是学计算机的，我们那所学校应该算是个名牌吧，反正我们校长是这么认为的。他在讲话时总说：‘如果你们在毕业前不敢找银行贷款，不敢贷款5万元以上，你们就不配当我们学校的学生！’瞧瞧，多牛！我们学校的学生也确实厉害，还没毕业就被大公司提前预订光了，尤其是计算机系。”

“我在国内读大学时，我的校长从没这么说过，你的学校确实不错。哦，对了，我和呼呼是校友。”

“是吗，那真是太巧了。可是我没找银行贷款，我找同学借了两千多块钱从国外买回一个做Flash的正版软件，给一家公司做动画，一次就赚了7万多。那会儿这还属于‘尖端科技’，赚钱太容易了。”

“那你怎么会跑到地铁站画画呢？”

“因为我开车把校长的狗轧死了，他就把我开除了。”

“啊？”

“开玩笑的。我和同学成立了公司，钱越赚越多，我觉得越来越没意思。我就想，难道衡量人生价值的标准就是存折上的数字吗？我怎么觉得我越有钱，我的生活越堕落呢？”

“你太年轻了。”

“年轻不是理由，只是借口。我希望过我想过的生活。”

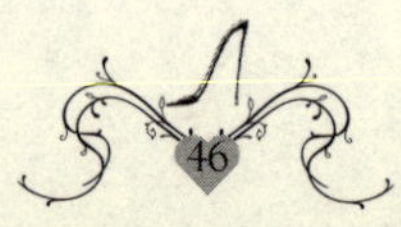

“这就是你想过的生活？你连住的地方都没有，让一个女人跟着你淋雨？”

“说出来你可能不信，我今天是第一次和她说话，我从没想过要对谁负责，不过我想从她开始。”

“你有什么计划？继续做flash？现在几乎谁都会做！Turbo C软件哪个网站都可以Download！”

“我明天就去她的学校门口卖拉面，我是兰州人！其实你倒是可以学着做点动画，毕竟那也是立体的，虽然没有你想要的粗糙感。”

这样的针锋相对没有意义，Colin不想拿不相干的人撒气，萨卡也一样。

“我累了。”Colin说。

“我也累了。”

“睡吧。”

“好。”

“雨好像停了。”

“是啊。”

“我去睡了。”Colin说完转身走了。

“嗨！”萨卡又叫住了他，“你喜欢她，是吗？”他指了指呼呼的房间，Colin没回答，“我已经看出来了，你刚才是想找她的画像吧？我还没给她画过。”

“睡吧，你累了。”Colin打断他的话题，他不想继续这种无意义的交谈，尤其是酒后。

“我刚才说的都是骗你的。我没赚过那么多钱，我是从那

所学校逃出来的，因为它太严格了，我受不了。我喜欢画画，就开了张病假条休学了。”

“你没必要对我说这么多。”

“因为我也喜欢她！”

萨卡的话很突然，他们都沉默了，Colin站得笔直，像杆枪。

“睡吧。”Colin轻轻叹了口气说。

“睡了。”

Colin已经走到了卧室门口，又退了回来转向萨卡。萨卡直起身子望着他。Colin酝酿了一下，或者说犹豫了一下更恰当些，他说：“我在给山荔学院设计礼堂，还需要一个助手。你有绘画功底，愿意来试一下吗？”

萨卡愣了一下。“好的。”他说。

银子对庄美娴说，他要做一款网络游戏。庄美娴连讽刺他的心情都没有，只是没精打采地问他，是CS那样的“我是流氓我怕谁”吗？

“已经21世纪了，美娴，你知道人类最需要的是什么？不是暴力血腥，不是变态色情，是感情！现实世界不能给我们这样的感情，所以人们才把情感需求寄托在游戏上！”

“我没想到你这么有商业头脑。”

银子好像根本没有听出庄美娴话里的讥诮，依旧自言自语地说：“我已经想好名字了——《烈火》！”

“太俗了。你干脆叫《凤凰涅槃》得了！”

“游戏做出来之后你就知道了，你肯定会喜欢的，所有人都会喜欢的！”

庄美娴吃着珍珠奶茶里的“珍珠”，一字一顿地问：“你能告诉我，你为什么会产生这种愚蠢得近似白痴的想法吗？”

“因为我想谈恋爱。”银子想都没想，脱口而出。也许昨夜对他的刺激太大了，他最好的朋友阿飞和他最爱的女人夏天，他们在一起过夜了！他已经不能做到无欲无求。

“你想谈恋爱找个大活人好不好？哪怕和一个不能确定是男是女的人网恋也比玩游戏强吧？游戏是你设定的，你都知道是什么结局，这样的恋爱谈起来还有什么意思？先别说你做的这个游戏能不能成功，就算成功了，你倾家荡产搞这个知道结局的东西又有什么用？能满足你的什么欲望？你以为这个破咖啡店很赚钱吗？赚那点儿钱也不用这么糟蹋吧？”

“我就是想谈这种知道结局的恋爱。现实中的人不是我能控制的，还是玩游戏比较幸福。”

就算他说得有道理，这也不能成为他把全部身家投进这个沼泽的理由！他会被这个该死的游戏一点点吞噬，到后来，愈挣扎愈深陷。他会完蛋的！作为朋友，庄美娴认为自己有义务挽救他。但是他那副模样……

庄美娴认真地打量起对面喝着Dry Cappuccino的银子，她像第一次见到他那样，那么认真地盯着他看。他不属于那种五官英俊的男人，但是他很“有型”。一个男人其实也不需要好看，只要有气质，有男人味就足以。银子属于这一种。这样

的一个男人的确不应该身边无芳草，可庄美娴已经认识了他三年，从没在他身边见过自己以外的女人。

“你恋爱了？”此时庄美娴的好奇心胜于一切。

“她不喜欢你？”这是女人本能的嗅觉。

“快给我讲讲！”最天真的要求泄露了庄美娴“八婆”的本质。

“你今天不用去港口了吗？”

“不要岔开话题！”

“有电话，我去接电话！”银子摇了摇手机，感谢这个救命恩人。

庄美娴望着咖啡店外银子的背影，心里涌起一股酸溜溜的感觉。他为了一个女人不惜把全部家产投入到一款虚无缥缈的网络游戏中，为了那个女人还把空窗的她独自丢在店里，为了那个女人，银子今天来咖啡店甚至都迟到了！这么多年了，银子从来都没发生过这种情况，可为了那个女人……那个女人是银子珍藏的秘密，他不舍得把她拿出来与任何人分享，而这个女人还不喜欢他！

其实庄美娴根本没必要把那个女人当成情敌来嫉妒，这和她一点关系都没有。可是我们忽略了庄美娴的想象力，她轻易就把这件事和自己扯上了关系，并联想到为什么就没有一个男人像银子对那个女人那样地来对待她呢？这会儿庄美娴还不知道银子喜欢的人是夏天（不过她很快就要知道了），而夏天喜欢的人就是昨天也同样让庄美娴心动的男人——阿飞。如果庄美娴知道这个并不复杂的有缺口的四角关系，恐怕她就要跑到

夏天工作的摄影工作室去探个究竟了。她这样的女人有什么事做不出来？何况那个时候，夏天就是庄美娴已知的真正的情敌了。

“是她打来的？”银子一回到店里，庄美娴就略带醋意地问。

“谁？哦。不，不是，是阿飞，你见过的，昨天来过店里找我。”

“阿飞？就是那个脸上有酒窝的男人？你们关系很好吗？”

“他是我的高中同学，大学也在一起。毕业后他留在当地，我回来了。不过一直有联系，关系还不错。”

庄美娴的眼睛闪过一丝失望，银子抓住了。

“这么说，他只是路过这里了？”

“那就要看他的意思了。他现在是孤家寡人一个，到哪里都一样，看哪里更吸引他。怎么，你认为他具备当Colin的潜质吗？”

“如果我说是，你会不会阻挠？放心，我不会让他受伤的！你还没看出来吗？其实每次受伤的人都是我。”

“我是在为你担心，这个‘Colin’可不是你想象的样子。走着瞧吧，你会明白我说这话决不是因为我自私。”

银子的话太沉重，压得两个人都张不开嘴巴说点什么。不过也好，他们都可以利用这段沉默来想点自己的事情。银子要想的事情很多，主要集中在那个对他来讲实在太陌生的领域——网络游戏，它要怎样才能诞生？他是商人，熟知有钱能

使鬼推磨的道理。他的确不懂网络游戏这东西，但他可以找懂的人来做。这些人都将成为他的工具，帮他把这个梦做得完美一些，真实一些。而庄美娴想的东西显然没有银子那么有建设性。她在想，为什么她离家出走一整天Colin都没有发现，到最后还要她把分手的话说出来？为什么他连一点阻拦自己的意思都没有，而且直到现在都没有一个电话打来？自己已经沦落到这么可怜的境地了吗？

咖啡店门口的风铃响了，银子和庄美娴齐刷刷地行起注目礼。日后回想起这个片段，无论是银子还是庄美娴，都觉得太富讽刺意味了。

进来的人是夏天和阿飞。

在漂亮女人眼里，夏天是不具备杀伤力的。肥大的T恤、短裤、沙滩鞋，没有化妆，头发乱糟糟的，哪一点好看呢？可作为漂亮女人的庄美娴却偏偏嫉妒上她了，原因当然是阿飞。而夏天和阿飞的同时出现对银子来说却有别样含义，那等于正式向他宣告——你出局了。银子输得不服气。他不是输给了阿飞，而是输给了夏天的回忆。他煞费苦心地安排一切，把自己慢慢地融进夏天的生活，好容易知道了夏天的生日，想要在这一天（也就是昨天）让他们的关系有所进展，却在半路杀出阿飞这个“程咬金”。他知道他们是认识的，也知道他们交情不浅，可没想到竟会那么深，无论他做什么都没有用，都要不到夏天的心。他对夏天日积月累的深情，还不及阿飞一个微笑。

唉……

还需要具体描述这个场面吗？对银子来说是不是太残忍了？庄美娴恐怕是愿意复述的，这里并没有挖苦她的意思，她天生就是那种爱夸大其词的人，Colin系列就是一个例子。为了维护事情的真实性，还是老脸皮说事实吧。

银子把这几个人互相介绍了一下，庄美娴充当女招待为他们端来饮料。银子因为躲在车里一夜未眠，今天早上亲眼看见阿飞从夏天住的仓库里走出来，也就没好意思问他们中的任何一个：“你昨天睡得好不好？”庄美娴知道这次谈话没有她的位置，不情愿地把自己塞到吧台后面远远地观望。再后来银子和阿飞谈起了他们将要合作的项目，夏天也识趣地离开坐到别的地方了。

应该说夏天这时犯了一个错误，她没有主动凑到庄美娴跟前聊天是一个失误，这让庄美娴觉得夏天倨傲。如果庄美娴知道夏天是那种可以在首次个人摄影作品展上当着众人的面摔烂手机，把所有人丢在那里不管，仅穿着一条黑色蕾丝内裤走掉的人，她就应该理解夏天没有主动招呼她是性格使然。可问题的关键就在这儿，庄美娴不知道夏天的英雄事迹，夏天也不认为这是值得炫耀的事，于是庄美娴就对夏天产生了误会。当然，夏天也不是傻瓜，凭借女人的直觉，她也嗅出庄美娴的味道不对。可她没有想到庄美娴变了味不是因为银子，而是因为两天前才到这里的阿飞。

（话说到这里我想打断一下，我一直在考虑要不要把夏天和阿飞的故事讲一遍。那是一段比较老套的爱情，因阿飞的已

婚身份变得稍微有些特别。不过现如今这种第三者插足的情感纠葛也逐渐失去了市场，几乎每个中年男子都敢在聚会上大言不惭地对别人说：“我老婆在家看孩子做功课，这是我女朋友。”世风日下！我看夏天和阿飞的故事不讲也罢，反正人们在这种事情上决不会缺乏想象力。如果一定要不顾读者的肠胃进行叙述，将会造成下笔千言离题万里的可怕局面。可是我想提醒大家，夏天是一个极有个性的女人，这为他们媚俗的爱情添加了一点刺眼的颜色。好吧，书归正传。）

银子和阿飞的谈话很快结束了。阿飞本来提议玩一会儿吉他，“像上学那会儿”一样，但银子没什么兴趣。他们的合作关系已经确立，每天都可以见面，何必一定要来侵犯银子的世外桃源呢？难道他带着夏天来到这里就是为了玩吉他？算了吧，银子明白他的意思。好吧，我退出，但我保留“夏天争夺战”的最终解释权。

“那个女人是他的女朋友吗？”

他们刚走，庄美娴就迫不及待地问。银子恢复往日那副无所作为的表情开始收拾杯子，夏天喝的是汽水，用的是吸管，没有她的唇印。Oh，shit！

“现在应该是了吧。”银子抬起头对着窗外说。

那里，夏天笑着拉开车门坐进副驾驶的位置。如果那是我的车，我会把驾驶员的位置给你，随便你把我带到什么地方都可以，我愿意被你主宰。

“什么叫‘现在应该是’，你和谁商量呢？”

“阿飞没说，我也不好说。”

“他们怎么认识的？”

“昨天……”

“昨天！那不就是one night stay了！既然是‘一夜情’，大白天还一起出来干什么？怎么不遵守游戏规则呢？这样下去不就乱了吗！”

“美娴，他们已经认识十年了。”

我和她也认识十年了，只是她不知道而已。银子在心里补充上一句。

十年，是一个很庞大的数字，除了父母，Colin想不起和谁保持过如此悠远的关系。如果——他是说“如果”，有那么一个女人，可以让Colin和她保持十年的关系，那么她肯定是他的妻子。

中午的时候呼呼来了，手里托着一只饭盒，有排骨的香味飘出来。她站在门口，敲了敲敞开的大门，Colin叼着烟斗从老板椅上转过身子，看到是呼呼，他竟不知道说什么才好。

“萨卡去图书馆拿资料了。”他终于想出来一句。

“噢。”呼呼说着，“我来给他送午饭，放在这里可以吗？”她一下子就认出了萨卡的临时座位，指着那张铺满报纸的桌子问。

“我看看啊。”Colin走过来，拿走一张报纸，“行了，现在没问题了。这上面有我需要的东西。”他扬了扬手中的报纸。

他们离得很近，Colin闻到了呼呼头发里苹果香波的味道。他个子很高，呼呼觉得有压迫感，情不自禁地挪了挪身子。Colin马上意识到了，自觉地退后三步，保持友谊的距离。

“你随便坐，他一会儿就回来了。要不要喝水？那里有饮水机。”

“我知道。你不去吃午饭吗？”

“怎么？要把我赶走，好给你们留下私人空间？”

呼呼的脸上飞起两朵红云。昨天她还在感激这位学长的仗义相救，现在她终于确定，这家伙一点都没改，还是那副坏坏的德行。

“少拿你的小人之心度我的君子之腹！忘了告诉你，我今天不去自习室，没人给你占座位看武侠小说。”

“你这么一说倒提醒我了，一会儿萨卡回来，我得让他去自习室给我占个座位。”

“喂！萨卡是你的助手，可不是你的跑腿！他没必要履行这种无理取闹的职责！”

“喂，我的助手是萨卡，可不是你！”

“你！”

“我什么我？”

“我不理你这个死鹌鹑了！”

呼呼气得拍了一下桌子，怎么就那么巧，把墨水瓶弄翻了。更巧的是，萨卡抱着一堆资料进来正好看见。

“笨蛋！那有我们需要的资料！”

萨卡把厚厚的资料扔进呼呼怀里，拼命抢救已经被污染的

报纸，脸上的表情可真吓人。呼呼像只受惊的小考拉，想躲到妈妈的育儿袋里，委屈得不得了。

“没关系，萨卡，资料我已经拿开了。” 呼呼的神情让Colin看了心疼，“她给你送午饭来了。说到午饭，我也饿了，我要去吃点东西了。Bye啦，不要想念我哦！”

不等他们回答，Colin就走出了工作室。他喜欢和呼呼斗嘴，可惜这种机会将越来越少。其实他一点都不饿，但还是觉得应该离开那里，出来吃点什么。想想还是有庄美娴的日子好，她的厨艺不错，还会做西餐，总能挑逗起他的食欲。虽说在英国待了三年，可有机会吃正统西餐的日子并不多，太贵了。庄美娴帮他填补了这项空白，他吃得津津有味，可以说只要有机会他就一定要吃庄美娴做的菜，喝她调的鸡尾酒。如今这样的好日子一去不复返喽！她到底为什么要分手呢？真的就这样完了吗？她的东西还都在家里，她真的不再回去了吗？

Colin也吃不准自己究竟想要怎样的答案，他对未来的事不会想很多，一般只想到明天，连后天都不去想。他觉得很多事情提前做计划未必就好，就像大学三年级他就开始申请国外留学一样。结果一毕业就真的拿到了录取通知书，既然拿到了，就没理由浪费，他就真的带上40公斤行李来到了伦敦。这选择是正确的吗？目前看来似乎是对的，他出国早，回国也早，成了“海龟派”（海外归来）。如果再晚几年回来，以目前的就业情况推断，没准就成了“海带派”（海外归来就待业）。可是，出国留学真的是最佳选择吗？如果不出国的话，女朋友是不是就不会飞了？

关于Colin的这个想法，一般人都会认为他未免显得太小家子气了。天涯何处无芳草？好男儿志在四方，岂能如此儿女情长？但是请不要忽略Colin目前的“客观实际”——庄美娴已离他而去！人通常都是缺什么才觉得什么重要的，即使是受了三年资本主义制度洗礼的Colin也不例外。他需要一个没有旧男友的女朋友，他希望失忆症这个时髦东西能降临在庄美娴身上。

现在，一切都无可挽回。萨卡和Colin看中的女孩独处一室，还成了名正言顺的恋人，而这个机会还是Colin自己制造的，他终于明白什么叫“哑巴吃黄连”。他也不明白自己为什么要这么做，也许是因为庄美娴突然走了，他害怕这份意外的孤单，才把这么两个宝贝请进家里。他发现他总是在做这种无力承担后果的事，庄美娴是一个教训，萨卡又成了一个教训。萨卡敏感地意识到了他对呼呼的“不单纯”，如果他不做得正义凛然一些，别人会说他什么呢？可怜的Colin又掉进了自己挖的陷阱里。

小娴，你在哪里？

手机不是在你的手里吗？你却吝啬到不想打给她吗？你斤斤计较的是什么？

萨卡吃东西的样子令呼呼着迷，他竟然还会吮手指的，真是个孩子！

“你有多大了？”呼呼忍不住要问。

“24岁。”萨卡在心里小声补充一句，“后年。”

“你什么时候开始画画的？”

“很久很久以前。”

“你不再去地铁站卖画了吗？”

“不想去了。”

“为什么？”

萨卡看了天真的呼呼一眼，相信这样天真的问题也只有这个小白痴问得出。为什么？用脚趾想也能想出来吧？还不是怕你天天跟着我，耽误了功课。

“不好玩。”他说。

“那你觉得现在的工作好玩吗？整天被那只死鹌鹑指使来指使去的，浪费你的才华！”

“小姐，你爸爸妈妈每个月给你生活费，我可是要自己赚钱养活自己的！根据马斯洛需求定理，人必须满足生存需要，才能追求更高层面的精神需求！”

“你懂得真多！”呼呼眼里闪着无限敬仰。

糟糕！这个小笨蛋不会这么无知吧？

“你也应该学了吧？你是学法律的，怎么着也应该学犯罪心理学吧？那不是必修课吗？”

“我是学了啊，可从你嘴里说出来，感觉就是不一样。”

每个恋爱中的女孩都有当白痴的天赋。现在，萨卡才真正相信这句话是劳动人民智慧的结晶。

“你——愿意——当我的——男朋友——吗？”

便秘！听到呼呼娇羞无限一字一顿地问出这句话，萨卡第一个反应就是便秘。想当年他在学校里的时候，女同学都跟疯

婆子似的，直接走到面前说："我喜欢你，你喜欢我吗？喜欢的话，就跟我一起去看电影；不喜欢，现在就告诉我；一时想不出来的话，我给你一天时间考虑，明天这个时间我还来问你。如果到时候你还不能给我明确的答复，我就视同于你拒绝我了。"萨卡听到这样的话都不敢直视她灼热的眼神，灰溜溜地说完"我不喜欢你"，还在担心那个女生甩给他一巴掌。现在呼呼说完连大气都不敢喘一口，倒给了萨卡一个好好观察她的机会。

对嘛，这样才像话嘛！头低一点，再低一点！脸红一点，再红一点！不敢看我，不敢看我！保持这个造型！哪有女生那么凶的，都要把男生吓跑了！呼呼这个造型才对，才像一个女孩子嘛！

萨卡为自己惊人的发现窃喜，不知呼呼触动了他哪根神经，他飞快地拿出素描本对着呼呼画了起来。很久，呼呼都得不到答案，不由得抬起头看萨卡。

"别动！"

呼呼吓得赶紧把头低下，比刚才更低了。他在画她吗？呼呼的脸被太阳涂上了火红色。

一般的影视作品都会如下表现类似的情节：男女主人公是冤家对头（或者一方暗恋另一方），但是他们在网上是聊得很投机的朋友。现实生活中他们斗智斗勇，一来到虚拟空间就卿卿我我。基本上只要有一方坐在电脑跟前，观众就知道他

（她）的知心好友必是另一方无疑。全世界都知道他们是一对，只有他们自己不知道，还要顽强地斗来斗去，最后是有情人终成眷属的大团圆结局。既无聊又无趣，有严重戏弄观众的嫌疑。

现在坐在电脑跟前的人是银子，为了避免落入俗套，电脑那一头的人既不是夏天，也不是庄美娴。夏天正和阿飞躺在床上忆苦思甜，讲述她在法国的留学生活，讲述她如何穿着内裤离开自己的首次个人影展，讲述她在冬天的海边游泳差点小命不保，讲述她来到这个城市后如何沦落成一名专拍“美人照”的摄影师。这都要怪阿飞，他明知不能爱她还要让她爱上他，他明知不能参加她的影展还要让她空等，是他让她万念俱灰只想一走了之。不过现在夏天全不介意了，因为他们躺在一张床上，有的是大把的“明天”。而庄美娴此刻就坐在银子的旁边，是她鼓动他上网的。他不是想做一款网络游戏吗？那他最起码应该知道什么是网络游戏，该找什么样的人来做这个游戏吧。

银子说，他的游戏里只有两个人，一个男人，一个女人。女的只能叫Summer……

“男的只能叫Silver对吗？”庄美娴不客气地补上一句，她早就看出来银子对夏天的感觉不单纯。也不看看她是谁，她可是蜂房姑娘啊！

“银子，你要做的是网络游戏，不是梦！你知道什么是网络游戏吗？就是想玩这个游戏的人就能玩，有多少人想玩都可以玩！一共才设置两个角色，那别人想玩怎么办？等着这对

Summer和Silver下线，别人才可以登录是吗？你知道现代人讲究的是什么吗？他们要的就是个性！就是自己和别人的不同！你怎么把这些人区别开？”

庄美娴的态度有些过于激动了，搞得银子更加茫然地看着她，这使庄美娴更加确定，银子要做的不是网络游戏，而是梦。

“他们的性格不同。每个玩这个游戏的人性格都不同，即使面对同样的事，他们做出的选择也不同，这样还不够‘个性’吗？我只是想让每个‘夏天’遇到的都是‘银子’，每个‘银子’遇到的也都是‘夏天’。咖啡店、餐厅、酒吧、游乐场、办公室，只要有人的地方就有‘夏天’和‘银子’。无论经历过什么事，他们最终……”

“他们最终都会在一起对吧？这样的游戏有什么好玩的？你说是为了满足人们对情感的需要，我看只是给你自己做梦的机会。你真是不可救药了！没有人会为这样的创意投资的，银子，你不要做梦了！”

“我自己可以投资。”

“银子，你醒醒吧！这需要花很多钱的！注册公司、请人编故事、请人设计程序、取得销售许可证、公开发售……哦，天哪，我想想都觉得脑袋疼。这至少也需要几百万！真是不当家不知柴米油盐贵！”

“‘天香庄园’是我的。”银子平静地说。

这下轮到庄美娴说不出话了，她大张着嘴巴愣在那里，眼睛直愣愣地眨了几下。天香庄园？！那片正在开发中，占地

一百亩，集商用写字楼、店铺、超市、住宅、别墅、学校、医院于一体的多功能社区？哦，天哪，天哪，椅子在哪儿？沙发在哪儿？我要晕一下，这不可能，这不可能！

“还记得你那次失恋，我陪你去商店疯狂采购，你花光了所有的钱还是觉得不解气。我问你怎么才能高兴起来。那时我们正好走到光明站，打算搭地铁来咖啡店。路过地下停车场时，你看见那里停着一辆绿色的奔驰SLK320敞篷跑车，你说把那辆车的篷子划破了，你就会高兴。记得我当时是怎么做的？”

“你找我要了一把指甲刀，上面有指甲锉，你拿着指甲锉就把篷子划破了。当时把我吓得要死，拉起你就跑，一直坐上地铁我的心还在狂跳。不过，那之后我真的高兴起来了，还庆幸那辆车没装报警器……”

庄美娴喃喃地叙述，完全沉浸在对往事的回忆中，脸上挂着幸福的表情，就像她手中的“烈焰红唇”（西瓜汁兑伏特加点缀小樱桃）一样美好。她已经忘了那个让她伤心的Colin具体是哪个Colin，但是她记得这件事。那是放肆的快乐，因罪恶变得更加刺激。接下来，她猛地盯住银子右耳上的耳钉，那枚被他说成是玻璃的耳钉。

“你的意思是说，那辆车是你的？”她问。

“那里有四辆车是我的，我很高兴当时那辆兰博杰尼被罩住了。否则如果你想对它做点什么的话，我恐怕还真有点舍不得。如果我没有偷偷把报警器关掉，怎么可能……”

“哈，哈，哈哈……”

银子没料到庄美娴会发出这样的笑声，既不是嘲讽也不是开心，只是很单纯地在笑，有点像……像发神经！

“银子，麻烦你转一下头，看到外面了吗？天还没黑，还没到做梦的时候。”庄美娴笑得已经上气不接下气了，但她还是强撑着把这句话说完。

“随便你吧，但是有人愿意帮我做这个游戏了。他的专业就是计算机编程，我约他7点钟来见面。”

“我为你的想象力感到吃惊。”

“我为你这么没有想象力感到吃惊。”

两个人不欢而散，庄美娴懒得再把西瓜放进榨汁机里榨汁，干脆咬一口西瓜喝一口伏特加。这酒喝不了多少就会醉的，完全不符合庄美娴的“美容守则”。可是有什么办法？人生就像笑话，再也不用去任何网站浏览笑话网页了。银子又站在他那孤独的舞台上，他抱住吉他的样子没有阿飞帅，弹奏得也没有他好，但是曲子更讨庄美娴的欢心，因为是一首外文歌。

7点钟，有人准时推开咖啡店的大门。是的，你已经猜到了，来的人是总爱揉鼻子的萨卡，还有他的小影子呼呼。如果不是他们两个，这个故事就会因牵扯进过多的人而变得凌乱不堪。本来萨卡是不希望呼呼来的，可呼呼就是一条黏人的小尾巴，休想甩掉她！见到他们，庄美娴这张有毒的嘴巴就不怀好意地说：“这里没有三明治。”

萨卡听到这样的话，想装作忘记这个红头发的女人都难，拉起呼呼的手就往外走。呼呼的手第一次被他握着，还没来得

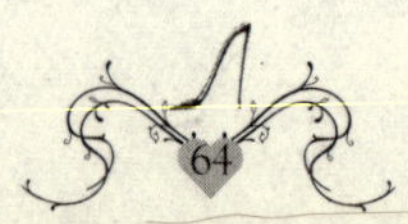

及做出任何幸福的联想就被迫面对人生的抉择。

“萨卡，别走，我们是来等人的！”

“是你？”银子走到萨卡跟前，“你就是网上那个人？”

“你就是找人做MUD的那个人？”

银子怔了一下，说：“对不起，我以为你只会画画。”

“他是计算机系的高材生！”呼呼插了一句。

“是吗？”庄美娴也溜达过来，口气里尽是轻蔑，“拿出你的毕业证给我看看！”

“美娴！”银子低声制止她，“去帮我倒两杯饮料好吗？谢谢！”

这声音几近请求。庄美娴只有走开。

“那么……”银子有点紧张地张开双手，呼呼望着他，忽然有一点想笑。为什么要做这个动作呢？大人有时真不可思议。可怜的银子，他在呼呼眼里是“大人”，他明白这个“大人”就是他很老的意思吗？

“我们现在就开始吧！”

银子的手终于合在一起，我们可以把这理解为鼓了一下掌，为未来。

“我为美娴刚才的不礼貌向你道歉。”这是银子落座后的第一句话，“你知道，女人都是这个样子的。”他的表情有点像“憨豆先生”，呼呼笑了，都是背着庄美娴的。“不过，你也知道，我对电脑完全不懂。”银子酝酿下面的话，“你怎么证明……”

“我不能证明！”

萨卡的声音很大，他似乎把大学没有读完当做一件很光荣的事来炫耀。呼呼偷偷地拽他的衣角，希望他不要那么“诚实”，可是已经晚了。

“我只读到三年级就休学了，我的理想是当一名画家。我渴望成为雷诺阿、萨金特那样的画家，但是我知道我早晚要向钱屈服，我早晚还得和所有人一样为了钱去看老板的脸色，跟条狗一样。如果我坚持我的理想，我还是得像条狗一样地活！就像你昨天见到的那样！我现在其实就像一条狗，每天睡在地铁站、火车站、广场、公园，被你这些所谓的成功人士挑来拣去！”

“萨卡！”

呼呼尖叫了一声，噌地站起来用面纸给他擦脸。她神情慌乱，心疼得要命。那里，血从萨卡的嘴角沁出来，一定是刚才太过激动咬到了舌头。可是如果疼痛可以改变自己不满意的现状，那么谁都愿意选择疼痛，甚至愿意更痛一些。

萨卡的激动令人吃惊，银子忍不住想起了以前的自己。“比尔·盖茨是几年级退学的？”银子像是在问呼呼，“你还记得吗？”

萨卡攥紧拳头的手慢慢松开了，他陡然坐回位子，沮丧地说：“只有一个比尔·盖茨。”

“没错！所以你需要向我证明——你可以。这里有一台苹果笔记本电脑，最新款的。”银子回手指了指，“我给你三天时间，根据这首歌给我做一个Flash，风格由你定。如果我满意，我会和你签合同，我向你承诺的那些都会兑现。如果我不

满意，我也会付这个Flash的钱，但是版权归我。当然，我不满意并不意味着就是你做得不够好，每个人的喜好不同。可是你要明白，我做这款游戏就是要哄我自己开心，这就是所谓成功人士的嘴脸。你同意吗？”

“这是谁的歌？我好像从来都没听过。”萨卡把玩着手里的那张CD，封面只有两个手写的红色大字——烈火。

“我的歌，这款游戏的主题曲。还需要问什么吗？”

“我想知道，如果你满意的话，你真的会在‘天香庄园’给我一间工作室？”

“如果你有兴趣，这三天你就可以住在那里。”银子从口袋里掏出一串钥匙放到桌上，“A区C座11层D号。”

“银子，你什么时候懂Flash了？”

送走了萨卡和呼呼，庄美娴就迫不及待地问，这好像才是她最想知道的。

Colin没想到萨卡这么快就来向他辞职，事实上，他还没来得及把萨卡的事向校长汇报。他原计划这件事由他自己搞定，萨卡的薪水就由他来付，不通过“上面”。他们太喜欢开会研究了，研究起来没完没了，等研究出来结果，工期都结束了。但是Colin真的没有想到，萨卡竟然在第二天就告诉他，他找到别的工作了。

“我的老本行，设计软件。”

萨卡揉了揉鼻子轻轻地说，似乎是为了显示他的毫不在

意，可说完连他自己都笑了。不过，他很喜欢这种感觉，平等的感觉。他也将有自己的工作室，而且是在“天香庄园”，要比山荔学院里的Colin的工作室强多了！这种竞争开始的原因很好理解，尽管谁都没有言明，但这个竞争确实存在——因为呼呼。

“Colin，想听听这首歌吗？”萨卡坐在副驾驶的位子上问Colin。他们正要一起回到Colin住所取萨卡前一天放在那里的画架，他的手里拿着一张CD，Colin看了一眼，“好啊！”按键出仓。

这首歌萨卡已经听了很多遍，呼呼说这首歌是一首忧郁的歌，不过有点“为赋新词强说愁”的味道。

“肯定是写给一个女人的！”呼呼肯定地说，“没准是他的初恋情人！”

现在萨卡把这首歌放上，他想听听陌生人的意见。稍微有一点BLUES感觉的音乐响起，只有一把单调的吉他伴奏。

当初的心情已经不再

想努力追寻的不来

守望一朵肥皂花的开与败

然后知道什么叫做失望

还有 伤害

等待是一场莫名其妙的战争

好像忽然之间才明白

输的结局是注定

付出的希望永远赢不回来

下一次风起时

飞舞的不会是我这朵蒲公英

即使真的这样明白

还是要亦步亦趋地再来 再来

等待 等待

“怎么样？有什么感觉？”

“嫩了些，是网络歌手吗？”

“是原创歌曲。”

“有点校园民谣的味道。”

“你觉得他想表达什么？听着这首歌，你的眼前出现了什么？”

“汽车、行人、交通警、红绿灯。”

“我是在认真地和你探讨。”

“可我必须认真地开车。”

“等等！你刚才说什么？”

“我必须认真地开车……”

“不是！前面那句！”

“汽车、行人……”

“对！就是这个！”

看着萨卡那兴奋难耐的样子，Colin纳闷。这情景有点像他刚回国那会儿，开着车就跑到左边的马路上去了，警察叔叔就是这么看着他的。接下来，无论Colin再和萨卡说什么他都充耳

不闻了。鬼才知道他在想什么！

萨卡脑海里浮现的是那样一个场面——地铁站里，女孩坐上了地铁，男孩恰好被关在门外，只能眼睁睁地看着女孩离开。男孩发疯一样地冲出地铁站，冲到大街上，奔跑，奔跑！他要追上女孩的地铁。女孩从地铁站里走出来，男孩看到了，他喊她的名字，她回头看到是他，也拼命地跑起来。女孩被车撞倒了，在男孩的眼前……天上飘下来肥皂泡泡，每个泡泡里都有女孩的笑脸，男孩坐在马路边，一个接一个地吹泡泡……

银子严肃地看着这个Flash，刚弄好的Dry Cappuccino动也未动。萨卡从他脸上读不出任何想法，倒是庄美娴一直眉头紧蹙，一脸的不高兴。

“银子，麻烦你过来一下。”

庄美娴一直走到咖啡店外才停下脚步，萨卡望着他们的身影忐忑不安。他不清楚庄美娴在银子的生活中充当一个怎样的角色，似乎很重要吧。呼呼握了握萨卡的手，给他信心。萨卡在她的瞳孔里看到了自己，一个有点模糊的自己。

“你为什么把我的事情告诉他？”庄美娴气势汹汹地质问。

“你的什么事？”

“就是……”庄美娴提高了嗓门，却又压了回去，“就是Colin那件事啦！”

“Colin？”

“就是……就是我编的，说Colin出了车祸的那件事啊！”

庄美娴又气又急，却还不能发泄。谎言从自己嘴里说出来是一回事，被别人弄成Flash到处传播又是另外一回事。

“我刚才还奇怪怎么觉得有点熟，你倒提醒我了。我没对他说过，是不是你的哪个Colin对他说过？”

“我不管啊，这个Flash你绝对不能要，那个家伙你也绝对不能用，否则我就和你绝交！”

“他做的Flash我确实不满意，但是我喜欢他的创意和风格。尤其是结尾，那些肥皂泡很漂亮，我喜欢。我决定聘请他做我的程序设计总监兼美术总监，由他来找他需要的人。”

“银子，你在开什么国际玩笑！”

“美娴，你的生日是不是快到了？”

庄美娴习惯性地把双手交叉在胸前，挑起眉毛看着银子。

“托您的福，还有六个月就到了。”

“我送你一份生日礼物怎么样？”

“什么礼物？”庄美娴狐疑地上下打量了银子一番，“先说好，我没有钱借给你做那种梦啊！礼物嘛，少于一千块的东西我可不要！”

“我请你去拍艺术照，随便多少钱都可以！”

“对我这么好？有什么企图吧？”

庄美娴已经心动了，这会儿她还不知道夏天的职业是摄影师。

“当然有企图了！”银子像哥们儿似的搂住庄美娴的肩膀，“我已经决定做这款游戏了，想请你做我的财务顾问。开

始就是帮他们买买必需的器材，你也看见了，他们都是一群小孩，哪有你有经验！”

“我就知道好事你想不到我！这是财务顾问的工作吗？跟个后勤跑龙套的似的！没事瞎折腾钱，没有几天他们就能把你的钱折腾光了！到时候你非得把这咖啡店卖了还债不可。”

“我打算先期投资一百万，看看他们的业绩再说。好的话，我就注册一个软件公司，适当的时候也应该分一块科技蛋糕尝尝；不好的话，就当那一百万打水漂了。一个梦，一百万……”

“银子，那辆奔驰真的是你的吗？”

“这是行车证，下次不要再问了。”

“我不看，我根本就不记得那辆车的车牌号码。”庄美娴把银子的手推回去，神情忽然变得很落寞，“银子，我可不可以再划破一次车篷？因为我又不高兴了。”

3

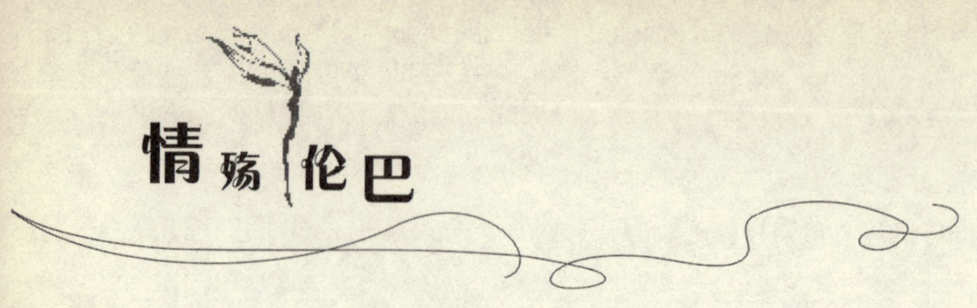

情殇伦巴

庄美娴说服自己，这一次回来决不是因为想他了，而是因为拍照，拍照需要衣服！她已经连续好几天穿着同样的衣服出现在世人面前了，这是一个多么惨痛的事实啊！这简直就是她毕生从未遭受过的奇耻大辱！在她的强烈要求下，银子开着那辆超炫的敞篷跑车送她回家。

“我的车上从来没坐过女人。”银子说。

“你把我当成过女人吗？”庄美娴狡黠地问。

这是庄美娴遭到最多注目的一次旅行，一路上她觉得自己

真的就像王后一样，傲视群雄。她没想过自己竟是这么虚荣的人，可有哪个女人能够拒绝这种虚荣？她不明白夏天为什么能够拒绝这样的一个银子？银子的确没有阿飞帅，可男人不是光看脸蛋儿的，不是吗？何况银子也很有气质啊！也许夏天不知道银子这么rich？怎么可能！银子不告诉庄美娴，大概是出于rich man的顾虑。有钱人嘛，总是有点怪癖的，没事还爱说“穷得只剩下钱了”之类挨啐的话。可银子没理由不告诉自己的追求目标啊！钱这东西虽然不是万能的，可在感情的天平上，还是能加上一些不容小觑的砝码。难道那个阿飞比银子还有钱？Oh，My God！庄美娴总是犯这种“以己度人”的毛病。

远处Colin居住的那幢上世纪初建成的、带有强烈殖民色彩的三层小楼就立在光圈里，庄美娴在车里显得有些依依不舍，不愿这么快就到达。早知道银子是这样的人，当初真应该发展他当“Colin”。

当然，这只是玩笑，但表明物质在庄美娴身上起的物理反应。庄美娴生于上世纪70年代，她既不愤怒也不另类，她的青春还远不够残酷。她知道钱是好的，她可不会一边享受钱带来的快乐，一边骂钱是肮脏的，她是一个表里如一的人。而且她还有一个值得表扬的优点——君子爱财，取之有道。她羡慕银子，但也仅限于羡慕。

“银子，等我一会儿好吗？我拿了东西就下来。”

“你们不需要谈谈吗？”

“没什么好谈的，我已经决定了。”

“美娴，你和Colin的事我很少多嘴，几乎从没多过嘴。但是这一次我想说，你不觉得自己太意气用事了吗？这个Colin给我的感觉不错，你的理由不能算是理由，只是借口。你想让他在意你，你害怕他不在意你，所以你才要逞强说分手。”

“你又不是没有看到，已经好几天了，他一个电话都没给我打过！他根本就不在意我，这是事实！我为什么要和一个不在意我的人生活在一起？还有，我发现自从你喜欢上那个夏天以后，你真的变了，多嘴多舌，‘知道’‘不知道’都从你那里消失了！”

可能是因为聊得太投入了，他们谁都没有注意到后面有车开过来，只听见“砰”的一声。他们一块儿回过头去，一个男人从一辆白色吉普车上走下来，朝着他们过来了。

“麻烦把车开过去一点好吗？你占了我的车位。”

男人的口气生硬但仍保持彬彬有礼的风度。银子回过身来倒车，却发现庄美娴脸色大变。

“美娴，你怎么了？是不是哪里不舒服？”

“他就是Colin。”庄美娴压低声音悄悄地说，几乎就是耳语。

“什么？你大点声音。”

“他就是Colin。”

“麻烦你大点声音好不好？我真的听不清。”

“他就是Colin！”

这次庄美娴的声音确实够大，所有人都听见了。银子一下子愣住了，联想到Colin刚才的表情，分明是在吃醋嘛！这种误

会实在太不高明了。他想马上把这个误会澄清，于是就不得不把这个误会推向了越描越黑的境地。

“嗨，你好！你就是Colin？美娴经常跟我提起你。”银子伸出了一只热情洋溢的手，“我叫银子，我是美娴的……”

一时间银子也想不起他是庄美娴的什么。他想说出一个比较清白的关系，诸如同事、同学之类的，这样就不会像“朋友”那么暧昧了。可他迅速在脑子里衡量了一下，庄美娴已经三年没有同事了，自己的年纪又显然不像是她的同学，撒这种一下子就被人拆穿的谎，还不如实事求是好呢。

“我知道，你是她的新男朋友，用不着不好意思。”Colin没理银子的手，转而对庄美娴说，“欢迎参观旧居——你曾经生活、战斗过的地方，希望能够衬托出你现在生活的美好。你用不着以这种方式向我示威，我知道他比我优秀。”

夜总是这样的赤裸，银子升起了车篷，为的是营造一个属于自己的空间。他料定楼上的庄美娴和Colin不会在亲切友好的气氛中进行他们分手后的首次会晤，他已经尽了力，事情不都是他能左右的。车里的CD放的是他自己的歌，他不是自恋，只是希望去回味那暗恋、单恋、苦恋的感觉。

有时候希望那条路很短很短

轻轻眨巴一下眼睛

我就可以跳到你的面前

有时候希望那条路很长很长

一辈子也走不完

永远不要对你说再见

有时候觉得那条路很短很短

只有几步

我就要开始祈祷下一个明天

有时候觉得那条路很长很长

等待的时间

要用光年计算

思念可以变得很长

生命可以变得很短

银子很为自己的歌得意，但是萨卡的作品不只是让他不满意那么简单，甚至，他还很厌烦。可他还是决定给萨卡一个机会，给别人一个机会来描述他的梦，这个梦也许会因有他人的加入而变得完美。他决定把自己的故事讲给萨卡听，一点一滴，不错过一点一滴，但不是从第一次和夏天会面讲起，而是他们在这个城市意外的重逢。

那时银子已经有了很多钱。钱太多了，导致他在领略了钱的种种好处之后，发现了它的无聊，他想找点事情做，用庄美娴的话说就是“有钱没处糟蹋”。他相中了一家濒临倒闭寻求合作的摄影工作室，原因是他没有干过，觉得好玩，而且，夏天不就是干这行的吗？他想知道夏天的工作是怎样的。那天他来到摄影工作室，和这里的老板大明在房间里密谈。他以一个

精明的商人应有的态度来洽谈合作的事，无比从容。他当然不会想到，他会在这里，竟是在这里，再一次遇到了夏天。She is his Apple!

“我需要一份月薪3000元的工作，要提前支付的。”这是夏天走进去对着所有的人说的第一句话。

工作室里很冷清，一个顾客都没有，工作人员懒散地分布在各个碍眼的角落。听到夏天话的人都愣了，大明和银子走了出来，他们的目光齐刷刷地投向她，过了好一会儿大明才对她说：“我们这里不请人。”

夏天知道说话的这个人就是老板，他穿了一件印着约翰·列侬头像的圆领黑色T恤，牛仔裤膝盖位置分别有一个破洞，一看就是故意剪破的。太小儿科了！夏天笑了一下，走过去拿起桌子上的一把剪刀，拽起自己的牛仔裤对准大腿的位置狠狠地几剪刀下去，裤腿差点从腿上掉下去。所有人瞠目结舌。工具盒里有她需要的大号别针，她随意地别了几下，看着她的人更愣了。那条牛仔裤经过她的改良已经成了一件艺术品，处处透着不同凡响。后来工作室的老板大明花了1050元才从夏天那里买到挂到工作室的墙壁上，因为夏天说，牛仔裤只值50块，但知道怎样剪它值1000块。

“给我3000元的工资并不多。有了我，生意只会越做越好，你依旧可以当老板，没有人会来分你的利润。还需要考虑吗？”

天真的夏天以为她不需要拿出她的摄影作品，她也不需要在大明面前摆资历，她就已经征服了他。可是她不知道，银子

在背后悄悄地拽了一下大明的衣角，在他的手心里写了一个数字，一个远远高于大明期望值的数字。大明是识时务的俊杰，他当然不会错过这个讨价还价的好机会。从基因上看，大明比银子更具商人气质。夏天只是给了大明一个赚钱的希望，而银子给的是实实在在的cash。

“先付1000。”大明故意顿了一下才说，为了显得可信。

“3000！”夏天自信地坚持着。

“1500。”

“3000。”

“2000！不能再多了！”

“好吧！掏钱！”夏天伸出手说，适当的时候应该学会妥协。“今晚我要住在这里，我没地方住了。记住，下个月的月初要给我4000块钱！还有，你能不能叫个人帮我去皇宫饭店把我的东西拿过来？我房间的房费一分没给呢！”

“什么？皇宫饭店？！”

“怎么了？”

“你疯了！那里最便宜的房间，一个晚上也要998块！”

“所以我才叫你帮我去拿，因为我打算赖账。”

银子偷偷地笑了。喜欢这样的女人是必然，她值得银子去喜欢。现在银子无比懊恼的只有——当初为什么夏天拣到的不是他的手机，而是阿飞的呢？否则，也许谱写一部《烈火之恋》的人就是他们。

以后的情形当然如夏天所料，工作室的生意一天比一天好。她不懂得怎样宣传，也不懂得怎样拉来客户，她只知道如

何用照片说话，她只需要征服那些只想把照片拍得比人美的客户就够了，虽然这已经和她所追求的东西相去甚远。但是无所谓，没有什么比活下去更重要。她懂得如何利用光线去制造那种朦胧美，懂得如何选角度掩饰客户身上的缺陷，她可以让每个客户都惊讶自己是怎么变得那么漂亮的。到工作室找夏天拍一套艺术照，已经成为这个城市年轻女孩实现麻雀变凤凰的捷径，一些幻想成为明星的小女孩，更是把夏天拍的照片当成敲门砖。每个月3000块的工资，大明给得毫无怨言，反正出钱的人也是银子。

一个搞艺术的人当然不懂什么是商业手段，夏天当然没有注意到银子为这家工作室搞了一个彻底翻修，花大价钱布置了摄影棚、买来服装道具，在报纸上整版地做宣传广告。她只认为是自己的技法高明。当然，这也没什么错，对自己自信总是好的，银子也很高兴夏天终于落在自己的掌控之中。他阴谋夺取了工作室后台老板的位置，对大明各种巧立名目的费用支出视而不见，大明信守承诺没有泄露银子的秘密（说出去对他只有坏处），一切都在有条不紊地进行。银子很满意，只对萨卡的作品不满意。

他们的故事不是这样的，他们的爱情还未孕育就已夭折。那个Flash还是送给庄美娴好了。

庄美娴不明白自己为什么在这种情形下还要跟着Colin一起上楼？他以为银子是她的新Colin吗？既然他已经不再在意她的

感受，那么，何必还要摆出这副吃醋之后冷嘲热讽的嘴脸？

Colin也不明白庄美娴在这种情形下为什么还要跟着自己一起上楼。她显然已经有了更好的选择，没有分手的理由是因为她自己也说不出口。“你为什么背着我爱别人”，只有歌手才能深情款款地唱出，一个普通人只有最单纯的受侮辱的感觉。

Colin坐在客厅闷闷地抽着烟斗盯着萨卡的画，《卖虾女》被报纸包着放在角落，终于成为历史，一段回忆起来稍显郁闷、压抑、无奈、憋屈的历史。庄美娴在房间里收拾自己的东西，她机械地把东西一件一件放进包里，一如她短暂的人生，仅仅一个包而已，足够了。

有人按响了门铃，Colin刻意让它多响了一会儿。庄美娴也听到了，停下了手里的活儿。

“你怎么上来了？”Colin开了门，不耐烦地问，“我不是让你在车里等着吗？”

呼呼愣了一下。萨卡在“天香庄园”设计游戏程序，她是“奉命”来拿《卖虾女》的。Colin自告奋勇说带她来拿，他上来好久都不见下去，自己又不知道他的手机号码，这才不得不上来，怎么他现在反倒一副大惑不解的样子？

“帮帮我！”Colin听到了庄美娴的脚步，突然一把将呼呼搂进怀里压低声音说，“我怎么说你都别说话。”

庄美娴走了出来，她听到了女人的声音，便装着出来拿放在客厅桌子上的大肚皮青蛙定时器（做面膜时少不了它），想看看是谁。当她看到Colin怀里的女孩子时，有点吃惊，却还是忍不住想笑。

“你那个画家男朋友呢？”庄美娴问呼呼。这种把戏真的很低级哟！

Colin看了看怀里的呼呼，不知道是庄美娴侥幸言中，还是她们本来就认识。

“他……”呼呼刚要张嘴说话就被Colin拦了下来。

“他们只是普通朋友。”Colin抢着说，“我来介绍一下，这是我的女朋友呼呼，这位是……算了，没必要介绍，反正以后也见不到了。”

庄美娴遭遇了平生最大的尴尬，她所能做的只是拿了定时器回到房间拿起自己的行李离开。手里握着这个大青蛙定时器，庄美娴觉得这像极了自己和Colin的关系。什么东西都是有期限的，不是你就是我，或者是他和她，总要给这样东西定时。时间到了，一切就结束了。呼呼知道自己被迫演了一场并不讨好的戏。

“Colin，你真缺乏演戏的天赋。”庄美娴临走时说。

“你有演戏的天赋！一星期前你还说你爱我，一星期后你就可以把这句话对任何人说！”Colin不顾一切地对着紧闭的大门喊。

他没想过她会听见，他只是想表达自己的愤怒。门“咣”地一下又被踢开，庄美娴挟着风冲到Colin面前，“啪”的一记耳光打在他脸上，用尽全身力气。

“你太看不起你自己了！”她抖着嘴唇说。

这次庄美娴是真的走了，真的走了。

烟丝从烟斗里掉出来，掉到桌子上，冒着淳朴的奶油香

味。它灼烧炙烤的不只是那张洋溢着巴洛克风情的茶几，还有Colin的心。

世界有那么一秒钟安静得像个死人，呼呼被Colin搂在怀里的身体逐渐变得僵硬。她忘记了挣扎，因为她觉得他很可怜。他脸上的掌印依旧清晰可见，可是最疼的，还是他的心吧？刚才楼下的那一幕，呼呼看到了，也听到了，她猜得出他们的关系，一定是曾经爱得很深的恋人。她本不该上楼来的，可她又不愿意让萨卡等太久，于是就……唉，算我倒霉吧。而接下来发生的事更令呼呼手足无措——Colin将她紧紧地搂在胸前，吻她的头发，吻她的眼睛，吻她的嘴唇，疯狂、侵略、掠夺、世界末日般的。她在他怀里挣扎反抗，她的舌头尝不出爱的味道。她已经20岁了，如果他的吻里有千分之一的爱，她一定可以尝得出！可是她尝不出，他没有爱！他对她没有爱！

他放开了她，他的眼睛在她脸上搜索，寻找。他对她脸上因愤怒而起的赤红视而不见，只想寻找他熟悉的那个影子。徒劳。

突然，他听到了楼下引擎发动的声音！他奔向窗前，像个忠实无比的Fans，目送自己的偶像离开。哀伤，绝望。

他奔向卧室，呼呼差一点被他撞倒。他搬了一张椅子放到衣柜前站在上面。衣柜顶上有一个密闭良好的小化妆箱，他轻轻地打开，突然疯狂地打起喷嚏来，那里面曾经放着“鸦片”。现在，不见了。衣柜顶端的边缘有两个手印，一个被盖

上了一层薄薄的灰，很薄很薄；一个还是那么清晰，刚刚留下的。他把手指轻轻地、仔细地、慢慢地压在那手印上面。头，缓缓地靠了过去。——她用过一次又放了回去，她并不想经常用，她只是想引起他的注意，他却忽略了，他完全忘记了！今天，她是真的拿走了，那令人发指的香水将成为他们决裂的永恒标志！

“下个月是萨卡的生日。”Colin手插在裤兜里从房间走出来，淡淡地问呼呼，好像什么都没有发生过，“你不想送他一份很好的礼物吗？”

“是吗？”她站在那里，仿佛做错事的人是她，手指绞在一起。她应该愤怒的，可是她忘了，“我都不知道他喜欢什么。”

“无论他喜欢什么，你都需要钱来买不是吗？”

他看着她，她躲避他。她当然知道礼物是需要钱来买的，可她真的没有买礼物的钱吗？还是因为她有的钱偏偏是她不愿意花的那种钱？

“萨卡走了，我仍然需要一个助手。你的考试已经全部结束了，对吧？明天我在办公室等你，你认识的。”

厌倦了漂泊，庄美娴开始渴望组织的温暖。周末一大早，她穿上得体的套装，粉色的那一套，踏上高跟鞋，暗红色的那一双，带着她那颗火红色的卷毛脑袋奔向招聘大会。“天香庄园”又在“诚聘各路精英”，那么大的工程，永远都在招聘

中，庄美娴强迫自己看不到。至今，她仍对银子的身份持有怀疑，没有理由。

庄美娴有自己的就业标准：工作环境一定要在20层以上的写字楼里，要有中央空调，保证一年四季都可以穿着优雅的套装，露出性感的小腿；薪水要在5000元以上，她的花销很大（她习惯了大花销），否则她没必要用现在的自由来换取这份可怜的报酬；老板要可亲可敬，性别无所谓，只要不对她有什么想法就好。她的标准很高，能得到的只有失望。但是她不气馁，这也是一个衡量自己价值的过程——有一个秃头的老色狼愿意花6000块请她当秘书。庄美娴还在抉择，但她很快发现她的目标已经确定。

阿飞嚼着口香糖突然出现在“天香庄园”的招聘台前（刚才还没有），那里提供两个不太有意思的职位，统计员和销售员。庄美娴走了过去，知道这是“天香庄园”的一个下属项目——D区写字楼，她决定应聘销售员的职位。阿飞认出了她，冲她微笑了一下，她又看到了他左颊上醉人的酒窝，更加坚定自己的信念。阿飞决定请她，于情于理都应该这样。

庄美娴向银子隆重宣布，她已经成为天香集团的一员。公司提供职工宿舍，她可以搬出去了。银子哦了一声，表示他已经知晓，他说那样更方便庄美娴管理软件公司（的雏形）。庄美娴提出异议，银子毫不客气地告诉她，如果他愿意，他立刻就可以让庄美娴失业，那时她将不得不就范，但是这样做没有

意义，他不喜欢强权，他们是朋友。庄美娴说她宁愿饿死也不会屈服在银子的淫威之下，但是我们看到，她火红色的脑袋转天就出现在“天香庄园”D区写字楼正在热卖的楼盘里。我们可以把这理解为她是因为舍不得阿飞，才不和银子这样的小人一般计较。

现在，庄美娴可以在上午时分经常看到银子叱咤风云的身影，每个人对他恭恭敬敬的神态迫使庄美娴相信他的身份。但是一到了下午，银子就不见了，庄美娴会偷偷地笑一下——只有她知道这个神秘的集团主席在哪里。他不在咖啡店，就在萨卡的工作室。为了他那款……哦，上帝保佑，他那该死的网络游戏《烈火》——银子和夏天的故事。

这一切，阿飞真的不知道吗？他不知道银子在打他女朋友的主意吗？

银子待在萨卡工作室的时间要远远多于在咖啡店的时间，但他还是没忘了看那张报纸，一种徒劳的习惯。他无意扮演监工的角色，可除了盯着萨卡设计游戏，他认为自己无事可做。他现在做的事全不是他喜欢的，只有这款游戏才是。有时，他也会让自己很资本家地认为，萨卡就是他的工具，就是他实现梦想的工具！剩余价值见鬼去吧，他只对游戏里的夏天有兴趣。可萨卡似乎真的要比银子想象的愚蠢，无论他怎么描述，萨卡就是不知道《烈火》里的Summer应该是怎样一副尊容。

“明天上午你陪美娴去峡谷摄影工作室拍照。”银子不容置疑地命令道。

“为什么是我？你要让她做《烈火》的模特儿吗？”

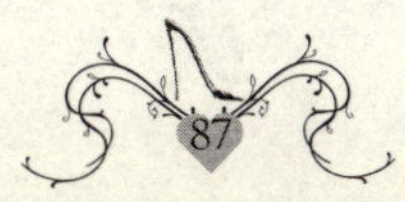

“我不想强调我的地位，但是我希望你明白，你的个性必须向我妥协，你要对我服从，绝对服从。为什么叫你去，到那里你就知道了。”

“可是她现在在D区上班，我怕她没有空。”萨卡还是不愿意。

“她会有空的。”银子抄起电话按下数字，“喂，帮我找一下庄美娴。美娴吗，明天上午9点准时到峡谷摄影室拍照。”

“你开什么玩笑！”庄美娴忍不住在电话里吼了起来，刚才接电话的同事诧异地看着她，佩服她竟敢这么跟董事长说话。“我刚和客户订好明天来签合同！我不去！”

银子在电话这头皱起了眉头，威严得可怕，和身在咖啡店的他是截然不同的两个人。

“如果你现在被解雇，明天是不是就有时间了？”

庄美娴做了一个深呼吸，让自己尽量冷静下来，压低声音说：“大不了我再回去做我的供应商，可是你的口气让我怀疑你还是不是我认识的那个银子。”

“在这里请叫我‘戚先生’。你可以去做你想做的事，但离开这里你就看不到他了——你知道我在说谁。”

“你真的太卑鄙了！”庄美娴压低嗓门恶狠狠地说，“你是在威胁我！我会去的，我一定会去的！咱们走着瞧！”

“先别挂，送一杯Dry Cappuccino到我办公室，告诉我的秘书让她再确定一下明天上午的日程安排，我不想开会的时候有人迟到。”

银子放下了电话，萨卡彻底被他的气势打败。

“明天上午9点，峡谷摄影工作室，不要迟到。你是男人，我希望你有点风度。”

“我会的，戚先生。”

萨卡把“戚先生”三个字咬得特别重。银子察觉到了，对他微微一笑。

“《烈火》是我的，也是你的，是所有人的。我指望你了。”他拍了拍萨卡的肩膀离开了。

萨卡呆呆地望着屏幕上的Summer，白色网球鞋、淡蓝色牛仔短裙、红白条相间的运动背心、尖尖的下巴、大大的眼睛、长而漆黑的头发扎成可爱的马尾辫。每隔5秒，她就会抬起低垂的眼帘，双颊红红地说一句：“我渴了。”

上午8点50分，呼呼和萨卡一起站在峡谷摄影工作室的门口。店门还没有开，萨卡郁闷无限地蹲在地上抽烟。今天的呼呼穿了一条深蓝色的休闲短裤，从萨卡的角度望上去，她的双腿显得格外修长。呼呼的腿确实长，她是山荔学院的长跑明星，她的梦想也就是取得全国大学生运动会一万米长跑冠军。可她马上就要上三年级了，最好的名次是全市第九名，看来机会渺茫。

“要不你先回去吧，我在这里陪她拍照好了。”呼呼也蹲下身子说。

“算了，拿人钱财，与人消灾。”

“她是他的女朋友吗？”

“谁知道！看情形不像，他对她蛮凶的。”

“男人还不是都这样，到手了，就不当好的了。”呼呼无限哀怨地感叹。

“呼呼，你才多大，哪来这么多乱七八糟的想法？”

“这和年龄有什么关系？是无数先辈血泪教训的真实写照。”

“那你们女的呢？还不是一样！到手了，不也不当成好的了。”

“我们女的才没有呢！”

“还说没有？以前像个跟屁虫似的在我周围转来转去，这才刚放暑假，我就看不见你的人影了！我这么快就成了‘到手的’？”

“你讨厌！”

呼呼挥着小拳头向萨卡打去，萨卡“哎哟、哎哟”地假装喊疼。

“小两口跑这儿打情骂俏来了？这可是公共场所！”庄美娴横空出现丢下一句不阴不阳的话。呼呼不好意思地冲萨卡伸了伸舌头，意思是“都怪你啦”。萨卡懒洋洋地站起来，打了个哈欠，揉了揉鼻子。庄美娴就像他大学时的班主任，几乎所有同学都有过迟到逃学旷课伪造假病历考试作弊的情况，可那个女老师就是死盯着他不放，有事没事都要找他麻烦。庄美娴就是那样的人。可萨卡已经学乖了，他不会和她对着干，更不会“休学”。他乖乖地跟在庄美娴身后走进了“峡谷”。

接待室的门已经打开，庄美娴说明来意，接待员请她先等

一会儿，夏天还在给客人拍照。

“夏天？要给我拍照的人是夏天？那个不男不女的夏天？” 庄美娴惊奇地问。难怪银子会这么“好心”送她生日礼物。

“夏小姐是我们这里最好的摄影师，你看，这些全是她拍的。”

接待员很有气度地把一本本装帧精美的相册递过来，呼呼先拿起来看了，一边看还一边啧啧赞叹。

“如果你喜欢，你就让她拍好了，我有事，我先走了。”

庄美娴拎起她漂亮的LV手袋毫不迟疑地推门就走，萨卡反应快，马上站起来追她。

“你不能走！银……戚先生要你来拍的！”萨卡急乎乎地喊。

庄美娴走出门口又站住了，回身对萨卡说：“他只希望有人来看夏天拍照，并不在乎被拍照的人是谁。放心吧，他不会找你麻烦的。小傻瓜，好好看看这个Summer吧！他想让你干的就是这个！”

萨卡回过身看着呼呼，她也是同样的不知所措。

“好了，夏小姐拍完了，我们现在可以准备化妆了，你选好哪套造型了吗？”接待员转而温柔地询问呼呼。

“我……”

“你可以先和夏小姐聊一下，她会给你一些很好的建议。”

接待员的微笑依旧温柔，柔得可以滴出水来。

“下面一个到谁了？”

一个抽着烟的女人闯了进来。呼呼明明记得接待室里有“禁止吸烟”的牌子，她怎么还明目张胆地抽烟？

萨卡仔细端详这个被庄美娴称为“不男不女”的女人。从头到脚，从脚到头。她是一个实实在在的女人，眼角可以看到淡淡的皱纹。乱糟糟的头发，似乎没有梳理过，但又似乎是精心打理过才这样。红色的肚兜系在身上，影影绰绰地可以看到两颗樱桃在里面晃动。铁灰色的低腰休闲裤，不肥也不瘦，正合身。下面的鞋子，天，红色的绣花鞋！想象中，这样的打扮是不合理的，可看她穿在身上，又是那么的协调统一。如果她能有一头浪漫的长卷发，她这身打扮完全可以去参加奥斯卡颁奖晚会！可是，如果她真有那么长的头发，她那堪称完美的背部又如何展示给大家呢？她的背是那么美，仿佛最柔软的丝绸滑过她的皮肤都会留下伤痕，让人丧失触摸的勇气。

现在萨卡想做的就是夺过她手中的相机，聚焦在她的背部，每一块皮肤每一个毛孔地拍摄下来。他只想做这个！此时此刻他终于明白银子为什么会对他设计的Summer总是不满意——神和人的区别。银子是造梦高手，她是月亮女神阿尔忒弥斯，如果可以看到她毫无点缀的身体，那么，就算要做那只名叫阿克特翁的公鹿又有何妨？

Colin站在三楼的窗子前，静静地望着被蔓藤植物包裹着的

山荔学院。他永远不能接受四层以上的建筑物，英国半地下室的潦倒生活反倒成就了他。他没有恐高症，但是他害怕那种离开地面失去控制的感觉。他希望可以控制自己的一切，也希望自己的“自控”可以将别人控制。总而言之，他希望自己是一个理性的人，这与创作中的感性和激情并不矛盾。

空气潮湿而黏稠，蝉把人吵得快要发疯了。Colin没有开冷气，他在抽烟斗，姿势像极了他那个瘦削的偶像，他却远没有偶像那般镇定自若成竹在胸。他不喜欢被冷冻的烟草气味，那会使他流泪，睁不开眼睛。学校里没什么人，一个学期已经结束，小道上偶尔走过的总是那种很丑的女生，要么就是身高不足170公分却还酷爱打篮球的男生。呼呼到现在还没有来“上班”，是她拆穿了他的“阴谋”，还是因为别的什么？这个夏天注定要在闷热中度过，一切都那么闷。

刚接受礼堂设计任务的时候，Colin征求过校方的意见，问他们是喜欢现代一点的，还是喜欢复古一点的。校方考虑了差不多三个星期，然后告诉他：“古典与现代完美结合的，可以成为山荔学院标志性的建筑物。”Colin想笑，这完全是废话嘛，可惜，他没笑出来。这块硬骨头早晚要被他啃到肚子里，他做不出“我自横刀向天笑，去留肝胆两昆仑”的豪爽凛然。

整整一个礼拜，Colin都围着这个他曾经很熟悉现在又很困惑的地方转悠。那种“有吸血鬼出没”的古堡式建筑，再融入一点洛可可风格，对山荔学院简直再合适不过了。在白夹竹桃簇拥着的山路上，远远地耸立着一幢弥漫着古老而神秘气息的哈德维克会堂翻版……真是太棒了！

“别人会以为那里闹鬼的！”

庄美娴没有一点艺术修养，Colin绝望得都快咬人了，可绝大多数人都是和庄美娴一样的“没有一点艺术修养”。

“他们不是因为喜欢你设计的中心公园喷泉才请你回来的吗？你就照那个风格设计准没错！”她说。

Colin经过痛苦的挣扎，决定听她的。她其实是对的，她总是对的。

现在这幢“古典与现代完美结合的，可以成为山荔学院标志性的建筑物”，已经建了差不多四分之三，它是除Colin以外，所有人都满意的房子。它的高度是现代的，算上那根避雷针，它足足有170米高，相当于一幢40层的写字楼。它的玻璃是现代的，全部镶嵌可以过滤紫外线的钢化玻璃。它的窗棂构架是古典的，采用15世纪的火焰风格。它的廊柱是现代的，充分显示了简洁、明快的特征。它的外观是古典的，有点奥德翁剧院的气质。它是校方满意的礼堂，它是Colin眼中的“哥斯拉”。这样一个“in-cross”，Colin没有勇气见证它落成的那一天。

“不好意思，我来晚了！”呼呼气喘吁吁地跑进来，扶住门大口大口地深呼吸。

Colin回过头，被她脸上的浓油重彩吓了一跳，以为她去客串京剧票友了。

“你来得不晚，离下班还有两个小时。”

“用不着这么挖苦吧？我都快累死了！你知道外面天气多热吗？”呼呼的呼吸稍微顺畅了一点，就马上武装起自己还击

Colin。

“赶紧洗洗脸，跟我去市区转一转。”

Colin拿起车钥匙就往外走，身后是呼呼一路小跑追上来的呼喊：“我们现在出去会中暑的！”

Colin猛地停下脚步，回过身来盯着比他矮了一头的呼呼。

“如果现在是萨卡叫你去做什么的话，你还会唠叨这些吗？”

坐在Colin的吉普车里，呼呼有些不自在地慢慢消化迎面同学投来的目光，那里面有惊讶、有疑问、有羡慕，还有嫉妒。其实自从Colin在自习室里频繁出现总是强占呼呼的座位以来，他就不可避免地被呼呼注意到了。那不是什么暗恋的关注，而是恨得牙痒痒的怒目而视。可能也就只有呼呼一个人到现在才注意到Colin的外表吧，早在他来到山荔学院的第一天，他就成了全体女生的宠儿，身前身后身左身右总是围着一堆女生。知道那个在自习室占她的位置看《神雕侠侣》，还把金大侠的名字划去写上自己名字的人就是Colin之后，呼呼才把他这只无耻的“死鹌鹑”和那个“万人迷”联系起来。那以后，每当呼呼和Colin在学校里碰到，她就会恶狠狠地想，为什么那些女生都那么蠢，他那样的人有什么好？喜欢捉弄人、不讲道理、嘴巴又毒，早晚被他始乱终弃！可呼呼一个人的想法并不能改变别人的态度，Colin还是在炽热的六月成了“山荔之星”，一剂消除紧张带来凉爽的良药，仅限于女生。再往后有了那次“借宿

事件”，只要在工作室以外的地方看见Colin，呼呼就觉得有些气短，想办法避开。可Colin这人真的很不识相，总是要叫住她，东南西北地胡扯一通，一定要全校女生都知道他们认识才过瘾。呼呼可被他害惨了，替他挨了多少支嫉妒的利箭啊！

车子缓缓开到山脚，Colin把它停在一片树荫下。那里一丝风都没有，连灰尘都不曾动过一下。

“搬来和我住吧。”

“什么！”

呼呼怀疑自己的耳朵，怀疑自己的眼睛，怀疑自己的呼吸，怀疑自己的一切。

“你已经和萨卡住在一起，所以才不能和我住是吗？”Colin平静地看着她问，“他不是也有一间工作室吗？你们具备住在一起的天时、地利、人和……”

呼呼的右手神经性地抖动了几下，那只手被她用力地按在自己的腿上。她不是不想挥出去，只是她还没有打过别人耳光，她不知道应该怎样去打，她所受的教育里还没有打别人耳光这一课。

“英国虽然是一个保守的国家，可它还是比国内开放。我在那里待了三年半，比国内的男人思想开化多了，我不会在乎我的女朋友是不是处女……”

“够了！”

呼呼捂着耳朵狂叫了一声，喉咙都快撕破了。皮肤与皮肤间的激烈碰撞盖住了她的狂叫，Colin的脸上又留下一个清晰的掌印。

“你，你，你……”呼呼发着抖，说不出话。她打开车门跳下车，狠狠地把车门甩上，“我从没见过你这么无耻的人！我再也不想见到你！”

她跑了，速度很快。

“对不起。”

他望着她的背影，说着只有他自己才能听到的愧疚。她的影子远了，小了，看不见了。他知道她一定很生气，很伤心，但他什么都不打算做。他回过身，再也没看她一眼，他在不到24小时里接连挨了两个女人的两记耳光。这算是上天的惩罚吗？

“Colin，你到底在干什么啊？”

他的声音没有人听到。

把头重重地靠在椅背上，闭上眼睛。外面没有一丝风，连睫毛上的泪珠都不曾动过一下。

4

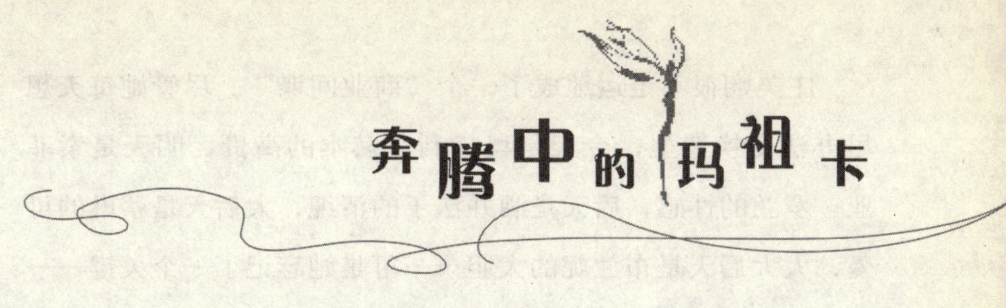

奔腾中的玛祖卡

庄美娴第一次发现除了去港口，还有用得上那个黑色假发的时候。

销售部经理“马屁刘”——她的直接领导，为了使销售部的业绩更上一个台阶，想出了一个不太高尚的主意。他把所有销售人员都派出去，见到高级写字楼就进，把里面所有公司的名称都抄下来，然后打电话过去询问租金报价。这就是他所谓的“一箭双雕”的“商战”，也就是我们通常说的“挖墙脚”。

庄美娴很不走运地成了一个“商业间谍”。尽管她每天想尽办法变换造型，今天是奥黛利·赫本的高贵，明天是索菲亚·罗兰的性感，后天是酒井法子的清纯，大后天是蔡琳的可爱，大大后天是布兰妮的大胆……可是她忘记了一个关键——她那一头璀璨耀眼的红发！她的头发成了樱木花道一样的招牌标志，写字楼的保安就算是白痴，也很难看不见这个在每层都要停一下抄抄写写的红头发女人。于是，她那写满“商业机密”的小本本总是被没收，她连哭的权利都被剥夺。

庄美娴很聪明，她很快想到了问题的结症——她的红发，于是便把那个东方淑女的黑色假发戴上了。她还做了更充分的准备，随身携带一个录音机，看到招牌随时口述记录，回去整理就是了。而正所谓，魔高一尺、道高一丈，现代化写字楼全都装了摄像头。庄美娴在如此酷热难耐的日子里整天戴着假发，头皮都要起痱子了。她痒得实在受不了了，趁电梯里没人搔了一下，红色的小卷毛一不留神就露出了那么一小撮，而电梯再次停的时候，迎接她的人就成了保安。庄美娴休想把自己隐藏在人群之中。

“没办法，我实在是太漂亮了，想混同于一般群众是不可能的。”庄美娴第N次被保安抓获时，一边微笑一边摇头晃脑地这样安慰自己。回头望一眼这幢二十几层高的写字楼，里面有八十多家企业，几天来的辛苦努力全泡汤了。阳光跳过楼宇刺进她的眼睛，她知道她撑不住了，完蛋了，彻底完蛋了！她逃似的跑了起来，躲到一个阴暗无人的小巷，失声痛哭。

“庄美娴？庄美娴！你怎么在这儿？”

庄美娴用眼角余光扫了一眼那人的鞋子，没理会，继续低头翻自己的包。那人递过来一张面巾纸。庄美娴喃喃地说了声“谢谢”，抬起头来。怎么这么丑的样子偏偏让他看到？匆匆路过的行人偶尔会好奇地看一眼他们，她使劲儿咽了一口唾沫，勉强挤出一个笑容说：“翁先生……我很好。”

“叫我‘阿飞’吧，这又不是在公司。你怎么哭了？”

这话问到了庄美娴的伤心处，她的眼泪再次像小溪一样涓涓成行。

阿飞飞快地咀嚼着嘴里的口香糖，四下环顾了一圈，说：“我的车就停在附近，你等我一下，最多五分钟，我们上车再说。你一定要等我，最多五分钟！”

他跑了起来，一边跑一边不放心地回头看一眼，直到自己消失。

庄美娴掏出包里的小镜子，她涂的是防水睫毛膏，游泳都不会掉色，需要专用卸妆水才能洗掉。哭过的女人更要注意自己的仪态。

这五分钟比想象中要漫长许多，当那辆银灰色的克莱斯勒君王停在她面前按喇叭时，庄美娴觉得自己已经一百岁了。

“你想去哪里？”阿飞透过反光镜看着坐在后座上的庄美娴问。黑得发蓝的假发挡住了她的脸，她呆呆地望着窗外，不知在想什么。

“我哪里都不想去。”

“那就跟我走吧！”

这是一座还未被众所周知的山，所以才保持住了它的自然风貌。车子停在山的这一面，看不到山荔学院的那一面。阳光透过斑驳的树影映在车子的前盖上，庄美娴看着镜子里的自己，那么陌生，就像从来没有见过一样。

“为什么要到这里来？”她问。

“因为我到这里以后还没来过。想陪我一起走走吗？”阿飞回过头问她。

“下次吧，周末，那时应该有缆车可以坐。”

“你应该多走走路，多出一些汗，身体里的水，不是只能从眼眶里溢出。”

阿飞把口香糖放进嘴里，率先开路。

沿着碎石子铺成的小路上山，庄美娴觉得自己是个苦役犯，正被1940年的日耳曼人押着去蹚地雷。她的防晒霜防晒指数只有15，这会儿感觉皮肤快被晒破了。阿飞把西装脱在车上，可即使是这样，衬衫也很快湿透了。天又热又闷，空气都好像加了包装，沉甸甸的。身体里的每一滴水真的就这样被榨干，庄美娴再也没了哭的欲望。

“可以吗？”阿飞解开了衬衫的扣子。

“当然。真羡慕你们男人，可以光着背。”

“是啊。”

“有时候我真希望自己是一个男人……”

“在天热的时候可以光着背？”

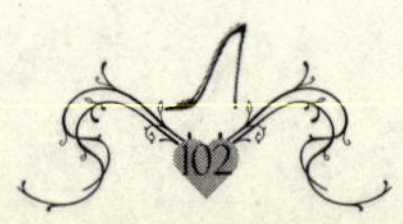

“不，我只是希望我能用实际行动教会所有男人怎样去爱一个女人。”他们对视了一眼，她继续说，“当然，还可以光着背。”

他们笑了起来，脸都很红，大概是热的。这样有一搭没一搭地说着话，无话可说的时候就拼命走路，他们很快走到了缆车的终点站，只是苦了穿着高跟鞋的庄美娴。黄绿两色相间的缆车吊在电缆上，小小的办公室像是用积木搭的，房子背阳的地方竟还种上了葡萄。

“我们一共用了75分钟。”阿飞看了一眼手表说，“感觉真舒服，像踢了一场足球。”

庄美娴出于礼貌对他笑了笑，依旧望着远处。山那边就是山荔学院，隐隐约约地可以看见建设中的礼堂。未竣工的建筑物周围布满脚手架和五颜六色的小旗子，那样明目张胆地张扬它卓尔不群的未来，像个肤浅的肚皮舞女郎，摇摆，扭动，旋转，热情洋溢的肚皮下是她伟大的子宫，让人浮想联翩。

“你看的地方是哪儿？”阿飞站到她身旁问。

“心血，智慧。”庄美娴没有理会他疑问的目光，像是在自言自语，“那将是这座城市最伟大的建筑，我相信它决不会是图纸上的那副鬼德行。我了解他，他不会让它变成那个样子的。一定不会！”

山上开始起风了，天气凉爽了一些，人变得很容易满足，笨重的缆车偶尔也会被风吹得动一下。看着树枝舞动，庄美娴好像已经忘了所有的不快。她扯下假发垫在屁股底下，抬起头望着阿飞。

“你的裤子很贵吗？为什么不坐下？”

阿飞站着没动，他被眼前的一切迷住了。太阳在他的视野里一点一点地矮下去，当最后一滴阳光消失的时候，他低下头，他发现，在他的腿边，还有一颗火红的太阳。那么，他心里的沉重是否也可以减轻几分呢？

“你的头发真好看，那个假发不适合你。”他由衷地说道。

庄美娴看着自己的脚趾笑了一下。

“你是第一个这样说的人，他们都嫌我这个颜色太夸张了。”

她迅速看了他一眼，又低下了头，一队蚂蚁忙忙碌碌地走过，整齐有序。每天都这样搬来搬去的，从来不觉得厌烦。

“其实，我也认为他们说的没错，这个颜色确实太夸张了。因为我的头发，别人都很难接受我，我的生活也变得越来越糟。可如果我没有了这样的头发，我就会害怕没有人能够看到我。”

“相信我，他们都错了，你也不要怀疑自己。你的头发很漂亮，很美的那种漂亮。”

“为什么只有你这么说？”

这是希望之后的失望。大多数人其实都有过这样的经历，庄美娴不是第一个这样问的。心情沮丧的她用小石块给蚂蚁挖了一道深深的壕沟，阻碍它们前进，想让它们的生活有所改变。无论变好还是变坏，有改变总是好的。

“快下雨了，我们赶快下山吧！”阿飞突然拉起她的一条

胳膊，“天已经变了，你看西南方的那块云，最多十分钟，雨就会来了。”

“如果真的会下雨，十分钟后我们正好被淋在那棵老槐树下，它是整座山最高的树。你不觉得雷击比淋雨的危险更大吗？如果雨注定要来，何不欣赏一下雨中的山林？” 庄美娴怡然自得地说着，一回头却看见阿飞抱着一块石头冲向缆车终点站的办公室。“喂，你要干什么！”

一声巨响，玻璃碎了一地，阿飞用衬衫包住胳膊把手伸进去拧开了门。

“快进来吧，这是一场大暴雨，不知什么时候才会停。”

他的话音刚落，密密实实的雨点就砸了下来。庄美娴捂着头跑到屋檐下，好像突然想起什么，又冲进雨中。

“你还要那个假发干什么？快进来吧，会被雨淋病的！”

庄美娴像没听见一样拿着假发蹲在地上，似乎在找什么。

“你在干什么！” 这么大的雨，几秒钟就可以把人淋个透心凉，雨声压倒一切，阿飞不得不用喊的。

“我在找刚才那些小蚂蚁……”

“别傻了，它们早不在了！”

“可是我把它们的路切断了，我怕它们回不了家……”

她抬起头楚楚可怜地看着他，他分不清她脸上的究竟是什么水。

蚂蚁和她，哪个更可怜？

阿飞惊喜地发现他竟然还有同情心，那么，当他看到那些把全部财产都压在那张图纸上的业主，最后愤怒地挥舞拳头、

无望地哭泣、绝望地哀号时，他的同情心又在哪里呢？

雨把Colin送到了银子的咖啡店，吸引他的当然不会是那小得不能再小的店面，而是硕大的玻璃窗里呈现的那架乳白色的施特劳斯牌钢琴。他只需瞟上一眼就知道那是施特劳斯的光芒，雨中的它还是那么熠熠生辉。他在伦敦的餐馆里整整弹了三年寂寞的钢琴，他当然认得。

Colin的父亲是小学音乐老师，从小就把他按照理查德·克莱德曼的模子培养。他却像所有男孩子一样，喜欢冲锋打仗这类集体游戏，父亲必须把他捆在琴凳上才能保证他的手指可以挨上琴键，有时还不得不对他进行一下“鞭策”。是Colin不屈不挠的游戏精神让父亲最终放弃了这个幻想，明白了有些事情永远是梦——“他连《致爱丽丝》都不能完整地演奏。”父亲逢人便讲，仿佛这是天底下最不可思议的事情。那年Colin8岁。到了伦敦以后，同乡介绍他去餐馆做清洁工，每天从凌晨3点工作到凌晨6点，每小时4英镑50便士的报酬，而一份麦当劳巨无霸套餐的售价是4英镑20便士。那里就有一架乳白色的施特劳斯牌钢琴，无人弹奏。因为老板的女儿威胁说，如果再让她学钢琴，她就把它砸了，老板这才肯把它抬到店里来附庸风雅。

每天凌晨5点左右，Colin的工作就差不多结束了，那时店里只剩他一个人，他会特别卖力地多擦几遍钢琴，父亲就经常这样做。一架好钢琴是有生命的，它比漂亮女人还要娇贵，更需

要细心的呵护。抚摩着88个黑白相间的琴键，Colin第一次发现他的手长大了，单手跨越八度的基础训练再也不是什么难事。他的手指变得有力，每个音节都可以弹奏得铿锵流畅。他在网上下载了《致爱丽丝》的乐谱，用学校的免费打印机打印出来，每天那剩下的一个小时就是他和父亲的对话时间。第一年的父亲节，Colin把自录的《致爱丽丝》录音带寄给父亲。父亲给他寄来一本《钢琴演奏技巧》，涅高兹著，1981年出版，他小时候的那一本。以后的日子Colin只选择有钢琴的餐馆打工，整整三年。

那架钢琴就摆在里面，Colin没理由不进去。他只看到了钢琴，没有看到别的。按下去，音很准。1、2、3、4、5、6、7，每个都很准。他再也控制不住自己蠢蠢欲动的手指，轻盈地落在钢琴前，闭上眼睛，让音符像蝴蝶一样飞舞，还是那首《致爱丽丝》。

睁开眼睛的时候，Colin发现灯亮了，很亮。外面的雨愈演愈烈，他却听不到一丁点儿雨声，耳朵里只有清脆的掌声。

“你可不可以帮我一个忙？我想听听这首歌如果用钢琴伴奏是什么感觉。”银子递过去一张乐谱。

Colin没想到会在这场雨中和自己的“情敌”面对面地坐在咖啡店里靠窗位置上，一边喝着兑了过量威士忌的爱尔兰咖啡欣赏雨景，一边聆听刚刚录制好的母带。他开始能够面对银子唱歌很好这个事实，而银子对他的钢琴演奏更是恭维得恰到好

处。

小小的咖啡店因钢琴的介入显得更加拥挤，桌椅在今天之后将被永远驱逐。这里将不再是咖啡店，而是一间录音棚，《烈火》游戏的所有音乐都将在这里诞生。面对大谈人生理想的银子，Colin不知该如何回答。他的理想就是“游戏”吗？自己也要被他说服加入这荒谬的造梦车间吗？

大街上没有一个人，连车辆都极少，唯有建筑一动不动地矗立在雨中，对抗着一切，无声地呐喊。咖啡店里有两个人，可他们似乎还不如那架没有呼吸的钢琴来得有生机。Colin的咖啡杯空了。

“再来一杯吗？”银子已经站起来走向吧台。

“不……谢谢。”

Colin也站起来，想拦住他，却机械地说了“谢谢”。他看到，吧台上，收银机旁，摆着一个古老的闹钟。那闹钟没有什么特别，是几十年前常见的那种，铁制、大圆脸、两只脚、两个耳朵，耳朵中间有一个提把。就算它用玻璃罩子罩住也没有什么特别。它的特别在于，它的旁边，玻璃罩子里，有一瓶香水。那是Colin因厌恶而变得格外关注，记得格外清楚的“鸦片”！庄美娴的“鸦片”。

“我还是希望这里是咖啡店。”Colin没头没脑地说，“也许你不喜欢这里了，可是有人喜欢。”

银子顺着他的目光回过头，看到了闹钟。他为什么会对那个闹钟感兴趣？难道他知道那件事？

“你觉得她会喜欢这个咖啡店？”银子迟疑地问。

“我觉得你应该比我更了解她。”

Colin的脸带着一丝讥诮，更多的却是苦笑。

“你……见过她？还是她这么说的？”银子的喉结上下蠕动，他说不出为什么会这么紧张，这么激动。他难道见过母亲了？这怎么可能？这怎么可能！

Colin的苦笑不见了，全部成了讥诮：“托你的福，刚刚见过。”

如果庄美娴可以看到银子的脸，她一定会后悔说银子是“活尸”。他显得那么激动，激动得难以自持，喉咙“咕咚、咕咚”地吞咽着唾沫。

“她……还好吗？”银子的声音像心脏间歇患者的心电图，起起伏伏，断断续续。

Colin诧异地看着他，问：“你这么问是什么意思？小娴不是一直和你在一起吗？”

天，比黑夜还要黑，这会儿却白了，被雨弄的。雨滴成行成列成队成片密不透风地排列起来，从天而降，眼前的世界是雨水编织的颜色。

庄美娴坐在缆车终点站办公室里唯一的一把椅子上，手托香腮，举目眺望。除了雨，还是雨。从没有被人悉心照顾过的葡萄架随风狂舞，雨从玻璃破损的地方刮进来，打到她身上，她竟没有一丝感觉。桌子上是她的小鱼缸，她一直随身携带。此刻，这小鱼缸已被她拆了保鲜膜，所有的小鱼都被倒在桌

上。手指在鱼群中划来划去，她却没有勇气去数。

阿飞躺在窄窄的钢丝床上，一会儿看看天，一会儿看看庄美娴。凭他的经验，这场雨会下很久，到了夜里，温度下降，那才有的受呢！最糟糕的是，他把手机忘在了车上，而口袋里连一块口香糖都没有。

“可以借手机用一下吗？”阿飞走到庄美娴身边问。

庄美娴被惊了一下，慌忙抓起小玻璃鱼放进鱼缸，阿飞纳闷地看着她。收拾好了她的“小宠物”，她才抬起头，却不敢看阿飞的眼睛。

“手机。”阿飞小声重复了一遍。

“哦！”庄美娴打开身边的小挎包一通乱翻，什么都没找到。她索性把所有东西倒在桌上。“我好像没有带出来。”她抱歉地看着阿飞。

阿飞捏起桌子上的红色小手机，什么都没说。糟糕，没有信号。

“这里有屏蔽，电话打不出去。”阿飞把庄美娴的手机放在桌上，从他的脸上看不出这句话意味着什么。“我们现在能够祈祷的，只有他们尽快找到我们。”

“也许有人会来找你，但绝对不会有人来找我。”庄美娴喃喃地说。

“最好不要说这种丧气话，如果没人来找我们，我们永远也下不了山。”

“雨虽然大了一点，但总会停，那时我们就可以下山。如果你等不及……”庄美娴冷笑了一下，“现在就可以走。”

“走？你没听见风声吗？我已经十几年没听过这样的风声了，冰雹马上就要来了，我们谁都走不了。但愿这房子坚固些，别被泥石流冲跑了。”阿飞怅然说道，他没说出来的是，“你以为我就那么想走吗？如果不是因为有你，我倒希望自己死于这场‘意外’呢！”

“她会担心你吗？她会来找你吗？没有你，她睡不着吗？” 庄美娴举起小鱼缸盯着看，像是在和玻璃鱼说话。

“她最好别来，这样的倒霉天气，我没能力照顾两个女人……”阿飞喃喃地说。

一颗鸡蛋大的冰雹猛地砸在玻璃窗上，“当”的一声。庄美娴本能地用手护住头叫了一声，鱼缸险些脱手。接着，冰雹就像鞭炮一样在玻璃窗、门、屋顶、地面、看得见的树林、看不见的城市里炸响了。

“找找看，有没有洗脸盆之类的东西。”阿飞已经开始行动了。

“干什么？”

“接冰雹！冰雹总要比雨水干净，从现在起我们要尽量少活动，少消耗体能……”

“为什么？”庄美娴的声音充满恐惧，“虽然你说中了会下雨，会有冰雹，可你也不是总能说对的。”她还在自欺欺人。

“我已经说对了两次。这一次，你最好还是听我的。”阿飞又望了望天说，“别抱着你那个破鱼缸了，它又不能吃。”

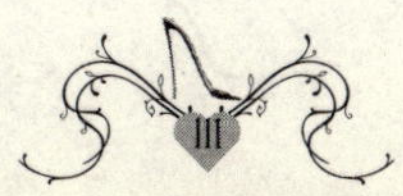

呼呼抱着膝盖蜷缩在沙发上睡着了，萨卡看着她的睡相又好气又好笑。这么大的雨，她也许回不了家了，现在是假期，难道她不担心父母会着急吗？竟然睡得这么踏实，像个超脱世外的武林高手。

冰雹砸在玻璃窗上发出令人心悸的声音。这场雨把人们从闷热中解脱出来，而它现在下得这样面目狰狞，反倒让人盼着它快些停。

萨卡站在落地窗前，这景致很美，他就像坐在潜水艇里游览雨中的“天香庄园”；可也有点吓人，仿佛只要往前跨出一小步就会融入雨中，随着雨滴一起坠落。每一颗打在玻璃上的冰雹都像击中了他的面颊，他情不自禁地想要躲闪。这雨确实让人害怕。

他离开窗子，打开套间里的电视，女主持人正在报新闻。很不幸，这场暴雨还将持续，7号台风已经登陆，全市拉响黑色警报，所有企事业单位全部放假。“请广大市民在出行前做好一切防护准备。”女主持人严肃地说，“暴雨期间如遇突发事件，请拨打9961、9962、9963，我们将24小时为您提供帮助。”

萨卡的手伸向电话，倒不是为了验证这求助电话的“信誉度”，只是想帮呼呼叫一辆出租车送她回家。电话果然是占线的，每个号码打过去都有一个女人对他说：“您所拨打的电话正在通话中，请您稍后再拨。”看来这个城市需要帮助的人很多啊！

当！哗啦！

瞬间传来两个声音，萨卡连忙从套间里奔出。冰雹像导弹一样摧毁了玻璃防护，风卷着雨柱从窗子冲进来，地上是碎玻璃，房间里飞舞着他的各种草图，呼呼从梦中惊醒，还没反应过来是怎么一回事。偌大一块玻璃竟被冰雹打碎，不知是该赞叹冰雹力度，还是该埋怨玻璃质量。整个房间似乎成了雨的唯一出口，全市的雨好像都在往这里倾泻。

萨卡迎着风冲过去。幸好昨天刚送来一个文件柜，就放在窗子旁边，用来堵缺口正合适。呼呼忙着捡草图，对她来讲，没有什么比萨卡的画更重要。

风太猛了，空空的文件柜似乎有些支撑不住，萨卡拿身子顶着它。

“呼呼，快给物业公司打电话，叫他们来装玻璃！”萨卡喊。

没有回应。

“呼呼！”他边喊边回过头找她。她站在阴影中，手里拿着他的素描本，看不到她脸上的表情。

“呼呼！”萨卡又喊了一声。

她从阴影里走出来，拿着他的素描本。

“她是谁？她是谁！”

她分明就是多此一问，难道她真没认出那画中人是谁吗？虽然那画还未完成，虽然最清楚的不过是一个裸背，虽然画中人的脸还没勾勒清晰，可她真的认不出那人是夏天吗？

“你为什么不告诉我你是为了她才放弃地铁站的？你为什么不告诉我你是为了她才设计这个游戏的？你为什么不告诉我

你是为了她才去陪我拍照片的？你为什么不告诉我你喜欢的人是她！”

她把本子狠狠地摔到他的脸上，不顾一切地冲了出去。萨卡的喉咙忽然被堵住了，发不出声音。

难道他喜欢的真的是她？

Colin料定银子会回来的，所以站在咖啡店门口等他。他的车发动不了，排气管进了水，像他担心的那样。但是这不影响他听广播，大雨，地铁停止运营。

银子在三分钟后跑着回来了，看到Colin，彼此相视一笑。

“还好，店里有咖啡。”银子打开门。

“还好，车里有烟草。”Colin走进咖啡店，“相信我，我一分钟都不想和你在一起。”

“你相信我和你想的一样吗？”银子边磨咖啡豆边问。

“不过，一天之后也许就习惯了。”Colin望着那只闹钟说，“讲讲它的故事？”

银子回过头看了一眼香水瓶。“你会讲它的故事吗？”银子问，蒸气差点烫到他的手。

果然是好斗的一对。

“这雨什么时候才会停？”庄美娴躺在阿飞的怀里问。

“明天。也许后天，也许大后天。”阿飞又把她搂紧一

些，“你还是很冷吗？”

“如果你穿着裙子，你会不会冷？”

“可是你的丝袜很长。”

他们都笑了，很轻，一闪即逝。

在此之前，两个人谁都没有想过会有今天。尽管庄美娴在阿飞身上曾经做过“Colin”梦，也真的为了这个想法去干了点什么，比如到“天香”工作，可也仅此而已，几乎对每个男人她都这样干过。现在，他们就这样紧紧地拥着躺在窄窄的钢丝床上，她的皮肤可以感觉到他的皮肤的温度，她反倒觉得有些不好意思。她可能远没有自己想象的那样放纵洒脱，可也真奇怪，那些小玻璃鱼都是怎么来的？会不会是梦的影子？

“你怎么了？想抽烟？”看阿飞那副抓耳挠腮的样子，庄美娴忍不住问。

“不是，我想吃口香糖。”

庄美娴笑了。

“我从来不知道男人也爱吃零食。”她说。

“那不是零食，只是一种习惯，23岁时训练出来的习惯。”

“哦？”

“我前妻让我吃口香糖戒烟。”

“结果烟没戒成，倒养成吃口香糖的习惯了？”

“不，戒烟成功了。”

“可我记得你是抽烟的。”

“今年6月16日才又开始抽的。”

“记得这么清楚啊？” 庄美娴觉得有点好笑。

“是，那一天，院子里的喇叭花开了三朵，她戴了一条松石手链，还说芹菜和鸡肉不能放在一起炒，我送她到机场，路上遇到四次红灯，我在机场买了一包‘万宝路’，上面有中英文对照的‘吸烟有害健康’……那天，我们办了离婚手续。”

原来，这世上也会有痴情的男人。为什么她却从不曾遇到？遇到的又从不曾对她痴情？只是，既然爱得这么深，为什么还会分开？又为什么这么快和夏天在一起？庄美娴没问，很多事情不是问了就有答案的。

“你怕不怕？”阿飞忽然问，鼻孔里呼出来的气喷到她的头发上，她觉得很温暖。

“怕什么？”

“困在这里，永远出不去。”

“什么！”

庄美娴猛地从床上直起身子看着他的脸，她看不清他的表情，却发现那双眼睛很亮，一眨不眨地看着他。

“不会的，会有人来找你的。”她重又躺下。

“你已经说过两次了。为什么肯定找到我们的人是来找我的，而不是找你的？”

“这就是有人爱和没人爱的区别。” 庄美娴望着黑洞洞的天花板说。

钻进来的风把房顶唯一一枚灯泡吹得左摇右摆，庄美娴盯着它，不知不觉睡意袭来。

“我跟你说过，夏天不会来的，她连电话都不会给我打

的，她就是那样的人。而我，不但告诉过自己，也告诉过她，我会好好爱她十天，因为我欠了她十年。今夜是最后一晚……”

醒来的时候，雨还是那样，既没有变大，也没有变小，但是，天亮了。

闹钟的故事很好听，Colin只会把它当成一个故事来听，一个好听的故事而已。有谁会相信一个穷小子偷了妈妈的闹钟去卖，用卖闹钟换来的十块钱买了五张彩票，选了同样的号码，然后就中了五个500万？这种事情不是没有，但仅发生在报纸上。Colin记得上次看到这样的消息还是七年前，好遥远的事情。

“早！”银子端着Dry Cappuccino打招呼，“来一杯吗？”

“不了，谢谢，我没有早上起床喝咖啡的习惯。”

“可是你有醒来就抽烟斗的习惯？”

Colin看了看手里的烟斗，划亮一根长的火柴，先烤了烤烟斗，接着才把烟草点燃。抽烟斗最忌讳用打火机，越是那种号称“防风”的打火机越可怕，煤油会把烟草的香味破坏得一干二净。

“早上抽烟斗适合思考问题，和你喝咖啡一样。”他补充说。

“我喝咖啡可不是为了思考。我是为了……”银子看了看杯子，“我是为了不去思考。”

怪人！两个人同时想。

“你今天有事吗？”银子问。

“全市都在放假，我能有什么事？除非我跑到工地喊，嘿，停下来，停下来！我把图纸搞错了，这个礼堂要重建！然后我就会被工人们打一顿，从山上一脚踢到山下。那样我就有事做了——养伤。”

他们都笑了。

“我发现你没我想象的那么讨厌。”银子笑着说。

“如果你看到你喜欢的女人和别的男人一起出现在你面前，你也会像我一样‘讨厌’。”

我不会的。银子在心里说。我又不是没有看到过。

“你愿不愿意和我去一个地方？”银子问。

Colin没回答，等着银子继续说。

“去了之后，我想你会改变看法——加入我们。”银子自信地说。说完他拿起电话拨了一个号码。“老牛，40分钟后到伯利地铁站出口来。”挂上电话，他看着Colin问：“午饭想吃什么？新疆菜怎么样？”

“银子。”Colin难得这么深沉，“你喜欢‘鸦片’的故事吗？”

“鸦片？”银子愣了一下，接着又笑了，“不，我只喜欢香水的故事。她是个不错的故事。有时讲故事的人可能发觉不了，可听故事的人知道。”

“她的确是个不错的故事，讲故事的人已经发现了。”Colin像是在喃喃自语。

那是一辆尽显主人尊贵的豪华商用车，厚重的外表，不容旁人小觑。看到银子和Colin过来，司机马上下车撑起一把伞小跑着过来挡在银子头上。银子素着一张脸，什么都不说。司机打开车门，手挡在车门处，银子钻了进去。

“你怎么还不上来？”银子又探出身子问，“老牛还在淋雨。”

Colin回了一下头，果然，现在那把伞已经罩在他的头上了。司机身上的藏蓝色西装这会儿已经变成了黑色，Colin钻了进去。

“回去。”银子只有这一句话，再不言语。

Colin是第一次来到传说中的天香庄园，也许是雨的缘故，他看不到这里的尽头。如果没有雨呢？

车子像熟知迷宫路径的大老鼠，在庄园里左转右转，终于在一幢高层跟前停了下来。马上就有两个保安跑了出来，一个打伞，一个开车门。Colin想笑，却笑不出来，嘴里的一口气直到他们坐上电梯才呼出来。

叮咚，电梯到了。银子一抬眼，禁不住“咦”了一声。Colin马上认出坐在地上的女孩，她还穿着昨天的衣服。

“呼呼？你怎么在这？”Colin忍不住走过去问。他好像把昨天的事都忘了，呼呼却没忘，哼了一声把脸别过去。

“起来吧，坐在这里像什么样子？”银子拿钥匙打开了门，不带任何感情色彩地说了一句，呼呼一骨碌爬起来跟着走了进去。

“这女孩……”银子指了指呼呼，“你应该把她照顾好。”

萨卡怔怔地站在门口，揉了揉鼻子，脸红了。

昨天破掉的玻璃已经装上，房间里还是一片狼藉。

“戚先生，‘Summer’，我已经做好了。”萨卡平静地说，把电脑推到银子面前。

展现在银子面前的是一条笔直的公路，随着镜头的推进，高跟鞋声越来越清晰，一个女人的背影出现了。红色高跟鞋、铁灰色牛仔裤、光溜溜的后背、随风荡漾的黑发。银子觉得自己没有了呼吸。女人转过身，露出红色的肚兜，她像怕人认出她是谁一样，简短地说了一声“嗨”，又迅速把身子转回去，继续走路。高跟鞋声越来越远……

“你昨天见到的，就是这样？”银子痴痴地问。

“是的。”

“好，很好，非常好！”银子盯着屏幕，目不转睛，不知他夸的是谁，是萨卡还是Summer。“就照这样做！”他突然站了起来在房间里急促地走来走去，把他身后的呼呼、Colin吓了一跳。“只是……”他忽然又停在房间中央，“她从来不穿高跟鞋。”

萨卡愣了。他当然记得夏天穿的是绣花鞋，可是，这毕竟是游戏，Summer不能不穿高跟鞋。而且，Summer不但要穿，

还要经常穿，还要经常去商店里买，否则就不能满足玩这款游戏的女性玩家的心理需求。这个游戏还有什么意思？

“我明白你的意思。”银子走过来拍拍萨卡的肩膀，“按你想的去做！我让你找的人呢？多付加班费，让他们马上来上班！我要尽快看到这款游戏！”

“人还没找到。”

“理由？”银子阴森森地问。

“庄小姐负责登广告、面试，我从昨天下午就没有打通过她的电话。办公室里的人说她出去抄水牌了。”

银子抄起桌上的电话，也不知他打到哪里，只听他毫不客气地命令：“给你十分钟，马上让庄美娴出现在我面前！”

这十分钟是每一秒都“滴答”在心上的十分钟，除了银子，每个人都在用眼睛说话。萨卡知道呼呼整晚都没有回家，就坐在门外；Colin知道呼呼还没有原谅他，可能永远都不会原谅他；呼呼知道萨卡并不是喜欢那个女人，他只是在完成工作；萨卡、呼呼不知道Colin为什么会出现在这里，Colin自己也不知道。

电话响了，萨卡去接，找银子的，他把电话递过去。银子拿着电话，看着屏幕上的Summer，脸越来越冷。

“你在‘天香’几年了？你每个月的薪水是多少？同样的工作，你听说过哪里的薪水比‘天香’高吗？那你还不快去找！”

房间里的每个人都被这一声呵斥吓得一抖。天空骤亮，亮得不同寻常，亮得可疑，大家都在等待那个可以撕破耳膜的响

雷。

电话又响了，声音来自银子的手机。萨卡和呼呼紧张地看着他手里的电话，不知又将是怎样的一场暴风骤雨等待着打电话给银子的那个倒霉蛋儿。银子看了一眼号码，比川剧变脸还快，没人看清他是怎么换上这副温柔的表情。他急匆匆地走进套间，关上了门。

Colin踱到窗边，看到好几辆不同颜色不同型号的汽车从各个方向开出来。他不能确定那是不是都是去找庄美娴的，可这并不妨碍他笑出声来。

“我要去看一个朋友，午饭我会叫人送来的。”银子从套间里走出来说。

“等等！”Colin在门口拦住银子，“我想，去找小娴的人应该是我。”

“我不是去找她。”

“那么……”萨卡忽然大声说，“我希望我能去，我想多知道一点Summer的事。”

银子看了萨卡一眼，那种凛冽的眼神仿佛已经看穿了一切。

“我的确是去找她。但你不能去。”

5

窒息桑巴

萨卡到底还是跟着银子一起来了，虽然他知道他们要去找夏天，但当车远远地停在一个大仓库前面，他还是愣了。

仓库的门开着，门楣上拴着一把雨伞挡雨，一个女人拿着一只塑料脸盆往外淘水。这场雨很大，难怪水会漫进仓库。可如果仓库里装着黄豆、彩电、大米、衣服怎么办？也许就是因为这仓库什么都装不了，才让一个女人住进来。人是活的，不会发霉，不会发芽。

“我来吧。”

银子柔情万种地说，萨卡听见起了一身冷痱子，能让银子这样的女人只有一个——Summer。

“那边还有盆，一起吧！”夏天回手一指，“哎，你还愣着干什么？没看见水把我的柜子都泡了吗？”

她说的人显然是萨卡，她恐怕都不记得他们见过面，现在却像个老熟人似的命令他。萨卡却一点也不奇怪，乐颠颠地跑进去拿盆淘水了。

简单的家具、零星的电器，毫无章法地分布在仓库里，吸引人视线的只有那些尺寸各异悬挂在各个位置上的照片。萨卡很难不去瞅一眼那些照片，最吸引他的还是一张1m×1.5m海边的风景——孤寂的海，孤寂的天，孤寂的浪涛，没有生命，没有热情。看着这张照片，萨卡从心底觉得冷。怎样的心情才能拍摄出这样的照片？

“不行，这样没用，雨太大了。”银子说。

“不行也得行，我的东西不能丢在这儿。”

“工厂里的人呢？”

“全放假了。”

看似无望。

“对不起，我能插句话吗？”萨卡小心翼翼地问，他还不能确定那个男人现在是“银子”还是“戚先生”。

“你说。”夏天直起腰看着他，理了一下湿漉漉的头发。

她不应该下雨的时候开着门，开着门就不要穿白色的T恤淋雨，穿了白色的T恤就不应该忘了穿内衣。现在，她的衣服湿

了。

“我们拿布把门底下塞上，再用胶带封好，这样就算有水进来也不会很多。有吸水性比较强的布吗？”

萨卡嘴里说着，眼睛跟着夏天跑了起来。在这个大仓库里确实应该用跑的。她一下子拉开衣柜，面对挂得满满的衣服，左看右看，犹豫不决。萨卡偷偷地在心里想，到底是个女人。可她好像突然决定了，从右侧摘下足足十几条以黑色居多的连衣裙。萨卡傻了。

那些裙子看起来真的好贵，而且不像连衣裙那么简单，倒像是精心设计量身定做的晚装。萨卡以为她没听清自己的意思，连比带划地告诉她只要普通的布就好了，最好是没有用的破布。

“这些就是！”她把衣服塞到萨卡怀里。

“可是，可是……”萨卡看看衣服又看看她。

“她说是就是。”银子笑呵呵地说，看起来似乎很赞赏她的举动。

萨卡不懂女人的衣服，可他还是知道这些衣服在国内绝对找不出第二件。他的手真舍不得毁掉这么美好的织物，他已经可以想象她穿着这些衣服优雅、妖娆、妩媚的样子。

“有没有穿旧的牛仔裤，或者棉布T恤什么的。”萨卡试图挽救，“那些衣服更吸水。”

“那些衣服我还要穿的！”她的回答理直气壮。

萨卡发现他越来越不懂女人了，天底下竟有女人愿意放弃贵的，而保留便宜的？可是，她说得有错吗？需要用的东西自

然要留着，不需要的东西留着有什么用？世界上还有一种人，她衡量事物的价值是有没有用，而不是价格高低。萨卡懂过女人吗？

“那件水蓝色的留下吧。”银子忽然说，“还有用得着的时候。”

萨卡看看银子又看看夏天。

“你喜欢就送你好了！”夏天点燃一支烟大方地说，“麻烦你们了，我一夜没睡，困了。”

说完，她竟真的倒到床上，一边抽烟一边进行睡眠前的阅读。银子的笑容有点僵，萨卡想笑。银子看出来了，瞪了萨卡一眼，萨卡揉了揉鼻子继续“毁”衣服。大多数衣服甚至连标签都没有剪下，一看就知道还没穿过。可是——既然有些是穿过的，她怎么可能“从来不穿高跟鞋”呢？她会犯这种社交场合上的低级错误吗？

银子搬张椅子走到夏天跟前坐下，低声和她说话。萨卡竖起耳朵只能听到只言片语。这个仓库真的太大了。

呼呼坐在萨卡的工作台前玩电脑游戏，Colin倒在沙发上抽烟斗。这应该是“临时起义”的工作室，以前肯定是公寓。客厅里三米长、两米宽的工作台肯定是最近搬进来的，以前那些高档家具全都乱糟糟地堆在角落，让人看了心疼。

Colin的眼睛越过大卫雕塑、妈祖石像、插着孔雀毛的花瓶、卓立音箱，目光最终落到呼呼身上。呼呼一直在偷偷看

他，看到他也在看着自己，显得更不自在了。

“对不起，真的很对不起。”Colin依旧躺在沙发上对呼呼说。

呼呼没理他，假装玩游戏玩得很投入。Colin忽地一下从沙发坐起来。

“你要干什么！”呼呼紧张地大声呵斥。

“对不起……”

他的样子很憔悴，呼呼有点心软了，可想起昨天……

“我不想和你说话！我也不想听见你说话！”

“我很真诚地向你道歉，希望你能原谅我。昨天，我的心情很不好……”

“如果心情不好就可以什么都做的话，那还要法律干什么！”

“我保证，不会再有下次了。”

“你保证？难道这不是你的第二次吗？人都死了，难道你还能再把他杀一次吗！”

Colin低着头，现在他才知道把这个女孩伤得有多重。她本来是那么勇敢、活泼、开朗的一个女孩，现在却哭得这么凶、这么委屈。这难道不是自己造成的吗？这难道不是打着喜欢她的旗号才干的事吗？

“你干什么？你别过来！”呼呼冲他喊。

“我只是想帮你拿一张面纸。”

Colin把面纸放在工作台的这一端，再也没有走过去。

“我走了，他们回来以后，你帮我告诉他们一下。”

呼呼还是没有理他，Colin觉得他这一生都没有这么失败过。庄美娴舍他而去，呼呼连一句话都不想和他说，他一心想做一个绅士，为什么到最后竟成了卑鄙小人、采花大盗？

他默默无言地往外走，眼睛扫过沙发，看到底下露出报纸一角。他蹲下身捡了起来，发现那张报纸已经泛黄了，红色大标题依然触目惊心——摄影界新星泪洒影展，众目睽睽下绝情离去。

整整一大版只有这一条新闻，还附带好几张相片，主角只有一个穿着黑色晚装的女人。她站在主席台上微笑、她流着泪讲话、她将手机摔到地上、她疾步下台、她撕掉裙子、她穿着内裤向外走的背影。

“呼呼，你来一下。”Colin盯着报纸轻声重复了几遍。

“你还待在这里干什么！”

“你来看这个人，觉不觉得她很眼熟？”

呼呼将信将疑地走过去，狐疑地看了Colin一眼，又看了一眼他手里的报纸。接着，她马上把报纸夺了过去，从头到尾地看。

“她！她不就是那个摄影师吗？”呼呼有些惊奇还有些不服气地说。

“是不是就是她？”

Colin指着电脑屏幕上的女人，那里的Summer正好回过头说：“嗨！”

呼呼直愣愣地盯着屏幕，喃喃地说：“你们全是怪人。这么有名，为什么还要……”

醒醒睡睡，睡睡醒醒，庄美娴和阿飞的这一夜就是这么度过的。随着天色转白，两个人再也无心继续睡眠。他们根本就睡不着！饿，饥饿。无论他们怎么回避，这个问题还是来了。分不清是谁的肚子在叫唤，胃肠壁之间的摩擦变得无可忍受。

“你在想什么？” 庄美娴轻轻地问，好像生怕吵醒了雨。

“大闸蟹、菊花鱼、意大利面条、无锡排骨、印度抛饼……你呢？”

“我？我没你那么奢侈，我是工薪族的胃，有一碗蛋炒饭，再来一碗番茄汤就OK了。”

“蛋炒饭里要多放一点葱花，那样才香。”

“对啊，对啊！葱花再糊一点就更香了！”

两个人眉飞色舞地说着，说着说着却又沉闷下来。经过一夜的暴雨，窗外的葡萄所剩无几。如果冬天来到这里，不知葡萄还在不在，现在它还是青的呢。若是那时也能遇到什么自然灾害，突降大雪什么的，把葡萄都冻在枝头，庄美娴大概就能实现她的“冰酒”梦了。当然，那时一定要做好充足的准备。

“咕噜”，又是一声，肚子在叫。

“我觉得我是饿疯了，现在我满眼都是烧鸡在飞。”阿飞说。

“别担心，这是肠鸣音，肠子蠕动的声音。其实差不多每十分钟就会响一次，只不过有时候我们听不见罢了。” 庄美娴自己也不知道她是在安慰谁。

“你知道得还真不少。”

“朋友告诉我的。” 庄美娴觉得没必要告诉他这是一个叫

“Colin”的医生告诉她的。

“别人对你说的话，你总能记得住吗？”

“那要看是谁说的，女人总是对自己的耳朵情有独钟。”

“如果是爱人呢？”

“差不多都能记住。”

比如，她和第一个Colin分手时，她问他有没有爱过他。一丝戏谑的笑滑到他的嘴角，他摇着手里的钥匙说：“要说没爱过你，那也太伤你自尊了……”庄美娴永远都会记得。

“所有女人都这样吗？”

“九成以上。”

“难怪。”

“难怪什么？”

“难怪她会那么伤心。”

这个“她”，是谁？

萨卡开始后悔跟着银子一起来了，他们把他当成空气，还是保姆型的空气。他摸摸这儿，弄弄那儿，把地板擦干，把东西放回原处……就是不好意思闲下来。闲下来去做什么呢？听他们说话吗？

“和我们一起吃饭去吗？”银子问夏天。

衣柜的门没有关，里面挂着一套西装，一看就知道是阿飞的，银子把眼睛挪开了。

“没兴趣。”

“我给阿飞打个电话，让他和我们一起去？”

夏天没回答，看来是默许了，银子拿出手机。

“他的电话怎么没有人接？”银子自言自语，“你知道他干什么去了？”

“不知道。”夏天连眼皮都没有动一下。

“我给公司打一个。”银子说着拨通了电话，“他从昨天下午就没回公司？那好，他回来告诉他给我打电话。还有，庄美娴有消息了吗？好，继续找，有消息通知我。”

这个庄美娴，她不会真的把他发展成“Colin”了吧？银子心里想，一扭头，正撞上夏天的目光。

“他昨天就没回来，是吗？”银子的口气有点像“戚先生”，连萨卡都往这边看了一眼。“你不是真的需要我来帮忙淘水吧？”他又问，“到底发生了什么事？”

“我不知道。”

夏天翻了个身用杂志挡住脸，躲开银子炯炯的目光。银子一把将杂志打掉，夏天的双手依旧保持拿着杂志的可笑姿势。他们都没有说话，萨卡远远地望着他们，连大气都不敢喘一口。整个仓库静得可怕。隔了一会儿，夏天才从床上爬起来，蹲在地上捡杂志。银子的手揣在裤袋里，右耳上的耳钉闪闪发亮，好像在说：“我很愤怒。”

“夏天，对不起。”

银子走过去帮忙，夏天打开他的手。

“我不知道你有什么权利这么做。你和他是十几年的朋友，你应该比我更了解他，他会告诉别人他要去哪里，他在干

什么吗？”

“可是你们现在的关系不一样了！”银子看见墙角的一只塑料桶，里面泡着阿飞的格子衬衫。“他前天在吗？”

“在。”

“大前天呢？”

“在。”

“大大前天呢？”

“在！他每天都在，除了昨天。”

“他没给你打过电话？”

“没有。”

“你也没给他打？”

“没有。”

“为什么？”

“有用吗？他会接我的电话吗？如果他今天肯接我的电话，三年前我就不会离开！”

银子当然知道这件事，有关她的一切他都知道，他知道得一点不比她少。眼看着一个好端端的夏天就这样了无生趣地活着，他比谁都难受。可他偏偏谁都不能怪。怪夏天吗？爱一个人有什么错？怪阿飞吗？被人爱也没有错。那么应该怪谁?!

“你看看这个。”

银子把那张一直揣在他口袋里的报纸递了过去。夏天接过去草草地浏览了一下，并没有她认为重要的东西。

“第一版中间的位置。”银子说。

夏天的眼睛扫过去，大标题写着“全国十大报纸与摄影协会联合主办第一届新闻摄影大赛”。评委都很有威望，规格也很高，可以说这是一次专业领域的全国性赛事，有点中国“普利策”的味道，基本可以代表中国新闻摄影界成就的顶峰。头奖有十万元，很有诱惑力。十大报纸在全国的影响力以及宣传力度都不小，如果获奖的话，在某种程度上讲是对自己专业技术的肯定，也是一个扬名的好机会。何况还有那么高的奖金，真没有理由拒绝。

“这和我有什么关系？”

“你不想参加？”银子觉得意外。

“不想。”

“这次比赛的重要性连我这个外行都能看出来，难道你就没有一点感觉吗？你摆弄了那么多年照相机就为了给人拍点所谓的‘艺术照’吗？”

“你觉得这件事对我很重要吗？”夏天挑起眉毛难掩失望地问，语气中充满挑衅。

如果夏天不是一个女人，银子真想给夏天一巴掌。因为她的口气，因为她的蔑视，因为她对自己的不负责任，因为她对他的冷漠，因为她对另一个男人的执著。

银子深吸了一口气，让自己冷静下来。“我觉得没有比这件事对你更重要的了。”他说。

“那是你的看法。”夏天还是一副顽固不化的态度。不可理喻。

“那么你的看法呢？”银子压住火气问。

“我？我没兴趣对你说。”

“好了，我不是来和你吵架的。我们都是成年人，别再耍小孩子脾气了，好吗？我告诉你这个消息是希望你重新振作起来……”

“我哪里不振作了？每天到点上班，到点下班，按时领工资，活得轻松自在，没有压力。”

“你觉得这样有意思吗？”

“行了，别人都是这么活着的。”

“可你不是‘别人’，你是一个‘艺术家’。”

“哈哈哈……”夏天迸出一串夸张的笑声，“谢谢你的夸奖，这是本年度最经典的笑话了！”

“夏天，女，31岁，中央美术学院油画系毕业，后赴法国学习摄影。留法期间在著名摄影师格特鲁德·费尔开办的摄影学校学习，玛格南影社曾有意吸收其为会员。她早期作品散发着浓烈的超现实主义气息，力图表现生活中的另一面，梦幻、荒谬和罪恶。后期作品多以纪实与新闻报道为主，镜头对准巴黎街头，定期向美国《生活》杂志供稿。回国后，在个人首次影展的开幕式上神秘消失，从此在摄影界销声匿迹……”银子一字一顿地轻轻说出，每个字却都打进夏天的心脏。

“你对我调查得很清楚嘛！”夏天轻轻地嘲弄着，“不过，从某一方面来讲，我还应该高兴才是，至少说明你对我很用心。”

夏天的话刺耳又难听，可银子还是忍了下来。这下萨卡可

以确定，现在待在仓库里的是银子，而不是戚先生。

“所以你更没有理由拒绝。”银子做了一个深呼吸说。

“那是我的事。”

“好吧，我说服不了你，但从朋友的角度讲，我希望你参加。你的成功，并不是对所有人都不重要。”

夏天的眼睛看着银子，心又飞了，飞到了那一天的展览馆里。那时她是那么年轻，对一切充满了幻想与希望，一个人却轻易地把她几乎已经写好的成功改变了。仅仅三年时光，她就觉得自己老了。

“我累了，想休息。”夏天说。

银子看了她一眼说：“好吧。不过，还有一件事我不知道应不应该告诉你。”

“和阿飞有关？”

“是的。”

“说吧。”

“昨天……”银子酝酿着台词，“有人看见他和我的一个朋友在一起。”

“你那个朋友……是个——女的？”

“是的。”

“哦。我累了。”

“今天，我的那个朋友也不见了。”

“是咖啡店里那个红头发的女孩吗？”

银子警觉地看了夏天一眼。

“她的头发很漂亮。”夏天闭上眼睛说。

回去的时候，是银子自己开车。他把萨卡和司机丢下不管，飞一样地冲了出去。望着消失的汽车，萨卡和司机相视苦笑。

“习惯就好了。”司机老牛反倒安慰起萨卡，“戚先生有时是有一点怪，可人是个好人，待久了就知道了。”

“我怕我不够长命，等不到发现他是个好人的那一天。”萨卡把手枕在脑后，倚在仓库的外墙上说。

“有出租车！”老牛叫道。“一起走？”他问萨卡。

“不了，你先走吧！”

雨一直下个不停，萨卡的脑海里不断涌现游戏画面，任重而道远。

仓库的门打开了，萨卡回过头去。

“要不要喝杯红茶？”夏天问。

崭新的城市在雨中显得分外凄凉，黑色三菱吉普车在街道上飞驰，银子的脑袋里什么都没想，什么都不想。世界上的一切都是他的，又都不是他的。他看不清前面的路，他也不想看。

一辆白色的吉普车把他超了过去，银子没想到雨中还有机会赛车。就当是越野赛了！他加足马力，开始追那辆车。

不可否认，价格有时候确实决定品质。银子的车马上就要追上那辆车了，他得意地打开行车灯以示胜利。那辆车里的人回了一下头，他们认出对方。

“你要去哪里？”银子摇下车窗对着Colin喊。

“回家！”

“为什么不在工作室等美娴？”

“我就是去找她！”

“我也去！”

“好的！跟上我！”

一黑一白两头巨兽在雨中奔腾，银子和Colin都发现，这是他们来到这个城市以来最快乐的一天。

庄美娴蹑手蹑脚地走到桌前拿起手机，这次不但没有信号，电池都用光了。她有点害怕了。现在她才真的开始害怕了，难道真的就要困在这该死的地方再也出不去了？

“还没有信号？”阿飞不知什么时候也醒了，问她。

庄美娴呆呆地摇了摇头。

“我们有救了！”阿飞欢呼了一声，从床上一跃而起，几步抢到庄美娴跟前拿过电话。他愣了。

“手机……没电了！”

庄美娴终于“哇”地一声哭了起来，阿飞把她搂在怀里，心中是同样的恐惧和无望。

“阿飞，我们现在下山好不好？我们不等了行吗？我认得路！我不怕淋雨！我害怕，我不想困死在这山上！”

“来不及了……”

“阿飞，你别这么说，你别吓我！”

“我没吓你，你听——”

“听什么？听什么！我什么都听不见！我要下山！我要下山！”

庄美娴说着猛地从阿飞怀里挣脱出来向外面跑去，跑了几步，她忽然感觉地面在动。她停住了，回过头——无数块西瓜那么大的石头从山上滚来，越滚越快，越滚越近！她呆住了，难以相信眼前的场面。怎么可能？她忘了喊叫，忘了躲避，大脑一片空白，就傻呆呆地站在那里。

“白痴！快回来！”

是阿飞的声音！她看了他一眼，发疯一样地往回跑，冲进阿飞的怀抱，连跑掉了鞋子都不知道。他们躲在门后，看着石块碾过庄美娴那只暗红色的高跟鞋，庄美娴眼前一黑，身体变得软绵绵的，往下坠，往下坠……

“你醒醒！你醒醒！现在不能晕！不能晕！”

庄美娴像秋风中的枯树一样被阿飞摇晃着，终于睁开了眼睛，世界还是朦胧的。

“有块大石头撞到门上了！我们不能让它进来，它一进来，所有石头都跟着进来了，那样我们就真的完蛋了！”

庄美娴还是觉得眼前很模糊。阿飞一把将她顶在门上，她觉得有股力量在推着她往前走。

“你顶着门！顶住！我去搬桌子！马上！你顶住！一定顶住！不然你就死定了！”

阿飞跑开了。庄美娴被身后那股力量推得站不稳。她有些头晕，她还想吐。她真的要吐了！

“躲开！”

阿飞推着桌子跑过来。庄美娴再也坚持不住了，扑在地上呕吐起来。阿飞拼命地顶着桌子不敢挪动半步，只能看着她在那里痛苦地抽搐，呕出来的全是胃液。阿飞瘫软地坐到地上，却仍警惕地顶着桌子。

大地的抖动终于停止，外面的雨虽然还下个不停，听起来却亲切多了。阿飞偷偷地探出身，大石块已经涌进差不多三分之一。

“庄美娴，你好点了吗？”他轻轻地问。

“好多了。”她虚弱地回答。

“你来帮我顶一下，我去把那块石头推开。这样不是办法。”

“好的。”

庄美娴几乎是爬着过来的。

阿飞从窗口跳了出去。好险！那块大石头足足有四个磨盘那么大，它后面还堆了无数块小石头，最小的也有西瓜那么大。如果没有顶住那块石头的话……

“好了，起来吧，没事了。这不是泥石流，也不是山体塌方，只是上面采石场留下来的石头被雨水一冲就松动了。不过，从现在起，我们只能轮班睡觉了，一定要守住这个门。今晚泥石流就该来了。”

“你说的话怎么总是好的不灵坏的灵？” 庄美娴虚弱地看了他一眼，可还是笑了。“你手里拿的是什么！”她突然惊恐地指着阿飞手里的东西问。

“野兔，刚才在外面捡的，可能是让石头砸伤的。”

“你要干什么？”

“吃了它。”

一想起那生吞活剥的场面，庄美娴就又吐了起来。

“能有吃的就不错了，还不知道……”阿飞望着窗外的雨，不敢再把话说下去。

两辆吉普车一前一后在Colin家门口停下，银子认识这里。

“你认为她会在这里？”银子追上Colin问。

“总要碰碰运气。”

Colin一步三级上了台阶。银子跟在他身后什么都没说。

没有人可以证明阿飞和庄美娴在一起，也没有人可以证明他们不在一起。世界上不知道一天会失踪多少人，但两个相识的人同时失踪总有些蹊跷。但愿庄美娴在这里，能找到他们中的任何一个都是好的。不过……

“小娴，小娴！”

Colin在空荡荡的屋子里喊，似乎可以听到回声。没有开窗通风，这里的气味潮湿而压抑，银子早料到会失望，可还是又失望了一次。

“她会在哪里呢？”

Colin站在客厅中央失神地问。没有人可以回答。

夏天看着这个局促不安的大男孩，情不自禁地问："你多大了？"这不是轻视，只是很普通的一句话，像"你好"一样。

"28岁。"萨卡说。

"28岁？"

"26岁。"萨卡揉了揉鼻子，低下头。

"26岁？"

"24岁。"萨卡的声音更低了。

"24岁？"

"我就是24岁！不信，你可以……"他高声说道，仿佛只要声音够大就可以变成事实。可他真的太不擅长撒谎了，马上就说不下去了。

"你抽烟吗？"

她这么快就对这个问题没兴趣了吗？害得他还以为……

"我有。"他说。

"也不知道这雨什么时候才可以停？"

"看看新闻吧，肯定有！"

"聪明！"她笑了起来。

电视里还是昨天的那个女人，只不过换了一身衣服。也许新闻节目的主持人都有特别要求，要以庄重大方为主，昨天她穿了深蓝色，今天她穿了深灰色，像这该死的天气。

"暴雨还将持续。"夏天重复电视里的话。

"山里会有泥石流、山体塌方。"萨卡也重复了一句。

"昨天来拍照的那个女孩是你的女朋友？"她很习惯这样

跳着说话吗？她记得？她还记得他？！“现在的孩子真好，我31岁才有自己的第一次恋爱。”她说。

“干吗不给我讲讲你的第一次恋爱？”

萨卡大胆地提问，问一个他眼里真正意义上的女人。

“你很想听吗？”

萨卡用沉默做回答。

“那幅海浪的照片下面有一个柜子，里面有葡萄酒，拿过来好吗？是波尔多红葡萄酒！”

她冲他挤了一下眼睛，很俏皮。萨卡按照她说的去做了。

“拿两个杯子！”她高声叫道。

第一次打他的电话，电话响了十二声，没有人接。这样重复了大约12次或者13次，夏天麻利地把手机关机，揣到身边的小挎包里，信步走到展览馆外面的自动售货机里买了一包烟。烟从售货口掉了出来，夏天躬身去拿，瘦瘦长长的黑裙子居然撕开了！她窘迫地迈着小碎步溜到卫生间，主持人在门口拦住她，告诉她10分钟之后就该她上台讲话了。

今天是夏天在家乡的首次个人摄影作品展，报纸上对她的定位是“颇具后印象派大师风范”“法国留学生摄影协会会员”“金牛奶奖获得者”等等头衔。夏天看到这评价差点没晕了，如果被同行看见还不笑掉门牙？加入摄影协会是为了可以买到更便宜的胶片；“金牛奶奖”不过是个无人知晓的小奖，她的作品靠这个奖多卖了50法郎；至于什么“后印象派大

师”——哈，但愿可爱的小疯子凡·高可以瞑目！当初在简历上写这些不过是自嘲式的好玩，找工作时容易些。那些记者可真敢写，连“后印象派”都上来了，简直是挂羊头卖狗肉。

卫生间里，做清洁工作的阿姨坐在盥洗台上美美地抽着烟。夏天找她借了一个打火机，和她一样坐到盥洗台上。裙子裂开的声音又出现了，夏天从盥洗台上跳下来，一把扯下那块曾经叫做裙子的布，穿着内裤重新坐回原来的地方接着抽，弄得那个阿姨惊讶得张大了嘴巴。广播里，主持人一遍一遍地叫夏天赶紧到主席台去。

“外面找那个夏天干什么？”阿姨问。

“她是今天的主角。”夏天晃着两条光溜溜的大腿毫不在意地说。

“找不到了？”

“她在这里。”

夏天跳下盥洗台，嘴里叼着烟，把那块布围在腰间胡乱打了个结。那块布实在太窄了，围在腰间黑色内裤依旧若隐若现。夏天捏着烟头随意一弹，刚好弹到马桶里。

“阿姨，麻烦了！”

夏天走了出去。

外面的人已经等得有点不耐烦了，分头聚在一起窃窃私语。夏天三寸高的高跟鞋踏在地面上发出清脆的声音，从大厅这头一直传到那头。人们逐渐安静下来，把目光聚集到她身上。夏天感受到了那些目光，但她谁都不看，走得更加婀娜万分，一条雪白的大腿在人们眼前晃动，细心的人一定不会错过

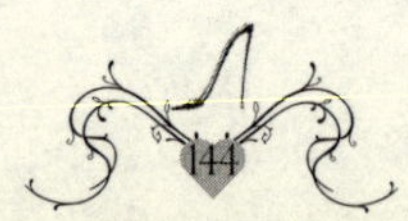

那精致的黑色蕾丝内裤是今年最流行的性感款式。主持人看见夏天，长舒一口气，也为她那种自信的迷人气质所倾倒，从台上走下几步伸手邀请她。夏天微笑着伸出一只手，由主持人牵着走上讲台，动作妖娆妩媚，优雅至极。

“让我们用最热烈的掌声来欢迎这些艺术品的主人！”主持人慷慨激昂地讲道，并做了一个请的姿势。

夏天站到话筒跟前，等待掌声平息。她始终对着台下微笑，笑得那么美，自信迷人。人群足足静了两分钟，夏天才说了一句“谢谢大家”，然后讲起了一大堆在场人都听不懂的法语。人们看到这颗刚刚升起的新星流下了眼泪，泣不成声。

所有人都知道夏天那天都讲了什么是她离开以后的事情了，当时人们只认为这个刚从法国回来的摄影师只不过是在卖弄自己的法文水平罢了。后来很多家报纸都登了夏天在个人摄影展上的讲话、照片。讲话的大致内容是：我一直很努力，我不停地把自己变得很强，很强很强。我以为只要我强了，我就可以赢得他（开始抽泣）……没想到我的好与坏，根本与他无关。他根本就不在意（哭泣中）……我以为今天他会到场，我希望他能为我骄傲，我告诉过他这一切都是因为他才做的，他也答应我说他一定会到！我怕他不记得了，刚才给他打了无数次电话。手机开着，但是没有人接（泣不成声）。他不想接！我想他再也不会来了……

当然，这些都是后话，不过为夏天这颗一闪即逝的流星留下一点神秘色彩罢了。现场的人真正意识到事情不对劲儿了，是在夏天从包里掏出手机将它重重地摔在地上之后。彩色机壳

四分五裂，夏天在人们的惊愕中，踩着高跟鞋离开。瘦瘦的布包裹着她的屁股，她几欲跌倒，无法加快步伐，最后索性扯了下去丢在地上。嗅觉灵敏的记者不失时机地按下快门，镜头对准肌肉紧绷的臀部。一直捕捉别人的夏天终于也被别人捉进了镜头，转天所有的报纸都登了夏天穿着内裤离开的“行为艺术照”，各个角度都有。

离开展览馆，夏天做的唯一的一件事就是回到住处拿上那部她花了3000元买零件自己组装的照相机，然后到机场买了一张最快起飞的机票，连去哪里都没考虑。她只想尽快离开，越快越好。她不够勇敢，她也不够坚强，那么请允许这个失败的懦夫带着仅有的尊严退场！

后来夏天被飞机带到了这个城市。夏天对自己发誓，她永远都不会用手机，手机是她的灾星。她也永远不会给他打电话。无论发生什么，永远！

“你还要喝多少？”银子尽量克制住怒气问Colin。

“不知道！也许一杯，也许十杯！”

Colin抱着Vodka酒瓶又灌了一口。他的声音很大，醉鬼的德行。银子拿着电视遥控器又换了一个频道。

“你们认识多久了？”Colin问。

“三年。”银子没好气地回答。

“你换来换去地找什么？没有一个频道坚持十秒！”

“看看有没有他们的消息。”

“他们？”

“不是他们，是她！你少喝点行不行？耳朵都不好使了。”银子知道自己说错话了，他可不想惹Colin这个醋坛子，“是庄美娴！”

“你们认识的时间比我还久，为什么不娶她？”

“你喝多了！”

“因为你喜欢Summer，不喜欢她，所以她才找了我，对不对？”

“你别再喝了！”

“你猜她现在会在哪里？”

Colin突然凑到银子跟前，眼睛直勾勾地盯着他问。银子躲开了。

“我猜啊……”Colin重新倒到沙发上，“她一定在某个男人的怀里！”说完，他嘿嘿地笑起来，仿佛这是天底下最好笑的事情，笑得一发不可收拾。

银子厌恶地看了他一眼，似乎开始能够理解庄美娴为什么要离开他。如此脆弱的男人，实在不足以支撑庄美娴更为脆弱的神经。两株同样脆弱的植物，依偎在一起，那种照镜子的感觉让他们以为这是缘分，其实不过是加速灭绝。

“你今天好威风啊。”Collin似乎在撒酒疯，却一板一眼地学起银子在天香庄园打电话的样子，有点滑稽，有点戏谑。

我一向这么威风。银子在心里说。

“闹钟的故事是真的？”Colin轻佻地问。

银子像没听到一样。

“你好cool哦！”Colin傻呵呵地笑起来，银子的厌恶升到顶点。Colin识趣地闭了嘴，默默地喝了几口酒，问：“你是不是从来都没有醉过？从来都没有为女人醉过？”

“如果我爱一个女人，我要把她想要的都给她，不是为她喝醉！”银子恶狠狠地说。

“如果我爱一个女人，我要把我所有的都给她……只要她回来。”

银子看见了两颗泪，在Colin的脸上。

“完了？”萨卡盯着夏天微醺的脸问。那脸真的好美，迷离的美。

“怎么会？”她好像在责怪他，却更像是撒娇。

“异乡的生活并不如想象般简单，那个女孩逐渐意识到自己的一时冲动带来了多大的麻烦。走在陌生城市的大街上，她总会莫名其妙地伤感。炎热的夏季，她却觉得从心底一阵阵地发冷。她的手总是那么冷，冷得无法再次按下生命的快门。她爱上了站在阳光下，把皮肤变成了流行的所谓小麦色，那样才能让她感觉有一点点暖，感觉她还是活着的。

“其实，在法国那两年她也是这么寂寞的，但她却是快乐充实的。不是因为那里有艾菲尔铁塔、巴黎圣母院、美丽的卢森堡公园，午后四点街边的咖啡店啤酒馆全都坐满了安逸懒惰浪漫的法国人，而是因为——她心里有着一个美好的梦，她以为两年的寂寞可以换回一世的幸福。徜徉在美丽的塞纳河边，

看着就要重新开放的橘园美术馆，想着可以看到塞尚、雷诺瓦、毕加索这些印象派大师的真迹，作为招牌的莫奈作品《睡莲》……她都无数次地从心底泛起微笑，将来她一定要和她爱的男人来这里！品着美美的波尔多红葡萄酒，说着Je t'aime——我爱你……

“多愚蠢的女人啊！她可曾听过有谁对她这样许诺？她真笨！

“生活逐渐进入了穷途末路，两年的留学经历根本不能帮她找到一份自己喜欢的工作，这与很多人的经历其实都一样。当你有那么一点本事，当你有过那么一点成绩，当你对自己有那么一点自信，当你对未来有着那么一点不切实际的幻想，当你不肯为了生存放弃自己的理想，当你想把自己的一切都藏起来的时候——你就会发现，世界之大，竟没有你的容身之处！”

萨卡默默地点头，他同意夏天说的话。理想总是与现实背离，我们无能为力。

“后来呢？”萨卡问。

“后来？”夏天脸上又浮现了那种迷离的微笑，“后来女孩去自动提款机提取最后的一百块钱，她惊讶地发现余额显示‘100’后面又多了三个零——十万块！如此大的手笔，非那个男人莫属。他有的是钱！”

萨卡屏住了呼吸，他在等待。夏天却笑了起来。先是无声的微笑，接着嘴巴咧大慢慢有了声音，最后竟狂笑起来，笑得肚子疼，笑得弯下了腰，笑得流出了眼泪。她蹲在地上，笑着

前世今生道不尽的可笑之处，笑着这从头到尾就可笑的一切。

十万块钱就可以弥补那天的过失吗？她心里的伤可以用十万块钱来治愈吗？她对他的爱只值十万块钱吗？那些日子，她一直把他藏到看不见的角落，任尘土把他掩埋。她欺骗自己，她看不见他，那样她就可以再次欺骗自己，她不曾想他，她也不曾爱过他。甚至，她不知道，世上还有一个他！如今十万块钱却像一把雪亮的刀子直刺她的心房，她终于笑着看见那颗滴血的心竟然还是在为他跳动！讽刺啊！

“女孩取出了100块钱，然后用特快专递把那张银行卡寄到男人的公司。那张卡上写的是他的名字，当初她向他要来并不是为了有朝一日可以让他方便地给她汇款，她只是想保留一点和他有关的东西。可是她没想到那张卡竟会成为他侮辱她的方式！她不要他的施舍，她要他永远欠着她的！这世上凡是能用钱来衡量的东西都是便宜的，他欠她的东西永远别想用钱来弥补！

“办完特快专递，女孩的身上只剩75块钱。她对着天上的太阳笑了，阳光刺得她眼睛里再次溢满了泪水，那里面盛满了希望……”

“然后呢？”

“没有‘然后’了。”

“你就是那个女孩？”

“我是夏天。”

夏天睡着了，喃喃中倒在床上沉沉睡去。

你还是Summer。萨卡对自己说。你就是你。全世界最伟大

的游戏将因你而生！

他把被子小心地盖在她身上。葡萄酒的香甜伴着她的呼吸吹到他脸上，他在她的眼角看到了淡淡的皱纹。那一刻，他有一种想哭的冲动。他不希望她老，他不想看到她老，他要让她在游戏中永生！

“嗨！”

“嗨！”

“嗨！”

……

电脑屏幕上的女人不知对呼呼“嗨”了多少次，可她还是一遍遍地“replay”。

漆黑的房间里没有开灯，呼呼听着单调的“嗨”，手指在桌面上划动。

她碰到了一样东西，一盘磁带。幸好音响里竟然还保留了这种古老的功能，她把磁带放了进去，银子的声音飘了出来。

一个开始，因为一个结束

回想走过的那么多年

你还是我一碰就痛的伤疤

我想我们是爱过的吧

不然我的心不会痛到无力自拔

一个电话就可以打破那么多年的梦

我真的以为我们是爱过的啊

只是为什么

分手的话要出自别人的嘴巴

我永远都坚信我们是深爱着的人

我愿意为我们的爱情

蒙上圣洁的婚纱

感谢即使到了最后一刻

你还说着爱我的话

可是我的耳朵再也欺骗不了我的眼睛

你已经变成了和我没有关系的

那个她

伤疤，伤疤？从什么时候开始有的这块伤疤？谁是谁的伤疤？

庄美娴一直昏昏沉沉，摸着她滚烫的皮肤，阿飞知道她在发烧。那只受伤的小野兔温顺地趴在地上，像怀里的庄美娴，无助得可怜。

他最终还是没有吃那只野兔，而是撕下衬衫的袖子给它包扎伤口。它的伤很重，左后腿的骨头隐约可见。能不能活下来就要看它的造化了，阿飞已经把它当成了战友。

他勇敢地跑到外面摘下几串连着叶子的葡萄，放到嘴里一枚，酸得他脸都扭曲了。可有总胜于无。回到屋里，把叶子递

到野兔跟前，它嗅了嗅，终于还是吃了。托起庄美娴，尽可能地挑红一点的葡萄把皮剥了喂到她嘴里。昏迷中的庄美娴不知是什么，竟也胡乱咽了下去。他稍感安心。

他把庄美娴抱到孤零零的钢丝床上。她的丝袜有无数的破洞，她的左脚上还穿着一只鞋子，达芙妮。宁愿化作月桂树，也不愿意嫁给阿波罗的达芙妮吗？阿飞看着她，有说不出的心疼。

天忽然变了，阿飞竖起耳朵听着窗外，不祥的感觉。他把庄美娴抱起来，坐到地上，用背顶着桌子。他在等待，等待所有的厄运来临。

雨更大了。白夹竹桃拼命摇曳。闪电。雷鸣。细远的隆动。近了，更近了。阿飞闭上了眼睛。

“我的鱼缸呢？” 庄美娴醒了，无比清醒地问。

“在这里。”阿飞把鱼缸递到她手上。

“我没有把他放进去，我没有把他放进去。我们还没完，没完……”她把那个小鱼缸死死地抓在手里，脸上竟带着笑的。

阿飞不知道庄美娴的话是说给谁听的，他却轻轻地应和着：“是的，我们还没完！”他把小野兔放到庄美娴怀里，抱起了她们俩，打开了门。

6

空中芭蕾

灰色的小野兔蜷缩在脚边，阿飞把怀里的庄美娴搂得更紧了。她的身子烫得吓人，阿飞却没有拿她取暖的念头。为什么女人遇到事情的时候，总是喜欢生病？

缆车在空中摇摆，坐在里面感觉像摇篮，一种无依无靠的感觉，心里慌慌的。这也是没有办法的办法，如果不坐进缆车，待会儿泥石流来了，也许会堵住门或者冲垮房子，那时就糟糕了。而坐在缆车里虽然也有危险，可毕竟和地面还有一定的距离。而恰恰是这悬于地面的距离、风雨飘摇的感觉，成了

他们最安全的港湾。摇篮在某种意义上等同于母亲的怀抱，还有什么能比母亲的怀抱更让人感到安心呢？

阿飞坐在“摇篮”里，感觉温度在慢慢地下降，睡意爬上眼皮。难道人和动物一样，温度下降就要开始冬眠了吗？他闭上了眼睛，眼前却浮现了胡明那张虚伪的脸。那是撒旦的脸，呼唤他走进地狱。

也不知过了多久，睡没睡着，“摇篮”发了疯一样地摇晃起来，阿飞惊恐地睁开眼睛。黑暗中，一股巨大的黑色潮水从山上倾泻而下。阿飞什么都看不清，但又什么都看到了——恐惧！这就是他看到的一切——恐惧。

一道闪电适时劈下，照亮了这个原本什么都看不清的世界。如果以为光可以消除人的恐惧那就错了，光有时是比黑暗更可怕的东西。就在这一刹那，阿飞看到泥石组成的河流奔腾而下，大石块就像跳跃的鲤鱼夹杂其中，一块有办公桌那么大的巨石以更快的速度滚下来，它的方向瞄准了他们刚刚离开的那间办公室……

阿飞匆忙地闭上眼睛，雷声和巨石撞击墙壁的声音混在一起，是什么在颤动已经分不出，他只感觉仿佛后背狠狠地挨了一记。小野兔拖着它重伤的后腿跳到阿飞脚上，他轻轻地问：“小可怜儿，吓着你了是吗？”

现在，阿飞无比渴望庄美娴的话可以应验——无论是谁，快点找到他们吧！

银子没想到Vodka会比咖啡更提神。Colin剩下的半瓶酒已经被他喝光了，可他还是感觉意犹未尽，反而比刚才更清醒了。刺耳的手机铃声在深夜响起，正是银子的那首《你是我的伤疤》。Colin在沙发上翻了个身，这只猪睡得倒香！银子溜到阳台上接电话，此时是凌晨4点，窗外的雨依旧不知疲倦地下着，雨势有增无减。他不知还有谁会在这个时刻，敢在这个时刻打扰他。

电话是公司里的那个部门经理马屁刘打来的，昨天上午挨骂的就是他。他用小心翼翼的声音对银子说："戚先生，我们还没有找到庄小姐，但是我们在山路旁的沟里发现了翁先生的车，是被泥石流冲下来的。我已经去看过了，里面没有人。"

"辛苦你了，天亮之后我们上山。"

银子挂上了电话，他不知道马屁刘已经感动得一塌糊涂，差一点就要对着话筒呜咽出声。还有什么比得到董事长的赞美更让他激动的呢？即使这十几个小时他是食不知味、睡不安枕，但只要听到那一句"辛苦你了"，他就忘了所有的"辛苦"。尽管发现车子的人不是他，到现场查看情况的人也不是他，可还有什么比指挥别人更辛苦的呢？此刻展现在他眼前的是美好的未来，他似乎已经看到了"天香集团"二把手的椅子正等着他的臀部一亲芳泽。他好像忘记了，就是他把庄美娴派出去"抄水牌"的。

卧在大贝壳里的小灯亮了，一眼望去就像一颗藏在蚌里的大珍珠。Colin大概是被电话吵醒的，他坐在昏暗的光线里，有说不出的诡异。他没精打采地看了一眼，伸手去抓桌子上的酒瓶。空了，说不出的懊恼。

银子打开了客厅里的灯，光线刺眼，Colin伸手挡住光，好一会儿才把手拿开。他摇摇晃晃地站起来，银子盯着他通红的眼睛一动不动。他好像没看见银子一样，扭着秧歌来到酒柜旁又拿了一瓶酒。银子沉着脸一把打落他手里的酒瓶，他不气也不急，甚至都没有看银子一眼，又拿了一瓶。银子再次打落，上好的杜松子酒味在房间里蔓延。

他们像是在做玻璃粉碎的游戏，他们似乎很喜欢听玻璃粉碎的声音，他们仿佛喜欢用酒精泡脚。

“你不该把它们都毁了，尤其是那瓶Gin。她最喜欢拿它来调鸡尾酒了。杜松子酒是鸡尾酒的心脏，你应该听她说过。”

Colin一边摇头叹息，一边踏着玻璃碴坐到沙发上，就像变戏法似的，他的手里又多了一瓶迷你装的小茅台酒。拧开瓶盖，香气四溢，Colin对准嘴巴不顾一切地灌了下去。银子一言不发地走过来，举起手又是一巴掌。

这次他没有把酒瓶打落，酒瓶还稳稳地攥在Colin手里，只是酒顺着嘴角流出来，流到他雪白的衬衫上。Colin喜欢白色，婚纱的白色。

“看到没有？酒是淡黄色的。这才是真正的茅台，经过十年窖藏的。”

“你最好放下它，给她留点调‘香橙汽酒’的原料。”银

子冷冷地说。

Colin又把酒瓶送到嘴边，却没有仰起脖子灌下，一个可笑的停顿，一个等待的停顿。

“有人找到了。”银子没有说找到了什么、找到了谁，他只是看了一眼手表，说，“你还有一个小时把自己弄得像点人。当然，你也可以选择No。”

不需要很亮，只要有那么一点点光，阿飞就可以清楚地看见那块巨石嵌在办公室的墙壁里。已经不能再把它说成是“石头”了，黑暗掩盖了它的锋芒，天色渐亮，它便露出它狰狞的嘴脸，它分明就是一座小山！

阿飞感激自己的决定竟是这么的英明，只要看一眼那塌陷半边的房屋，谁都不会怪他把三条性命放逐在这随风摇曳的缆车上。小野兔也醒了，也许早就醒了，只是现在才听到人声，它才敢动一动。它好像有点“晕船”，看也不看葡萄叶一眼。阿飞看着它的后腿，血已经把布染红。

“小可怜儿，再坚持一下，我们会没事的。”阿飞轻轻地说。

他是一个无论何时都不会放弃希望的人，只是除了那一次。

半边身子麻木了，麻木的感觉就是失去了感觉。怀里的人似乎好了一些，身体不像先前那么烫了。也许那些葡萄可以退烧？

“我们怎么会在这儿？”庄美娴问，还笑了一下。

阿飞没有回答，而是给她指了指外面。

庄美娴看了看房子，又看了看地面上脏兮兮的烂泥巴，先惊后喜。也不知究竟从山上冲下来多少东西，缆车和地面的空当竟被填满了，此刻缆车稳稳当当地“种”在泥地里，难怪现在不像最初摇得那么厉害了。不过看情形也维持不了多久了，雨还在下，地面还在被冲刷，冲走了泥，缆车就又变成摇篮了。

“那些葡萄还在！”庄美娴眼睛一亮，“真没想到。它们看起来那么柔弱，竟然还在。如果我能活着下山，我一定要把这些葡萄搬到我家，放到冰箱里，六个小时以后拿出来榨汁酿葡萄酒。哪怕只有一滴，我也心满意足了。”

阿飞扑哧一下笑了出来。

“我还以为你要把它供起来，原来还是要吃。”

“不是吃，是喝！你不知道‘冰酒’很贵吗？地道的做法，一公顷地才能产100瓶。”

“我答应你，如果我们能下山，我一定送你一瓶‘冰酒’。这些葡萄还是留着吧，它们毕竟救过我们的命。”

“哇，好酸！难道昨天我吃的就是这个？”庄美娴龇牙咧嘴地把葡萄咽下去，难以置信地看着阿飞。

“岂止吃了，你还吃得津津有味呢！”

“你竟把这么酸的东西给我吃？哼，等回去以后……”

庄美娴一边骂葡萄酸，一边不住地往嘴里塞，说着说着她却住嘴了。能不能回去不是她能说了算的。如果真能回去，她

愿意忘记一切烦恼，什么Colin，全都见鬼去吧！她要用全部的热情重新拥抱生命，没有什么比活着更好了。为什么还要自寻烦恼？

“咳，你要干什么！”阿飞一把拉住庄美娴，可她的半个身子已经探出去了。“你昨天发烧了知不知道？再淋一次雨，谁知道……”

“我很好，从来没有这么好过！我不会再生病了，要病也要等到下山以后再病。”

“那你也……”

“你这家伙还真不是一般的笨啊！这样等着能有人来救我们吗？我是在观察地形！快把身上所有的钱都拿出来！带笔了吗？好，在钞票上面写‘有人困在9号缆车里’，然后扔出去。真笨！”

阿飞笑了。如果发烧会烧坏脑袋，那么庄美娴肯定是一个反面典型。

“你等着，我去扔。我的力气比你大。”

“还有这个！” 庄美娴把红色的手机也递了过去，“它比较重，可以扔得远一点。往山对面扔，那里有所学校，还有很多工人，被发现的几率比较大。”

“有句话听说过吗？女子无才便是德。”

“哦？” 庄美娴挑起眉毛看着阿飞。

“我发现这句话说错了。”阿飞接着说。

庄美娴笑了，抱起趴在地上的小野兔，亲昵地贴在脸上。

“Lucky，以后就叫你‘Lucky’好吗？真希望你是从嫦娥

身边跑出来的，那样我们就有救了。”

Lucky似乎听懂了她的话，眨了几下眼睛，小小的瞳孔里映着庄美娴的脸，一张带着泥浆美丽憔悴却充满希冀的脸。

“把这个也丢下去吧！” 庄美娴把那个精巧的鱼缸递给阿飞。

如果真的不能离开这里，我也不要我的悲伤陪我淋完这最后一场雨。她对自己说。

一黑一白两辆吉普车在山下与马屁刘坐的“林肯·领航员百年纪念版”会合，在它的带领下开往“君王”的发现地点。看着老板的车跟在自己身后，马屁刘真有说不出的得意。像他这样的低级职员平时根本没资格坐进这种一百多万的豪华汽车，可是今天不同，在泥泞的山路上跋涉，没有什么比“领航员”更适合了。超宽的米其林轮胎，5.4升300马力的V8发动机，百米提速只需7秒半，胡桃木的仪表盘，前后双温控制系统……一切都是那么舒服。他已经打定主意，如果银子问他需要什么奖励的话，他一定要把眼睛投向这辆车……他可是立下了汗马功劳的大功臣！

司机老牛打着伞让银子把雨衣穿好，马屁刘率先跳进沟里。银子观察了一下现场，这里的坡度不大，大概有10°左右，不过要把一辆一吨半重的“君王”冲到沟里，似乎也没那么容易。

银子也跳进沟里。Colin跟在他后面。尽管他已经知道车里

没有人，可他还是紧张，害怕看见血肉模糊的一团。

“君王”的半个车身陷在泥里，上半部分飞溅的泥浆、落在车顶的树枝还没有完全被雨水冲走，看来陷在这里的时间并不长。车身附近只有他们几个人的脚印，可见车子滑进沟里之前车上就没人了。“车鼻子”上有一个很大的凹陷，看来是被大石头撞到这里的，雨天里的弹性碰撞。一辆汽车都被撞成这样，如果是人呢？Colin不敢想了。

“你怎么知道小娴在这车里？她人呢？”Colin颤声问。

银子没理会Colin，而是打开了车门，希望车里的人临走时能够留下一点线索。他不能确定庄美娴和阿飞在一起，但是一种奇怪的直觉告诉他一定是这样的。

“这是谁的车？男人还是女人？他（她）为什么带小娴来这里？！”

Colin突然一把抓住银子的领子厉声问道。他的眼睛比先前更红了，没有人怀疑他是酒后无德。

“你这个臭小子，你知道他是谁吗？快把你的脏手拿开！”马屁刘急赤白脸地冲过来，一副忠心护主的奴才嘴脸。“谁说庄美娴……”马屁刘顿了一下，瞟了银子一眼，“庄小姐不一定在这辆车里。这是我们翁总的车，像她……我们这样的普通职员，怎么还有荣幸……”

他以为他的话既抬高了阿飞，也抬高了银子，还把阿飞撇清了，却没料到激怒了Colin。Colin那只空着的手一挥，就把他打倒在地，老牛忍不住笑出声来。银子脸上的表情也比刚才缓和多了。

“你怎么知道美娴在这车里？车里没有她的东西。”银子客观地说。

“你这个混蛋，难道你还没闻见吗？这车里有Anna · Sui的香水味，是小娴每天都用的！快告诉我开车的是男人还是女人！”

“男人。你打的那个笨蛋没有撒谎。”银子冷冷地说。

Colin的手突然松开了，颓然垂下。银子以为他是为庄美娴的安危担心，正想安慰他两句。不料，他却转身走了。

银子几步追上他说：“你不用担心，阿飞小时候是在这山里长大的。如果美娴真的和他在一起，那现在就是安全的。你现在也不知道要去哪里找他们，急也没有用……”

银子说着，一只手就搭在Colin的肩膀上，Colin甩开了。

“我知道我不用担心，所以我才要回家。她有心情和一个男人来游山玩水，我还担心什么？”

银子看着他的背影，无话可说，只能眼看着那辆白色的吉普车卷起泥浆离去。爱一个人，很爱一个人，确实会嫉妒。可嫉妒竟可以大过生死吗？银子发现庄美娴离开Colin的理由虽然不够充分，却是对的。

天上又劈下一道闪电，比以往任何一次都要亮，都要令人害怕，一个比以往任何一次都要响、都要令人害怕的雷就要炸开了。

“那是什么？”老牛突然喊了一句，朝山路跑过去。

银子看到老牛从泥里捡出一个闪闪发亮的银色小包，自己也跑了过去。这包是庄美娴的，银子无数次看见她从里面一会

儿掏出镜子，一会儿掏出口红，一会儿掏出睫毛膏。但是现在这个缀满光片的小包里只有几块小石头和一张十元钞票。钞票上面的字迹已经被雨水泡得模糊了，可还是能够依稀辨认出——有人在9号缆车里。

银子抬起头向天上望去，一辆辆缆车挂在电缆上像风铃一样摇摆。真有他们的！银子竟笑了。

“戚先生，这包是庄小姐的吗？”老牛轻声问。

“是她的。”银子笑眯眯地看了老牛一眼，“他们就在这山上。”

“戚先生，我们快走吧，泥石流大概又要来了。”倒霉的马屁刘总是在错误的时间做错误的事说错误的话，“您看，这么一个包装上石头都能给冲下来……”

这次他好像说的没错，可是他选错了听众。困在山上的人，是银子的朋友。

庄美娴和阿飞都看到了那道闪电，他们都在等待那个更为惊心动魄的雷鸣。雷鸣还没有到，他们却等来了一个剧烈的震动。这滋味很不好受，像绑在弹簧上，不知什么时候忽地一下弹出去再也弹不回来，也不知什么时候忽一下弹回来却一直下坠。

所有的东西都被他们抛下去了，除了那个录音机。看着庄美娴把它留下，阿飞什么都没说。他们都明白，万一他们下不了山，那么这录音机就可以记录他们的遗言了。这是一个悲哀

的保留。

眼前不远处，办公室跟前的那棵树被闪电劈中，要倒下去却被电缆接住，缆车被它震得弹了几下终于还是停住了，雷也紧跟着在头顶炸开，Lucky吓得又往庄美娴怀里钻了钻，一对耳朵不住地抖动。

“庄美娴，你还好吧？”

阿飞看到她的脸色苍白想抓住她的手给她一点安慰，她却抬起那只手指着前方，嘴巴张得大大的，眼泪在眼眶里打着转儿，一个字都说不出来。那样子，仿佛她见到鬼了。

也许真的见到鬼倒好了，因为世上本就没有鬼，也就没什么好怕的。阿飞顺着庄美娴指的方向看去，他的表情也凝固在脸上。

那棵被劈倒的树本来种在他们身后，现在却出现在他们面前；终点站的办公室本来在他们右边，现在却在他们左边；他们离地面本来只有两尺的距离，现在低下头——他们看到的却是遥远的树冠……他们习惯了缆车里的摇晃，所以谁都没去在意，他们在摇晃中忽略了他们的位置。他们被风吹上了回程路，现在风却停了，他们被吊在半空中！他们离天很近，离地却很远，他们不是鸟，他们不会飞！

缆车外，雨下个不停，似乎永远也不会停了……

从工作室的窗子望出去，Colin可以看见山的那边。那边发生过泥石流，这边的雨水却只是将整个山荔学院冲洗得干干净

净。他久久地凝望着那边，充满深情，似乎那里藏着他的全部爱与希望。

串在电缆上的缆车从这里望去不比一串糖葫芦大多少，它们似乎在缓缓移动，像流水线上的冷冻鸡。这种天气，缆车怎么还在运营？Colin怀疑自己的酒劲儿上来了，出现了幻觉。他揉了揉眼睛，仔细地盯着一辆黄绿两色相间的缆车。没错！缆车就是在动，尽管很慢，很慢很慢，可它确实在动！

一股难言的力量把Colin推到电话跟前。

“喂，查号台吗？我想查一下荔山缆车管理站的电话。”

Colin把电话打过去，对方占线。他本来还在担心那里没有人上班，现在松了一口气。

电话终于通了。

“喂，管理站吗？我想问一下……什么！”

“我们已经知道了，有人在缆车里。可是我们现在不能过去，那里发生了泥石流，现在很危险。气象局说还会……”电话里的人说。

Colin转过身呆呆地望着缆车。那里，最高点，似乎有一个红色的东西在跳动。Colin扔下电话奔到窗前，把脸紧紧地贴在玻璃上。他看清了！虽然他看不清跳动的是什么东西，但肯定是缆车里的人发出的求救信号！那个人说不定就是庄美娴！肯定是小娴！

Colin抓起车钥匙跑下楼去。他什么都忘记了，忘记了计较一切，他只知道他必须赶到那里去！

车轮在泥浆里打滑，Colin不顾一切地开足马力往前冲。那辆该死的“君王”还停在那里，银子他们几个已经不见了。

前方、脚下，是石子、石头、石块、石山汇成的河流，Colin瞪着血红的眼睛踩住油门不松。车轮卷起石子打在后车窗上、打在车顶上、打在前面的路上……所有看到这个场面的人都会说Colin疯了，可惜他现在并不需要观众的评价。他全部的念头只有一个——冲上去！不是有句豪言壮语说过嘛，人定胜天！可为什么在这里却不灵了呢？速度表指示现在的速度可以达到每小时180公里，可Colin为什么纹丝未动呢？

一块大石头从山路上冲下来，冲到Colin的车前，撞在他的车上。他连眼皮都没眨一下，脚下踩得更用力了，车子却不争气地开始往下滑，往下滑……

难道我真的上不去吗？难道我只能眼睁睁地看着她困在上面吗？

Colin像遭了枪击一样，突然倒下去了。他的头重重地砸在方向盘上，一动不动，喇叭发出尖锐的噪音，却被这无休无止的雨淹没了……

“阿飞，你听！什么声音？”

“我在听。”

“好像有人按喇叭。”

“不是好像，就是有人在按喇叭！”

“有人了？有人了！有人发现我们了！我们在这里！我们在这里！我们在这里……”

庄美娴把手里的东西摇得更起劲儿了！她坚信，在某一个她看不到的地方，一定有人可以看到她！

阿飞盯着她手里的东西，想笑却笑不出来。她是一个勇敢的女人。脆弱的时候，她仿佛吹弹可破；坚强起来，她却比任何一个男人都要无所畏惧。

阿飞的心暖了，他没有理由冷下去。

“我们在这里！我们在这里！”

他的声音融入她的声音，她的呼喊融入他的呼喊。小野兔好像也有了精神，围着他们一瘸一拐地跳来跳去。

“现在你总该相信上面有人了吧？”银子站在缆车站管理员身后问。

那个跳动的红点比以往更醒目，在高倍望远镜的视线里，已经可以看出它的形状。

那是女人的内衣，火红的内衣，那样璀璨的颜色在这样的日子里显得是那么的触目惊心。

“可是气象局说还会有泥石流。”

“可是上面有两个活人！”

银子的嗓门第一次这么高，管理员的声音却比他还高。

“如果我们现在上去，就会多四个死人！”

管理站安静了，只能听见银子和管理员厚重的呼吸声。银

子攥紧了拳头，可以看清上面的每一条青色血管，管理员等着他挥出拳头。

“好吧，告诉我，怎么操作，我只求能把他们弄回来。”银子的声音好像很累。

管理员脸上的肌肉也放松了，他拉过来一把椅子让银子坐下。

“老弟，实话告诉你吧，你上去也没用。咱们这山你还不知道吗？一年到头也没几个人来，缆车早就停了，电线都被老鼠啃了……”

银子“嘭”地一拳砸在桌子上，正要说话，却被刺耳的喇叭声打断了。

“有人在山上？”银子问，“会不会是他们下来了，跑到‘君王’里按喇叭？”他的话还没说完，人已经在雨中了。

管理员无可奈何地摇摇头，拿起了望远镜。视线里，那一块红布跳动得更欢，更有劲头了。

白色吉普车像一头受伤的熊在雨里哀号。银子远远地看着那几乎已经辨别不出颜色的车，忽然很想流泪。

阿飞、美娴，再坚持一下，最后一下！我们要你们平安！你们一定要给我平安地回来！

“喇叭好像……不响了？”

“一直按喇叭也会累的。”

“你喊了这么久，你累吗？”

“累啊。”

“你撒谎！你撒谎！你撒谎！”

庄美娴哭喊着扑到阿飞怀里对他拳打脚踢。阿飞一动不动地承受着她的拳、她的脚、她的喊叫，却承受不住她的眼泪。那眼泪是希望破灭后的遗物，他也很想哭。不是因为害怕，不是因为恐惧，不是因为饥饿，不是因为雨！只是因为心里面，那挥之不去的绝望。

“会有人来的。现在雨太大了，他们上不了山。”

庄美娴终于有哭累的时候，阿飞轻声说。

“是的。”

就是这么两个字，再也没有别的。阿飞惊恐地看着庄美娴的脸，他看到了绝望，嗅到了死亡。无话可说。庄美娴突然飞快地把头伸到外面，阿飞本能地拉住她，却慢慢松开了手。她只是吐了，空着肚子在这里摇晃，不吐才怪。可他死死地拉住她是为了什么？怕她就那么飞身跳下去吗？如果真到了那一步……

他还欠夏天一个晚上，只欠一个晚上了，老天为什么不肯可怜可怜他，让他实现对自己的承诺？

微弱的歌声传来，阿飞听出是庄美娴在唱歌。她在雨中唱歌，她把歌唱给雨听。那是一首似曾相识的歌，很熟悉，却又很陌生。终于，他知道他为什么会那么熟悉了！那是银子的歌，唱给他们都喜欢的一个女人的。所以他才会强迫自己去忘

记，去让它变得陌生。

……

醉了以后就会流泪

数着你给的伤悲

为什么你总让我憔悴

别说我的眼泪你无所谓

……

“你也会唱这首东来东往的《别说我的眼泪你无所谓》？” 庄美娴抬起一双被泪水打湿的眼睛望着阿飞，“你哭了？”

阿飞没有说话，却已经回答。

“我第一次见到银子的时候，咖啡店里放的就是这首歌。我哭了。咖啡店里没有别人，他走过来，在我面前放了一杯‘马车夫咖啡’，然后嘭地一下把咖啡点着了，吓了我一跳。他告诉我，里面有朗姆酒，如果觉得不够劲儿，他可以把整瓶的朗姆酒都给我。但是，他让我不要再哭了。他说，这首歌的名字虽然叫《别说我的眼泪你无所谓》，可是他会在意我的眼泪……”

“后来呢？”

“你是问我和银子的后来吗？我们没有‘后来’，我们是朋友。”

“为什么？”

“他的心里装着一个女人。”庄美娴指着自己的心，苦笑了一下，“我的也一样。”

“也许我真不应该来这里。”

“你是因为放不下那个摄影师，所以才来到这里。”

“你是说夏天？我已经让她等了十年，还有什么放不下的？”

“那你为什么还来？”

“我无处可去……”

阿飞的声音无比苍凉，庄美娴不再问什么。每个人心里都有一个结，问是问不出来的。

“你说，我们会死吗？”

庄美娴抬起眼睛望着阿飞，那个迷人的下巴就在眼前，她却再也涌不起任何幻想。她看着他，只是想让他给出一个答案，或者，说确切点，否定她心里的答案。阿飞又何尝不明白她眼里的期待，可他又不是先知，他能给出什么答案？

“如果，在这场雨中，老天一定要毁灭一个生命，我希望他选中的人是我。”阿飞说的是真心话。

“没有人给我们出选择题，我们只能被选择。” 庄美娴的声音比雨还令人沮丧，她却忽然又笑了，“你说，等我们死了，他们发现我们的时候，会不会认为我们是恋人？”她的玩笑并不高明。

“如果是不认识我们的人，也许会吧。”

“我们现在是不是应该写遗嘱？可惜刚才把能写上字的东西都扔出去了。” 她就没想过她的手里还有一个录音机。

“别胡思乱想了！你不会有事的！你长得这么丑，阎王爷看见你就说了，怎么把这么丑的女人带回来了？我们这里虽说是阴间，可也不能收留阳间的伪劣产品。牛头，马面，快把她送回去！然后你就回来啦。”

他们都笑了，刚刚绽放的笑容却随着一次小小的下降静止在脸上。这不是滑行中的下降，而是垂直的下降。他们看着彼此的眼睛得到了同样的答案——他们在往下掉！

庄美娴和阿飞连大气都不敢喘一口，只有Lucky还不明就里地趴在地上啃葡萄叶。

又是一次小小的下降，然后停下。这次他们都看清了。树倒下的位置——电缆在一点点地断开。只是那么一点点，每次都那么一点点，却足以要了他们的命！

“这里有多高？”庄美娴脸色煞白飞快地问。

“不知道。500米？800米？也许1000米？我不知道。”阿飞也飞快地回答，他们的眼睛都盯在那个缺口。

“我们跳吧，快跳吧！跳下去还有活的机会，这样掉下去只有死！”

“不能跳！千万不能跳！缆车比我们重，我们还没到地面，它就能在半空砸烂我们的头！”

“那我们怎么办？怎么办！”

庄美娴不可遏制地歇斯底里起来，又是一次小小的垂直下降让她平静了。

“我们在这里待着，就算掉下去，有这铁皮包着，也比我们身上的肉结实点。别怕，别怕，保持镇定！”

这话说起来容易，可眼睁睁地看着电缆在一丝一毫地断裂，有谁可以保持镇定？

“如果我死了，告诉Colin我爱他，我不应该离开他，我好后悔。” 庄美娴已经开始哭了。

“你就没想过你父母吗？”阿飞忍不住在这个时候还要骂她。

“我上大学的时候他们就煤气中毒死了！”

“对不起……”

“别说废话了，你有什么要说的？万一我没死呢？”

“我们都不会死的！”

阿飞突然扭过头定定地看了庄美娴一眼。那一眼很短，最多不会超过一秒钟，庄美娴却从里面看到了希望，生的希望。接着，他飞快地用衬衫包住手，向玻璃砸去。

“你还愣着干什么？快把玻璃打碎，一个玻璃碴儿都不要留！我可不想落地之后让玻璃割破喉咙！”

“哦！” 庄美娴傻愣愣地答应一声，举起拳头挥向玻璃。

“哎呀，笨蛋！你不是有高跟鞋吗！”

咣啷！这就是庄美娴的回答。

银子和Colin坐在“领航员”里喝咖啡。有时也不能小看马屁精的作用，没有这样的人，银子哪来的热咖啡可以喝？

泥石流渐渐停息，从山坡上流下来的只有水了。Colin死死地盯住山路，酝酿下一次冲锋。

“还要再等吗？”他问。

如果刚才Colin的车还能动，现在他就无须征求别人的意见。刚才，就在他低着头心如死灰的那一刹那，一块半架钢琴大小的石头已经瞄准了他。银子喊了他一声，他猛地抬起头看见了石头。跳车了。车被石头撞得冒了烟，又被泥石流卷走，最后撞在一棵大树上停了下来。从外观上判断，神仙也救不了它了。Colin则滚到沟里，撞上了那辆该死的“君王”。好在只是擦破了皮，骨头内脏都没事，银子成了他的救命恩人。

“再等五分钟，老牛还在往气象台打电话。如果还打不通，我们就上山。”

Colin望着吊在天上的缆车，不停地默念：小娴，等我，等我，小娴……

缆车好像动了一下，和先前相比有些特别，却又说不出特别在哪里。缆车又动了一下，又停了。

“Colin，你有没有注意到，刚才缆车好像动了一下？”

“是两下。”

“你觉不觉得有点怪？”

“就像这次这样？”

他们的眼睛一直盯着缆车，仿佛只要眼珠错开一点，缆车就会消失。这三次不同寻常的“动”让他们的注意力更加集中。然而，谁也不会想到，这“动”竟会和坠落有关。

第一辆缆车落下去了，他们好像没有看清，又好像不能相信自己的眼睛。第二辆落下去了，第三辆、第四辆、第五辆……开始时每一辆缆车的坠落还有间隔，接下来就连成了

串，再也看不清是几辆了……山谷里陆续传来着地的声音，每一次声音传来，大家的心都紧一下。

银子把保温瓶扔出窗外，飞快地发动引擎，探出头对后面的车喊："老牛，掉头！"

身后的汽车也发动了。银子缩回脑袋扳到倒车挡，方向盘却不能动了。

"Colin，把手放开！"

"不能走。"

Colin的眼睛红红的，红得可以喷出血来。银子毫不怀疑如果他一定要走，如果此时Colin手里有把刀，他会把他杀了。

"你冷静一下，好吗？冷静一下！你听我说，听我说！"银子松开方向盘，让自己先冷静下来，"缆车掉下来了！我们上去也没有用，你听清楚了吗？如果我们还要上山，我们会被滚下来的缆车砸死！只有我们知道他们掉下去了，如果我们出了事，谁去救他们？他们还没死！"

Colin的眼睛依旧红得可以喷出血来，银子知道他根本不知道自己在说些什么。Colin已经完全失去了理智，完全疯了，可是银子不能疯。Colin可以疯，银子不能疯！银子的左手慢慢地伸向座椅底部，那里有一个小灭火器。

"你走，我上去。"Colin的声音不大，会喷血的眼睛说明一切。

Colin的眼神飘向了空中，银子却已经听见缆车滚下山坡的隆隆声。他咬了咬牙，拎起灭火器，对准Colin的脑袋……

要说服一个被酒精控制的人，灭火器比嘴巴更有效。

Lucky被庄美娴紧紧地抱在怀里，庄美娴被阿飞紧紧地抱在怀里，她的手还机械地握着那个录音机。失去最后一丝悬挂之力，他们都听不到了呼吸。离断口最近的缆车第一个掉下去了，第三个才轮到他们。这十几秒的时间，他们确信那就是与人世最后的道别。

轮到他们了。失重状态把他们的心顶到咽喉，他们屏住呼吸，仿佛只要有一个漏气的地方，他们的心就会飞出体外。风从他们耳边呼呼地掠过，这是飞翔的感觉，却毫无美感可言。

“告诉小曼，说我从来没有爱过她！”阿飞突然大声喊。

他相信在开口的那一刹，他看到了死神。所以他才要说他从来没有爱过她，他不想她因他的死而难过。况且，她早就知道他是该死的，那么她就更不应该再因他而悲伤。他没有想到夏天。这不是夏天的悲哀，而是丘比特的恶作剧，他们本该不爱。

“你说什么？”

风太大，庄美娴只听清了后面几个字。

“……没有爱过她。”

她来不及再问了，她没有时间。他们着陆了。思维静止在落地前的那一秒，也许还有生命。

7

爱情遗失在斗牛舞中

阿飞醒来的时候，听到的是心电图“嘀……嘀……嘀……”，很有规律，强劲有力，隔了一会儿他才听到银子的呼吸。这么多年上下铺的兄弟，他听得出那呼吸属于谁。

他不急着睁开眼睛，可还是睁开了。他面对着窗，窗外已是一片艳阳，隔着淡绿色的百叶窗，他依旧分辨出那是阳光的温度，那是阳光的味道。床头柜上摆着一束马蹄莲，雪白的颜色，圣洁美丽。他吃惊地看着那个花瓶，竟是铜的，像古装戏

里的家什。

银子的身影就映在这铜花瓶之上，他正盯着显示器看。阿飞笑了一下，感动。他很想说几句笑话，开开银子的玩笑，轻松一下。死里逃生是好事，谁都不该这么沉重的。可是他刚要转身就觉得头很疼，发晕，发涨，脑袋里面塞的是黏稠的物质，总在荡来晃去。

有人轻轻地敲了两下门，阿飞马上把眼睛闭上。他害怕此时进来的是夏天，没有原因，就是不想看见她，现在还不想。银子开了门。

“Dave，你来了。”银子悄声说。

“他醒了吗？”对方也压低声音。

阿飞偷偷地睁开眼睛，铜花瓶上显出的是一个穿白大褂的医生。他戴了一副黑框眼镜，人显得有些呆板，不过和他的身份倒很配。银子回过头看了阿飞一眼，摇了摇头。

“他的检查报告出来了。”Dave拿着一个病历夹。

“怎么样？”银子关切地问。

Dave却沉默地摇摇头。

“他的胳膊倒是没有什么，只是普通的骨折，一个月就可以拆下石膏。他的身体很强壮，不然从那么高的地方摔下来也不会只受这点伤。”

“他们很幸运，那棵树救了他们一命。”

“可是他的脑部……”

“Dave，我们出去说。”

银子感到不妙，生怕他说出什么被阿飞听见，便打断了

他，推着他往外走，临出门还不放心地回头看了一眼。阿飞把眼睛闭得死死的，连呼吸都停了。门外的声音很小，却不是完全听不到。

“我们去你的办公室说吧。”银子说。

“不行，那里还有好几个病人，我一进去就会被他们缠住，没办法和你说话了，还是在这里吧。”

“他头上的伤……很严重吗？”银子忐忑地问。

“我知道你们是好哥们儿，所以……”

“Dave，有什么话你就直说吧。”

后面的话，阿飞听不到了，他却可以清楚地听到那“嘀、嘀、嘀”的声音加快了。好一会儿，他才听到银子的声音发抖。

“Dave，我知道你在美国待了很多年，可现在不是你开玩笑的时候。”

“你可以去别的医院检查。不过你要做好心理准备，他们的检查结果肯定和我的一样。”

沉默。

“对不起，Dave。你知道我不是怀疑你，你是脑外科专家，‘大老美’都把你当神仙，我只是……”

“我理解你的心情。”

“就没有别的办法了吗？”

“你知道，只要有百分之一的把握，我就会上手术台的。”

“他连百分之一的机会都没有了？”

难言的沉默，令人窒息的沉默。阿飞可以想象Dave是怎么摇头的。

“Dave，我不明白，我真的不明白！这么小的一个东西，还没有樱桃大，怎么会……”

“银子，你冷静点！别吵醒病人。”

“真的没有别的办法了吗？”

阿飞听着银子的声音忍不住有点鼻酸，有谁能够想象叱咤风云的戚先生竟会用乞求的语气和别人说话？

“让他开心。”

“他会很痛苦吗？”

“开始会感觉头晕、恶心；到了中期会间歇性失明，这是肿瘤压迫视神经造成的；再往后就是永久性失明；最后……”

“怎样？”

“还得看发展。”Dave长长地吐了一口气，语气中没有一点希望，“如果压迫到中枢神经，就会成为我们常说的‘植物人’；也可能会突然颅内大出血，那样就……现在还不能肯定。”

过了良久，银子才缓缓地说：“谢谢你，Dave，你去忙吧。我想在这里静一会儿。”

阿飞沉沉地合上眼皮，想象着自己成为植物人，或者死掉的样子。不！那并不是最可怕的，那时他已经没有感觉，不懂什么叫害怕。可怕的是他什么都看不见却还有感觉的那段日子，那才是真正的可怕。世界是望不到头的黑暗……

现在，他该怎么办？去死吗？如果他有勇气，他早就做

了，缆车坠落的一刹那他就该跳出去，摔得血肉模糊尸骨无存。他还不能死，他亏欠了别人那么多，他的死不是所有亏欠的完结，而是罪恶的开始。活着吗？知道自己就要死了，这生的日子还有什么味道？余生的第一天就这样猝不及防地到来了……

一阵晕眩袭来，眼前的一切都在晃动跳跃。庄美娴怎么样了？她流了那么多血……为什么要让一个时日不多的罪人活着，却剥夺一个花样女孩生的权利？

着陆了，真的着陆了。睁开眼睛，太阳闪着光芒躲在云里。可是，它在！它在云里，它在那里，它不再掩藏自己，他可以看见它！

阿飞痴痴地看着它，看着它，不动也不想，只是那么看着它，看着阳光！

有那么一刹那，阿飞怀疑自己看到的不是阳光，而是来到了另一个世界。记忆中的世界应该是水做的，那里没有阳光。难道是到了天堂？怎么可能？像他这样罪孽深重的人怎么能进天堂？

头痛适时袭来，让他暂时忘记了思考，他习惯性地抬起右手，却疼得不能动弹，左手往脑后一摸，手掌上全是暗红色的鲜血。浑身开始有了知觉——疼，他突然发现庄美娴不在他的视线中！

庄美娴的半个身子悬在缆车门外，Lucky围着她的腿跳来

跳去，样子很着急。阿飞直起身子往门口挪，想把庄美娴拉回来，却发现她的裙子一片殷红。他吓坏了，拼命把庄美娴拉回来，却不知为什么，缆车也跟着他一起摇晃。庄美娴被他拉回来，脸上胳膊上都有划伤，他有些心疼，紧紧地搂着她想回去的办法。就在此时，他一眼瞥到了门外——一片无垠的绿色，缆车竟落在了树冠上！

小Lucky大概以为到了陆地，这里有它熟悉的绿色，它向门口奔去，缆车也跟着一起倾斜，倾斜……

“Lucky！别动！”阿飞不顾一切地喊。

Lucky乖乖地退回来，可惜已经晚了。他们的人先掉在树上，接着又摔到地上，两个人都昏了过去。Lucky却如它的名字一样幸运，它跟着缆车一起掉到地上居然毫发无伤！

当然，这些都是后来才知道的。银子率领的搜索队就是因为发现了这只一瘸一拐的小野兔的腿上绑着阿飞的衬衫，才在它的带领下发现了昏迷不醒的阿飞和庄美娴。

它确实应该叫Lucky，当之无愧。

回到病房时，阿飞已经醒了，睁着一双炯炯有神的眼睛看着银子。

“你这小子不是属猫的有九条命吧？从那么高的地方摔下来还能活着，真是好人不长命，祸害一千年！”银子笑呵呵地捶了阿飞一拳。

“哎哟！”阿飞捂着胳膊大叫，也是一脸的笑，“臭小

子！等我好了的，别忘了，上学时我可是拳击社的社长！”

“等你好了再说吧！现在可是你为鱼肉，我为刀俎！”

“你嘴巴真臭，不和你计较了。庄美娴怎么样了？”

阿飞盯着银子的脸，他脸上的表情不好看，似乎看起来很不乐观。

“她到底怎么样了？她不会是……”

阿飞不敢说下去了。他和庄美娴的接触并不多，也不十分了解她，但他知道她是一个积极乐观勇敢的女孩。她还那么年轻，她不应该……

“她还好，断了三根肋骨，刺穿了右侧一片肺叶，手术挺成功的。只是……”

“只是什么？”

“她流产了。我想，她自己可能都不知道自己怀孕了。”

这是一件谁都没想到的事情，阿飞和银子都有一点不好意思。他们不是她的亲属也不是她的男朋友，议论这样的事显然不合适。

“孩子的父亲是Colin？”阿飞问。

银子吃惊地看着阿飞，不知道他是怎么知道的，但转念一想就明白了。在那种生死未卜的情况下，人与人之间是没有秘密的。可是要他怎么回答阿飞呢？好在阿飞也没有继续问。

“她现在在哪儿？”

“就在你的隔壁。”

“我们去看看她。”

“你可以吗？”

“没问题，只是断了一条胳膊而已。”

“可是你的头……”

“我的头怎么了？”阿飞盯着银子，想从他脸上读出点什么。

“医生说你有轻微脑震荡。”

“轻微脑震荡怎么了？”阿飞穷追不舍。

“也没什么，只不过会有点头晕、恶心，有时还会有点看不清东西。你不用担心，这些都只是暂时的。”

银子轻描淡写地说着，脸上的表情很轻松，阿飞的心却乱了。银子在隐瞒事实！可如果生病的人是银子，阿飞也会隐瞒的。有谁可以残忍到告诉别人：“你就要死了。”阿飞为自己有这样的朋友而高兴，却又笑不出来。

这个世界上没有不怕死的人，也极少有人认为自己该死。即使知道自己错了，也不愿意把死当做惩罚。活着还有改过的机会，死了呢？就只有带着错误结束，永远是一个做错事的坏人。他没有机会了。

“我们去看看她吧，趁我还能看见。”阿飞轻轻地说。

门被撞开了，阿飞的一只脚还没穿上拖鞋，就闯进来了一个浑身是泥的男人。

“原来你在这儿！”

Colin冷笑一声，冲上来抓住银子的领子。他好像从来不记得他已经在英国待了三年多，应该有点绅士风度，他所有的

举动都像是一个只会用暴力解决问题的小太保。银子那一下打得也确实重了些，让Colin睡了好几个小时，醒来的时候他才发现自己在医院的停车场里，而银子那辆“领航员”就停在他旁边。银子的车不会无缘无故地停在这里，谁在医院？她得救了？还是……有时候人急起来，智商都会变得偏低。Colin竟忘了到服务台问一下，而是非常没有礼貌地闯进每个病房，连句“对不起”都没有。他没有找到庄美娴，但逮住银子也是一样。

“她在哪！”Colin吼了起来。

“我们出去再说，这里是医院，病人需要休息。”

银子平静地说。他打算和Colin好好谈一谈，谈一谈他和庄美娴曾经有过的那个孩子，谈一谈他们不可知却可努力实现的未来。

银子的话提醒了Colin，他的手松了。是的，这里是医院，穿着病号服的人全是病人。那么，站在银子身后穿着病号服的那个家伙是谁？他为什么会生病？银子又为什么会在他的病房？

“他是谁？”Colin冷冷地问，目光轻蔑充满挑衅，“他就是那个‘翁总’？把小娴骗上山的家伙？”

阿飞迎着他的目光走过去，左手攥紧了拳头。

“你就是Colin？”阿飞问。

“我就是！”Colin骄傲地说。

“好，你承认就好！”

阿飞猛地上前一步，对准Colin的鼻子就是一拳。在学校时

阿飞的左勾拳相当有名，要不是考虑到他是庄美娴最爱的人，阿飞这一拳一定会把他的鼻梁骨打折。尽管有所收敛，他这一拳还是又快又准又狠，Colin没有防备，竟被他从病房内打到病房外。

“记住，这一拳是替庄美娴打的！”

阿飞也从病房里走出来。银子跟在他身后，不打算阻止。他也觉得Colin这个自大自负又爱吃飞醋的家伙应该被教训一下。

Colin捂着鼻子，好一会儿才能把眼睛睁开。眼泪鼻涕一齐流下，糗大了。

“你是她什么人？你凭什么管她的事？是她叫你这么做的吗？”

Colin的拳头也攥紧了，瞄了一眼阿飞受伤的胳膊，终于没有挥出来。

阿飞二话不说，快速冲到Colin跟前又是一拳。这一拳他对准了Colin的下巴，右边第二颗第三颗槽牙就算不掉，也要松动了。

血顺着Colin的嘴角流出来，他拿手抹了一下，“噗”地吐出一口鲜红色的唾沫。银子已经准备好了，如果要发生一场火并，他一定会帮自己的兄弟。

“记住，这一拳是替你的孩子打的！”

Colin的眼睛闪过一丝诧异，有惊讶也有激动，还有一丝难以察觉的愧疚。他看看阿飞，又看看银子，等待答案。

“你不知道？美娴没有告诉你？看来她自己真不知道。”

银子感伤地说，“对她好些吧！你们的孩子……没了。”

“谁知道那是谁的孩子？”

Colin的眼睛突然变冷了，很冷很冷，冷过他说的绝情话。他的眼睛冷冷地扫过银子，头也不回地走了，仿佛已经给那个夭折的胎儿做了DNA检查。走了几步，他又站住了，头也没回地说：“我不是打不过你，我只是不想打一个残疾人。三个月后我们再打，那时我不会让着你的。”

没有热闹可看了，医生、护士、病人全都各归各位。

“他是不是一个混蛋？”阿飞望着空空的墙壁问。

“他确实是一个混蛋，不过是一个被醋泡过的混蛋。奇怪的倒是你，你到现在都没有问过夏天，一个字都没有提，却对美娴异常关心。”

阿飞愣了，他知道银子正看着他，却不敢回头和他对视。他关心庄美娴有什么不对吗？

阿飞突然笑了，回过头来拍了拍银子的肩膀，说：“走，先去看看庄美娴。我发现我们真是哥们儿，连缺点都一样。”

“哦？”

“我们都喜欢关心别人的女朋友。”

这下轮到银子愣了。

听到开门的声音，庄美娴“嗖”地一下闭紧了眼睛，眼睫

毛还在抖动。刚才的事情她全听到了，那么吵的声音，想听不到都难。她不想让他们知道她已经醒了，那尴尬和难堪是属于她的，她不想他们跟着她一起难受。

“她打了麻药，大概还没醒。”银子站在床边说。

阿飞没说话，而是绕到床头。那里，庄美娴的脸上，一滴泪挂在眼角。

“她还没醒，我们一会儿再来吧。”阿飞说着，已经率先悄悄地退了出去。

“阿飞，等等我！”银子在他身后说。

“有什么事不能回房间再说？”

阿飞虽然这样说着，还是扭过头来。他还没有看到银子，却先看到了一个人。

她穿着白色的无性别差异的T恤，一条普通的休闲短裤，头发依旧是那么乱糟糟的没有梳理过的模样，眼睛下方却出现了眼袋。

她笑了，笑得很甜，开始说话。

她问：“你好点了吗？”

阿飞不知道她什么时候来的，也不知她站了多久，更不知道她都听到看到了些什么。她的表情好像什么都不知道，但是阿飞感觉透过那温暖的笑容背后，看到了灼热的悲伤。她也许什么都不知道，但也许什么都知道。她是一个阿飞看不透的女人。她最大的优点是，懂得掩藏。也许，这还是她最大的缺点。

“对不起，我只是想来看看你。”她微笑着说，笑容迷

人，“我还要去工作，客人等不及了。你保重。”

她始终那么微笑着，没有多余的话，仿佛一切都没有发生过。

“你慢走。”阿飞说。

她的眼睛闪过一丝失望，只是闪过。然后她又笑了，笑得更迷人，更诱人。

“好的。再见。”她说。

“Byebye。”他说。

她愣了一下。Byebye？难道都不能“再见”了吗？

她终究还是笑着。她转身。她开始走。她越走越快。她没有等电梯。她直接走下楼梯。她的脚步很快。银子没有追上去的机会。他不能追。

阿飞看着那看不到的身影，知道两个倔强的战士再次遭遇了。他们都是坚强的人，坚强得近乎固执，近乎冷酷。他们是如此的倔强，宁愿战死沙场，也不愿意说：“我是你的俘虏。”

“有件东西忘了给你。”

银子把阿飞的手机递给他。手机很顽强，经过三天两夜仍然有电。上面有很多未接电话，却没有一个是夏天的号码。

“她没有给你打电话。”银子的口气是陈述而不是疑问。

“她是一个聪明女人，不会给我打电话的。”

“我真的很想知道为什么。”

“因为她爱我，而我不爱她。”

阿飞抬起那双无神的眼睛，里面装着银子陌生的“无

奈”。愤怒的银子几乎要挥起拳头揍他，可是阿飞眼睛里那不易察觉的无奈让他心软了。这是世界上最简单的三角形，也是世界上无解的三角形。

萨卡是和夏天一起离开仓库的。

电话响的时候，夏天还在睡，萨卡却一直没睡。他的脑袋里塞满对那个RGP的构想，无论如何也睡不着。酒喝到一定程度会醉，喝过一定程度就永远不会醉了。萨卡的情况属于后者。

电话响了，萨卡犹豫了一下要不要去接。夏天没有醒来的意思，萨卡接起电话。电话那头的人愣了一下，试探地问：“是萨卡吗？你怎么还在那儿？我找夏天。”

萨卡把夏天叫醒了，告诉她是银子的电话。夏天迷迷糊糊的，冷不丁从床上坐起来，好像完全醒了。

挂上电话，夏天对萨卡说她要去医院。萨卡什么都没说，此时他才想起了呼呼，一个不问青红皂白一直在苦等他的女孩。

回到工作室，呼呼已经不在了。唱机里独自转个不停的仍然是那首《你是我的伤疤》，他似乎错过了某个最后的期限。萨卡苦笑了一下。有谁规定呼呼一定要在这里等他吗？

那种苦笑是难言的嘲讽。

呼呼在山荔学院等Colin。Colin不在，他去找庄美娴了，地球人都知道。可呼呼还是在等他，因为她不想回家。她知道就算再过三天三夜不回家，也没有人会着急，她本就是被家抛弃的小孩。

她如愿以偿地看到了Colin。他是走路回来的，看起来有说不出的疲惫，说不出的困顿颓废。

他好像没有看到呼呼，却淡淡地说："你来了。"

呼呼也淡淡地回答他："我来了。"

"今天没有工作，我累了，想睡一下，你回去吧。"

他说着，竟真的在沙发睡着了。

呼呼望着窗外，那一片久违的阳光，与她此时的心情显得那么格格不入。她很想给萨卡打一个电话，却害怕失望，那只手就那么空洞地敲着窗台，仿佛在拨动琴弦。

萨卡在等待，说不清等待什么，他却实实在在地在等待。这个角色扮演游戏如果按照银子的设想，它将有很多不容回避的BUG。这些BUG最直接的后果就是，让银子的设想彻底成为一个梦，让萨卡成为IT界的超级笑话。可萨卡不能让它成为一个梦，也不能让自己成为笑话。在认识夏天之前他有把握让梦想成真，可认识夏天之后，他发现梦与游戏之间的差距要以光年计算。

夏天就是夏天，无可比拟的夏天，无可取代的夏天，甚至是无可模仿的夏天！

一个网络角色扮演游戏又怎可再造一个人？

银子的梦，做得太离谱了。

“我要走了。”银子说。

“走吧。”阿飞微笑着说。

“不问我去干什么吗？”

“你有很多事情要做。”阿飞依旧微笑着，左颊上挂着他的招牌酒窝。

“我要去找夏天。”银子犹豫了一下，终于还是决定说出来。

“我知道你比我更会安慰人。”

“我……”

“我很了解你，你什么都不用说。”

“我希望她马上离开你。”

“我也这么希望。”

这次轮到银子惊讶了。“我以为……”

“我以为我最爱的人是谁，你是很清楚的。我最爱的不是她，你应该知道。”阿飞笑着说，声音却很诚恳。

“你不觉得……”

“欠一个人，总比两个都欠的好。”

“你决定了？”

“我决定了。”

“真的？”银子难以置信地问。

“真的。”阿飞依旧是那副笑容。

银子打开了门，他就要走出去，却还忍不住回来问了一句：“那你为什么还要回来？”

阿飞张开嘴巴，却吐不出字，眼珠骨碌转了一圈，说：“因为我想回来。”

“你想回来就是为了要验证她有多爱你吗？”银子突然发怒了。

阿飞却笑了。“你说呢？”他近似厚颜无耻地问：“那只灰色的小野兔怎么样了？”

“我也很想揍你一拳。”银子背对着阿飞说，“那只野兔在宠物医院疗养，他们给它洗了澡，它是白色的。”

“我知道你已经醒了。”

听到阿飞的声音，庄美娴乖乖地把头转过来，睁开了眼睛，目光狡黠而哀伤。

“你比我好多了，你还能动，我现在连喘气都疼。”

“你的肋骨刺进肺叶里，喘气不疼才怪。能活着就不错啦。”

“尽说风凉话，都怪你，非要上山！算啦，大人不计小人过，别忘了你在山上答应过我的话，我们可是共患难的朋友！”

“什么话？”阿飞故意逗她。

“你真的忘啦？你这家伙！你说过的，如果我们能活着回

来，你就把马屁刘开除，替我出气。”

“我真的说过这么丧尽天良的话吗？”阿飞故作冥思苦想状。

“你说的没错。这么丧尽天良的话，只有你能说出来。”

两个人都笑了。笑声清脆明朗。

“你别再逗我笑了，我一笑，就疼得要命。”

“是你自己要笑的！”

“是你逗我的！”

“真没有好人的活路了。”

看着阿飞那摇头叹息的样子，庄美娴本已笑得上气不接下气，现在益发笑得不可收拾，笑出了眼泪。

“我真的有过一个孩子？” 她凝望着阿飞的眼睛突然问，她明明已经知道了答案，却还要这样问。

“听我的，永远都不要再想那件事。你看……”阿飞望着窗外说，“外面的天好晴啊！”

庄美娴慢慢地把头转过去，窗外果然骄阳似火。她悠悠地开了口：“以前看见阳光总觉得讨厌，怕晒黑，躲着它，恨不得夜晚快点到来。现在，我都想天天让太阳这么晒着，每天这么晒着，每分钟这么晒着！可惜，我现在根本动不了。”

“我可以抱你出去。”

“真的？”

庄美娴把头转回来，看着阿飞。他的目光真诚坚定，那只被纱布吊在胸前的手臂把他衬得更加刚毅。

“唉，你真的以为自己是杨过啊？”

“哎，你这个小丫头，怎么……”

病房外的人看到这样的情景，听到这样的对话，除了悄悄退去，还有什么选择？说不出心里是什么滋味，总之很酸。

“我们去医院旁边的快餐店吃点东西怎么样？”银子体贴地问。

“不了，这次我是真的要去工作了。”

“我送你？”

“我想晒晒太阳，能晒的时候，还是尽量多晒一点吧。”她情不自禁地引用了刚听来的话。

“夏天，你……”

“银子，我知道你对我好，我什么都知道。可是，我求你什么都别说，真的什么都别说。让我走吧。我走了。”

夏天走了。她没有走楼梯，站在电梯口等电梯，手插在裤兜里，也许已经捏好了一根烟。银子相信这一次她是真的走了。如同夏天相信刚才他一定会去找她，她还会回来再看阿飞一眼一样。他和夏天的这种相信是因为他们的了解，所以他们才会不快乐。

电梯来了。夏天冲银子挥了挥手，走进电梯。银子望着楼道里那空荡荡的位置，突然有一种不祥的感觉。她走了，可她要去哪里？她会不会和三年前一样不告而别，跑到一个陌生的城市当她的“拍照片”的摄影师，而不是艺术家？她从来没有向他挥过手，她每次都会说“再见”，为什么这一次……

银子跑了起来，风一般地冲下楼梯。他不能再错过一次！已经有过一次，那种失去控制的感觉简直要了他的命，他再也不能眼睁睁地让她消失在自己眼前，他不能每一次都要“让”，每一次都要“错过”！

他终于在医院大厅追上了夏天。他抓住她的手臂。她的惊喜还没有流星划过来得长久。

他说，让我送你。无论你到哪里，都让我和你一起去。

住院的第九天，庄美娴已经可以坐在床上指挥萨卡给她拿东西了。

“把Lucky放到我床上来！”

“把那把粉色的指甲刀给我！”

“我要看《蜡笔小新》，你快给我放上……不是这集，这集我看过了，第五部以后我才没看过。”

“这个月的《ELLE》你给我买回来了吗？”

……

在庄美娴的指挥下，萨卡已经成为一个地地道道的陀螺。看来庄美娴还真有领导天赋，银子没有看走眼。

“哇！” 庄美娴一边吃着苹果，一边看着杂志大叫，把萨卡和呼呼都吓了一大跳，“唉，这个Holly Valance，真的太性感了！难怪人们都说她是世界第二性感的女人。你们不要问我第一性感的女人是谁啊。据不完全统计，现在已有99个女人并列第一……”

庄美娴自言自语把自己哄得很开心，呼呼盯着庄美娴给她的购物单发呆——维生素E胶丸、珍珠粉、蜂蜜、牛奶、柠檬、黄瓜、西红柿、鸡蛋、辣椒油。这还不算，除了蔬菜水果注明“无公害”之外，每样东西后面都有一个小括号，里面注明了品牌，甚至包括可以在什么地方买到。可怜的呼呼，她就算想破脑袋也想不出一个重伤病人要这些东西干什么。

“美娴姐，你要是不喜欢医院的伙食，我可以到外面的饭店去给你买。现在就算我把你要的东西都买回来了，这里也不能做，你也吃不到啊。干脆你告诉我这叫什么菜吧，我去给你买回来。”

“吃？”庄美娴放下杂志惊讶地看着呼呼，“你让我把这些东西吃了？除了那瓶辣椒油，这里面就没有能吃的东西！”

呼呼有一种想要晕倒的冲动，现在她开始佩服萨卡，他竟然可以在这么恶劣的环境下把《蜡笔小新》看得津津有味，还能被逗得哈哈大笑。她怎么就没有那么好的运气呢？

“萨卡。萨卡！萨卡！！！”呼呼一连喊了好几声，才把萨卡的耳朵从电视上拉出来。

“什么事？”他的眼睛还粘在上面。

“陪我去买东西！”

“好。”

“现在就去！”

“好。”

萨卡连动都没动，眼睛死死地粘在屏幕上，所以他的回答根本就不算回答，他都不知道自己说了什么。庄美娴抚摩着

Lucky的皮毛，偷偷地笑了一下。这两个小家伙，又要开始大懒支使小懒了。

住院的日子多亏有这对活宝陪伴，庄美娴才没有那么闷。否则像她这么不安分的人，怎么可能在医院里一待就是两百多个小时？当初银子要给她派一位阿姨来，被她一口回绝。她才多大年纪，怎么能让一位阿姨“伺候”呢？医院里有护士，有护工，根本不需要阿姨。

“这样的话，阿飞出院以后可就只剩你自己了。”银子反复重申利害关系。

“没关系，没关系！”庄美娴貌似无所畏惧，“就让我一个人在这里寂寞死算了。”

银子笑了，他拿庄美娴真的没有办法。有时她就像他的小妹妹，她也真把他当成了大哥。撒娇、耍赖、装可怜，这些小伎俩，她在他身上用起来从来也不懂得吝啬。

“你到底想怎样？快直说吧！”

庄美娴眼珠骨碌一转，说：“我要萨卡来陪我！”

“萨卡？不行！他还有工作！再说，他是男孩，不方便。”

“你可以叫他女朋友陪他一起来啊！那个女孩就跟他的影子一样，你不让她来她也会来！”庄美娴极力申辩，眼珠一转又想出一个主意。“再说了，《烈火》不能光有Summer，没有Silver啊。你这么忙，肯定没时间给他讲Silver的故事。我心地

善良，就帮你这个忙好了！像我这么好的员工往哪里找？我要是你，马上就给这样的员工升职、加薪、国外考察、每年给十个月的年假……”

结果，萨卡就来了。可怜的萨卡，他当然知道庄美娴叫他来并不是想给他讲什么Silver的故事，可他也万万没有想到庄美娴竟会这么得寸进尺地刁难他。这世界上只有一种人不能得罪，那就是女人。

不过说来也怪，当萨卡拧着眉头出现在庄美娴面前，当呼呼以一副和事佬的模样帮她干这干那，当“美娴姐”三个字在他们嘴里越来越顺畅地说出时，报复的念头已在庄美娴那里消失得无影无踪了。在她眼里，这对小情人儿越来越像情人了，他们已经懂得了爱，试着去学该怎样爱。他们都是一样的青春热情单纯可爱，会斗嘴，会怄气，有些不切实际的幻想，对未来有大把大把等着去实现的渴望。庄美娴发现自己越来越喜欢他们了。

这是一个连庄美娴自己都会觉得惊讶的转变。也许，从缆车坠落的那一刹起，以前那个庄美娴就已经死了。现在的这个庄美娴，是个渴望拥抱生命拥抱阳光拥抱鲜花欢笑爱情拥抱世间一切美好的女子。她的心如同她的头发，一片火热。

也许，凡是和死神约会过的人都对生有了更深刻的诠释。他们知道生的可贵、生的美好，他们愿意去挖掘生命中点点滴滴的快乐，不再自寻烦恼。

庄美娴现在就是这样的人。她很快就帮助萨卡理清了头绪，在银子那近似苛刻的要求中找出了破绽。让萨卡可以更快

乐地去完成这项工作，让银子的梦想也可以实现。

游戏可以只有一个Summer，可以只有一个Silver，只要银子只能看见一个Summer一个Silver，那么萨卡就没有失误。这就是说，萨卡要为银子单独设计一个单机版。但如果仅仅是这样，那么银子的投入与回报显然就不成比例了。庄美娴也是银子的好朋友，她决不忍心看着他的钱这样浪费掉。于是，在银子看不到的地方，在那一片无法用语言描述的浩瀚网络空间里，将有无数个可以区分开的Summer与Silver同时存在。这个难题对萨卡来说就不算什么难题了，只要加上一个小小的程序，就可把每个玩家提供的形象（可以是自己的照片，也可以是别人的照片，或者随便什么人物图片都可以）进行卡通化，那么，谁都将是独一无二的！这可比银子当初设想的“用玩家性格”来区别每个Summer和Silver实际多了。

得到这个建议，萨卡脸上的笑容多了，庄美娴指挥起来也心安理得多了。

“美娴姐，你要的东西都买回来了！”

呼呼和萨卡每个人手里都拎着大大小小好几个塑料袋，庄美娴一看就乐了。

“好，不错，表扬一下！” 庄美娴笑眯眯地说，“取一汤匙蜂蜜、一汤匙牛奶、2克珍珠粉，再取两粒维生素E胶丸挤破，将其混合在一起，搅拌均匀。”

萨卡目不转睛地看着呼呼的手，不知这个神秘的配方可以

做出什么东西来。呼呼也是带着前所未有的庄严感来从事这项伟大的工作，当她终于搅拌好了，把那黏糊糊的东西端到庄美娴跟前，等待她一饮而尽时，庄美娴却把它抹到脸上了！

“住医院，每天都吹空调，皮肤会干的，得经常保养。”庄美娴一边抹脸一边说，“呼呼，你也试试！不要以为自己年纪小就什么都不在乎，女人啊，最重要的是懂得经营自己……”

呼呼再次萌发了想要晕倒的冲动，这次还加上了萨卡。庄美娴白了他们一眼没说话，这种大惊小怪的表情没少在Colin们脸上出现，她都见怪不怪了。更何况“神奇糨糊”已经抹上了，她可不想因为说话长出皱纹来。

“那些东西，你全要弄在脸上？”呼呼的声音颤抖了。

庄美娴点了点头。

“只有辣椒油是喝的？”萨卡也难以置信地问。

庄美娴又点了点头。

“啊？”

“哈哈……”

这就是他俩的反应，一个惊讶，一个大笑。臭萨卡，怎么笑得那么大声！

庄美娴又狠狠地白了他一眼，冲他伸出手。萨卡一边笑，一边识相地把报纸递过去。庄美娴把一份报纸抖得哗哗有声，一个字都没看进去。呼呼把小脑袋凑到报纸背面，她的兴趣在“娱乐新闻”版。

“哇！这个名字好熟悉哟！”呼呼指着报缝里的一条广告

说，真难为她了，连这种边角旮旯也不放过。“现在居然还有人叫李清照！一个字都不差！”

“在哪？”庄美娴哗地一下把报纸翻过来，也不管脸上的面膜了。

“喏！”呼呼指着中缝上的一条讣告。

庄美娴说不出心里是一种什么感觉，她想哭，鼻子发酸眼睛发涩，却没有眼泪，眼眶干巴巴地疼着，心被揪成一团……

银子的咖啡店里珍藏着的那只闹钟底部有一行小字——送给吾妻李氏清照。一九六七年十二月七日于杭州。

庄美娴也曾像呼呼这样惊呼过，甚至还略带不屑和玩笑的口吻讽刺过。怎么那个时代的也有“追星族”？叫什么不好，非叫“李清照”？难道她的父母也是李清照的Fans?

银子却平静地告诉她：“请收回你说过的话。李清照是我母亲的名字。”

银子，他现在已经知道了么?

所有的电话都找不到银子，手机也关机，庄美娴的心跟着沉到谷底。这个世界上同名同姓的人很多，难道这一次就不能是一个不太美丽却很让人欣慰的巧合吗?

阿飞把口香糖吐到纸篓里，掏出一支烟叼在嘴上。看来庄美娴最后的希望也破灭了，阿飞和银子是十几年的兄弟，就算她会搞错，他也不会搞错。他的举动分明证实了她的猜测。

“阿飞，别抽烟，这里是医院。”庄美娴说。

阿飞把烟从嘴边拿开，烟一到手里就被捏断了，不知是一只手不方便，还是心情太激动了。

“你到咖啡店去过了吗？”她问。

阿飞点头。

“他不在？”

阿飞看了庄美娴一眼，又点了一下头。

“你不认识他家吗？” 她又问。

“以前住的地方我认识，银子发达以后，他妈妈就和他断绝关系，搬走了。”

“他妈妈为什么要这么做？”

阿飞无力地摇了摇头。

“他会在哪里？已经三天了，他一直不出现……”

“现在我们只能等他自己回来，希望他没事。”

阿飞的手机响了，他很随意地看了一眼，瞥见电话号码却吃了一惊。

“是银子？” 庄美娴紧张地问。

阿飞摇了摇头接通电话。整个通话几乎全是“嗯”“啊”，只在最后问一句：“他也没告诉你他在哪里吗？”

挂上电话，阿飞说：“银子没事，他说他还要过些日子才回来，让我们放心。”

“电话是他打来的？”

“不是。”

“那你是怎么知道的？”

“他给夏天打电话了，夏天怕咱们担心，就给我打了一个

电话。”

“他给夏天打电话了？”庄美娴喃喃地重复了一遍。

“夏天转告说，银子把咖啡店交给你了，连旁边的便利店也一起买了下来，你出院以后就可以接手了。”

“他连咖啡店都不要了？他这是怎么了？为什么要这样？这里有他的事业、他的朋友、他的梦想，他怎么什么都不要了？！”

“也许，这里现在只剩下一样他认为重要的东西了。”

庄美娴看着阿飞，落日的余晖照在他的脸上，竟有说不出的苍凉。不知为什么，她竟叹了一口气。

“只有失望的人才有资格叹气。”阿飞把一片口香糖放到嘴里，“把咖啡店打理好，银子会回来的。”

“那得等多久？”

“很快！”阿飞脸上浮现一层淡淡的笑意，“他认为最重要的东西还在这里。”

是啊，连最重要的东西还在这里，他又有什么理由不回来呢？连夏天都因为银子给阿飞打了电话，这世界还有什么是不可能的？

阿飞的笑可是又苦又甜，左颊上的酒窝看起来就像一个神秘的沦陷。

海边的银子望着海面上即将沉沦的夕阳，心里也是说不出的苍凉。浪涛涌上沙滩，打湿了他的裤管。

一个人活在这世上，却没有一个亲人，他心里是怎样的滋味？他会不会像庄美娴一样拼命地找人来爱，或者被爱？

原来，亲人的意义就在于，可以在人的心里种下一片阳光。无论何时何地想起来，都会觉得暖。

苍凉。广袤无垠的海。宽阔、冰冷。用什么来温暖？

“银子，我明天就去买手机，现在我在用大明的手机给你发短信。等我买了手机，我就给你发短信告诉你号码。你什么时候想给我打电话都可以。夏天。”

没有多余的话，善解人意的被动，这就是夏天的风格。

海面上一条遥远的船把夕阳挡了个严严实实，银子忽然觉得有点暖。也许他从未放弃过暖的希望，否则，为什么本已打算把手机丢进大海，此刻却又打开了？

来得有些晚了。

终于还是来了。

可来了又如何？

8

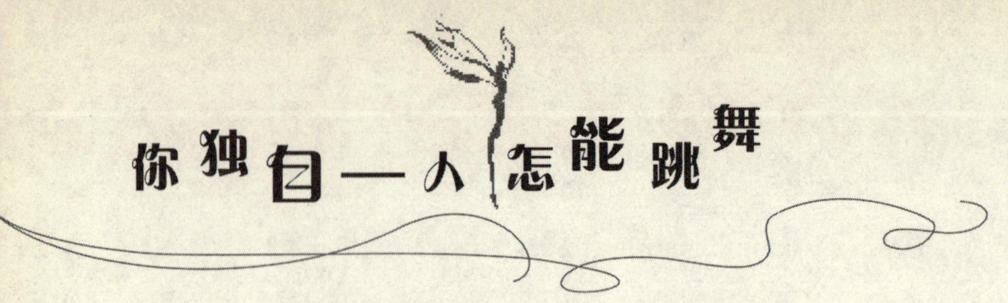

你独自一人怎能跳舞

静谧的山荔学院一下子喧闹起来，到处都能看见几个扛着摄像机的人围着学校转悠。怕羞的同学总是躲着那些机器，却又舍不得真的躲到看不见的地方，只在远处观望。倒是那些一贯调皮捣蛋的学生来了精神，没事喜欢往摄像机跟前转悠，哪怕只被拍上一只眼睛也好啊。一向以校风严谨著称的山荔学院变得躁动不安，仿佛滴酒不沾的人喝了一瓶老白干，无所畏惧的疯狂。然而，真正的疯狂还在后面。

一部类似《流星花园》的偶像剧选中山荔学院作外景地，

一个货真价实的剧组来了！

怎能不疯狂？！

自认长得不尽如人意的学生悄悄后退，把注意力集中在看导演拍戏、与明星零距离接触，这些可以作为八卦谈资的事情上。只要剧组一走，他们就会到处给别人讲拍电视剧是怎么一回事，俨然一位资深业内人士。而那些受到大家一致肯定的帅哥美女，虽然嘴上表示对娱乐圈没兴趣，暗地里却把自己打扮得花枝招展，怎么惊心动魄怎么来。

每当看到这些惨烈的景象，呼呼就把自己塞进Colin的工作室。那里虽然有一个浑身散发着酒臭、烟臭、不理发、不刮胡子、不换衣服的邋遢鬼，却比外面那些《画皮》中的活鬼平易近人多了。两害相权取其轻，这个道理呼呼最近才深有体会。

“大白天你就喝酒？”

呼呼深吸一口气，勇敢地穿过烟雾弥漫的过道，把窗子打开。Colin还像一坨烂泥陷在沙发里，眼皮都没抬。

“你要是被抓进集中营，肯定不怕放毒气！”

“你来干什么？”

Colin的口气很凶，好像已经忘了当初是他要呼呼来当助手的。尽管呼呼也没怎么履行她的义务，可Colin也不该有此一问，让呼呼觉得自己是一个不受欢迎的人。然而她却实在不忍心讽刺他什么，他的样子很憔悴也很颓废，是自甘堕落的那种憔悴，自甘堕落的那种颓废。他本来应该继续完善礼堂内部的结构设计，可他现在却什么都不做，反正现在大家的注意力都集中在剧组上，也没有人发现他的消极怠工。他每天的生活

都极有规律，醒了就喝酒，喝醉以后就睡觉，睡醒了再喝。时时刻刻都在发呆，发呆的时候或者拿着或者叼着那个烟斗，从来都没有放下过。他似乎不用吃饭，只要有酒，他就可以活下去。

呼呼白了Colin一眼没说话。在宿舍里，她的嘴巴可是有名的毒。也不知怎么的，遇见萨卡之后她的嘴巴就不灵了，连Colin也跟着"沾光"。也许爱上一个人都是会变的，会情不自禁地变成一个他喜欢的模样——她认为他会喜欢的模样。她不知道，如果有人喜欢她，也是喜欢那个本色的她。改变之后也许会被更多人说可爱，但未必就是他想要的那个她。

所有期待爱情可以使对方性格改变的人都是笨蛋。你不是把自己当成了神，就是把他（她）当成了神。做这种梦的人都是傻瓜，忘记当初是什么使自己爱上他（她）。

"外面在挑演员，你不想去碰碰运气？"Colin终于主动说了一句话。

"你都没去，我为什么要去？我听说他们在找乞丐的扮演者。"

Colin笑了，他竟笑了！他竟笑得上气不接下气，一口琥珀色的酒精从嘴里喷出来，他咳嗽起来，依旧在笑。

"我说你有演戏的天赋……你还不承认……你老爸是投资方……你想演什么角色，那还不是你说了算？"

他一边咳嗽一边说，呼呼却瞪大了眼睛。

"你怎么知道的？"

"哈哈……"Colin再次不可遏制地大笑起来，"不要对我

说你根本不知道这件事，我，我……我真的不行了……笑得肚子都疼了。”

“我真的不知道！”呼呼的小脸都红了。

“那好，我问你。”Colin一本正经地说，“刁逸寒是不是你爸爸？”

呼呼点头。

“逸寒酒业是不是你爸爸的？”

呼呼又点头。

“那不就得了！呼呼，我知道你有表演天赋，拜托别在我面前发挥，OK？我这人实在没什么品位。如果你老爸肯送我几箱酒，我倒可以笑纳。表演这事，你真是对牛弹琴了！”

“你！”

呼呼这次是真的生气了，她真怀疑上辈子是不是欠了Colin的钱，不然怎么会这么倒霉老被他戏弄？

“你这只死鹌鹑！我根本不知道我爸爸投资的事！他生意上的事，我怎么会知道？我死也不会演这个破电视剧的！我根本不稀罕！”

房间恢复了安静，只有呼呼的啜泣声。Colin睁着蒙胧的眼睛看着呼呼，不明白她为什么要哭。他决定站起来，他真的站了起来，没有穿鞋，碰倒了所有的酒瓶，尽量保持直线却依旧左摇右摆地朝音响走去，哀伤的音符流了出来……

……

醉了以后就会流泪

数着你给的伤悲

为什么你总让我憔悴

别说我的眼泪你无所谓

……

每个女孩都会被一首恰如其分的歌打动，呼呼未能免俗。难道他真的会在乎她流泪吗？

答案是肯定的，也是否定的。

Colin害怕女孩流泪，但这首歌只是他的心情而已，与呼呼无关。

“美娴姐出院了。”

呼呼看见Colin的肩膀动了一下，可他还是没有回头，甚至没有发表一点意见，根本没有一点迹象表明他听到了。可他的肩膀动了。

“她很好，身体恢复得不错，心情也很好，阿飞哥每天都陪她散步……”

没有Colin的回答，呼呼只有说下去。那个背影还是那么宽阔坚强，那张憔悴颓废的脸却越来越痛苦扭曲，直至被一抹无比残忍的冷笑取代。

“学生处的老家伙们正到处找你呢，连这里都来过了！你要是成了明星，也是他们的光荣，我可负不起这个耽误你出名的责任。”

他清醒地走了回来，一头扎到沙发上沉沉睡去。酗酒的人酒量会越来越好，只不过感情会越来越麻木。

呼呼静静地看着睡在沙发上的Colin。虽然他以前是那么惹她讨厌，可他的讨厌却带着一股不可小觑的意气风发。而今他的自大自负全不见了，他的痛苦全都藏在这自暴自弃之下。难道，爱情竟是世界上最折磨人的东西？为什么当事人的另一方——美娴姐，却可以过得潇洒快乐呢？

Colin的鼾声响起，呼呼知道这是一个离开的信号。

“死鹌鹑，我知道你没睡着。以前我觉得你很讨厌，简直恨死你了，一辈子都不想再见到你，永远不会原谅你！可是那次我发现，当我只剩自己一个人的时候，我想到的是你，我相信你肯定会收留我的。因为你是一个好人，我相信你，真的！你其实没有那么坏，你只是，你只是……哎呀，我也不知道该怎么说了，反正我就是觉得，你处处都要强，可有些时候是不应该要强的。美娴姐也是个好人，有些话她虽然没有说出来，可我们都是女孩子，我知道她喜欢的还是你。你们两个人当中，为什么就没有一个人肯说出来？难道面子比幸福还重要吗？”

听到呼呼的关门声，Colin才睁开眼睛。环视了一圈比狗窝都不如的工作室，他第一次觉得无法忍受。

Colin，你究竟在干什么啊？

他问自己。

“我知道你没有睡！”门忽地被推开了，露出呼呼那张顽皮的笑脸，“美娴姐现在天天都在咖啡店，别说我没告诉你哟！”

那张顽皮的笑脸消失了，Colin想起伯利站的咖啡店，有白

色钢琴的咖啡店。他说服自己他只是想念钢琴了，钢琴而已。

庄美娴其实早就能够直立行走了，可这并不妨碍她坐在轮椅上被阿飞推着前进。他们是一对奇妙的组合，独臂大侠外加轮椅上的残疾人，每个行人都会饱含同情心地望着他们，并主动让开一条路。

“如果我们闯红灯了怎么办？”阿飞问。

“我这么温柔善良美丽大方聪明可爱，警察叔叔不会难为你的。”

“对不起，请问一下，你说的那个人在哪儿？”

“臭阿飞！你想死啊！”

庄美娴噌地从轮椅上站起来，挥舞着瘦弱的拳头在大街上冲着阿飞咆哮，弄得路人瞠目结舌。

那张钛合金制成的轮椅，大多数情况下只作为一件另类摆设出现在咖啡店里。闲来无事，庄美娴偶尔也会特意坐在轮椅上，把咖啡或者啤酒放在膝盖上，摇着轮椅端给阿飞。阿飞还会配合气氛地给她几块钱当小费，让她有兴趣把这个游戏玩下去。

咖啡店和便利店已经打通，除了保留了一根承重梁，原来那堵墙都不见了。庄美娴的户头上有阿飞源源不断汇入的资金，可她还是斤斤计较和装修工人讨价还价。如果银子在这里，也许她会尽可能地选择最好的。而银子不在，她想的只是花最少的钱达到最好的效果。

咖啡店一天比一天更具规模，庄美娴忽然找到了一种成长的感觉。不知不觉间，她已把全部的热情投入到这间咖啡店里，她甚至为咖啡店起了一个很有意义的名字——零度烈火。就像那杯“马车夫咖啡”一样，点燃希望。

阿飞看着她做这一切，他喜欢看着她做事。因为只要看着别人做事，听从别人的安排，他就不用动一点脑子，不用去想将来。某架外国航空公司的飞机上可能装着他从网上竞拍得来的“冰酒”，他愿意力所能及地为朋友做一些事情，实现自己的诺言，好把自己的余生过得有一点意义。他现在还增加了上网的恶习，关注国际新闻，目的只是想要寻找“晨报特派记者于小曼报道”几个字。黑色的未来总是无孔不入，阿飞费尽心机还是不能忘了脑瘤。那个小东西有多大了？现在已经长成了一颗蚕豆，还是一枚鸡蛋？它已经日渐壮大了，阿飞比任何人都要清楚，它已经开始发作了！夏天打电话告诉他银子下落的那一刻，他突然就觉得眼前一片黑。他惊慌，他害怕，他却克制自己不要表现出惊慌害怕。他不能让别人知道他已经知道了自己的病，既然别人要给他一份无知的快乐，他为什么还要违背别人的好意？

有人说，一个人如果知道自己就快要死了，他会拼命去做一些有意义的事，牺牲小我、成全大我，让自己的死变得伟大一些。阿飞觉得那是骗人的鬼话。现在他就要死了，他没有去想该怎么害人就不错了，哪还有什么力气再去成全别人？他现在做的全是不用他费脑子的事，全是别人觉得快乐的事。比如陪庄美娴来咖啡店，比如开除马屁刘，比如把夏天赶走……如

果可以被别人带入不用思考的快乐，那么这样等死也不错。

庄美娴把轮椅摇到钢琴前，她不会弹，可是她会把它弄响。如果Colin在就好了，他从小就会弹钢琴。

单调的音符不能代表庄美娴复杂的思绪，阿飞似乎也被她带入了另一种境地。

“你知道银子在做一款网络游戏吗？”

庄美娴的头俯在琴键上，身体却好像飞到了阿飞跟前。

“知道。”他笑着说，好像全不在意。

“全部都知道？”庄美娴依旧看着琴键。

“我们三个人十年前就认识了。银子喜欢夏天，夏天喜欢我，我喜欢我妻子。只不过那时夏天不知道银子喜欢她，我妻子也不知道夏天喜欢我。”阿飞决定一吐为快，“后来我结婚了，夏天出国留学，银子在这里做生意。再后来，我离婚了，来到这里。再以后的事情你都知道。”

“你不喜欢夏天？”

“我喜欢，尤其是离婚之后。”

“那么你觉不觉得自己这么做很混蛋？”

阿飞平静地接受了这个词，这个词用在他身上很新奇，他却喜欢。

“我觉得也是。”

“你不想辩解？”

“越描越黑。”

“知道吗？”庄美娴忽然回过头来看着阿飞，阿飞被她看得很不自在，举起啤酒。庄美娴深吸一口气继续说：“第一次

见到你，我也被你迷住了。你是一个很有魅力的男人。可是后来我发现……”

“发现什么？”

“还是和你做朋友会比较快乐。”

“为什么？”

“每个爱你的人都注定要被你伤透心！只有一个人可以例外。”

“谁？”

“你爱的人。”

阿飞脸上的笑意渐浓，酒窝越陷越深，咀嚼口香糖的速度越来越快。他平静的外表下是否蕴藏了一颗不安的心？

我爱夏天，我真的爱她，也许不如她那般炽热深沉执著无悔，但我却真的爱她。可惜这种爱和我对小曼的感情比起来，还是浅了些，淡了些，薄了些。

能使爱情立于不败之地的，只有“不爱”，而我只是“不够爱”。现在我明白了。如果有可能重来一次，我还是不会选择夏天，我能做的只是——不在她的世界里出现。

我无力回报，我无力负担，所以我不应接受。

“那么爱上你的人会不会很快乐？”阿飞微笑着问。

庄美娴的目光移到窗外，一个熟悉的身影，百转千回都难以忘记的身影映入眼帘。他们看到了彼此，有一点退缩，有一点畏惧，有一点负气，还有一点谁都意想不到还要拼命掩藏的惊喜。

“爱上我的人只有一个，那就是我爱的人。”庄美娴在心

里对自己说。

他进来了，深情地望了她一眼。她担心口红不够鲜艳，衣服不够漂亮，却还在用眼角照耀他的方向。

他走到白色的钢琴前，他坐到琴凳上，他穿着雪白的衬衫。她摇开轮椅。他抓住了她的轮子。他碰到了她的手。她看着他的手。他看着她的脸。

他把手放到琴键上。她情不自禁地屏住呼吸。他弹了一首曲子，第一个音符就让她泪流满面，还是那首久违了的《别说我的眼泪你无所谓》

……

醉了以后就会流泪

数着你给的伤悲

为什么你总让我憔悴

别说我的眼泪你无所谓

……

还要什么语言？那一双含泪的眸子还不够吗？

还要什么动作？那一串滴血的音符还不够吗？

“你不该让我哭的。哭很花力气，我的伤口会疼。”女的说。

“我以后永远不再让你掉一滴泪，好不好？”男的说。

阿飞默默地走到门外，点上一支烟。装修工人从隔壁便利店的门进进出出，干得热火朝天，没有人向他望一眼。树影罩在他身上，仰望浓密的枝叶，他在寻找阳光。他知道，这是应该离开的时刻。

他试着挪动脚步，一步、两步、三步。腿忽然一软，他倒了下去。

阿飞又在那间熟悉的病房里醒来，他对自己发过誓，有生之年决不再踏进这门口一步。而今他没有违背誓言，他是被人抬进来的。

病床前是他熟悉的人，庄美娴、Colin，他们的手挽在一起。

“真没想到你壮得跟头牛似的，竟然还有低血糖的毛病。难怪你老吃口香糖呢！”

庄美娴的话把阿飞听得莫名其妙。低血糖？我？

“你以为你为什么晕倒？不是低血糖是什么？”

庄美娴理直气壮地说。阿飞盯着她的眼睛。

“你看我干什么？没见过美女啊！”

阿飞想，不是庄美娴的演技太高超，就是她真的不知道。

“行了，快起来吧！刚才公司来电话了，一会儿有个大客户要去看楼盘，指名要你去接待。”

“让马屁刘去！”阿飞不耐烦地说。

“人家本来是想找销售部经理的，可谁知道你那么听话，

动作那么快，真的把马屁刘给炒了，所以才叫你去啊。”

庄美娴得便宜还卖乖，把阿飞气得够戗。

“既然这样，我任命你为销售部经理，你马上回公司去！”

“喂，你有没有搞错？我还是个病人呢！”

“谁让你只有内伤没有外伤的？我这样去影响公司形象。”

“我辞职行不行？”庄美娴赌气说。

“可以，把辞职信交上来，我们研究研究，三个月后给你回复。”阿飞故意气她。

“真不知道你们这些男人是怎么了，出了点事就让女人去顶雷。银子这样，你也这样！我非短寿三十年不可！”

“哎哟，哎哟，头晕，头晕。”

阿飞捂着脑袋龇牙咧嘴地叫唤，庄美娴狠狠地白了他一眼，转头微笑着对Colin说：“你在这里照看他一下好吗？他呀……”庄美娴一回头狠狠地瞥了阿飞一眼，接着说：“人家头晕得厉害！”

“我送你去吧！”Colin抢着说。他大概还没忘那两拳之仇。

“不用了，司机就在楼下。一会儿他没事了，你再把他送到他想去的地方吧。谁让人家有外伤呢？”庄美娴眨了眨眼溜掉了。

阿飞嘿嘿地坏笑，只剩下他和Colin两个人了。

“我从不相信男女之间会有纯洁的友谊。”Colin板着脸对

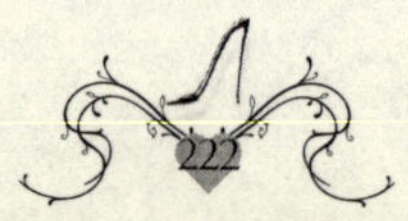

阿飞说，“你，还有那个玩失踪的银子，最好都和我的小娴保持距离。”

“我也不相信男女之间会有纯洁的友谊。”阿飞说，“不过可以有兄妹情谊。我，还有银子，对你的小娴都是这种感情。”

阿飞故意引用Colin的话，Colin憔悴得发黄发白的脸上泛起一抹嫣红。

“我本来不打算把她在缆车上说的话告诉你，因为我认为你有些事情做得不像一个男人，不值得让她这样去爱。”阿飞一只手撑着身体坐起来，他注意到Colin的拳头已经握紧了。他毫不在意，依旧慢条斯理地说：“她说，‘如果我死了，告诉Colin我爱他，我不应该离开他，我好后悔。’你是她说的那个Colin吗？我是不是不应该告诉你？”

Colin的拳头慢慢松开了，脸上的表情放松了很多。他走到阿飞床前，双手支在床上，低声对阿飞说：“我发现你还真不是一般的讨厌。”说完，他直起身子双手在胸前交叉，脸上浮现一个神秘的微笑。“不过，好像讨厌的人也都比较讨人喜欢。”

阿飞坐在床上冲Colin招手，示意让他靠近。

“我发现你也很讨厌。”阿飞说。

他们都笑了。

“三个月之后的决斗你没忘吧？”Colin故意板起脸严肃地问。

“没忘。不过我忘记了要比赛什么。比赛喝酒还是吃

饭？”阿飞也严肃地问。

“当然是比赛喝酒了！”Colin显得很气愤。

“唔，这样的啊。我听说你的小娴很会调鸡尾酒哦！”

Colin的脸稍稍有一点红，马上又恢复了正常，变得眉飞色舞起来。

“你也听说了？我跟你讲啊，她调的‘香橙汽酒’你都想象不到拿什么做主料！她调的‘烈焰红唇’你喝过没？‘梦中情人’呢？……”

俗话说，开宝马、坐奔驰。那位姓薛的大客户就是坐奔驰来的。庄美娴知道这种人喜欢讲排场，早早地站在门外迎接。

“薛先生，您好！欢迎光临天香庄园，请进。”

庄美娴不卑不亢地致欢迎词，薛先生根本就没搭理她，而是站在门口向四周眺望。他的头真的很大，转动起来都比别人费劲儿。

“这座楼就是‘天香’里最高的楼吗？”

大头薛的脑袋转悠了一圈，终于把目光停在眼前的高层上。

“是的，这就是整个D区，乃至整个天香庄园最高的楼——天香和仁大厦。它一共有48层，除顶层外，其余全部可做办公用房。考虑到进驻和仁大厦的企业特点，我们特别将顶层开辟为休闲会馆，有健身俱乐部、桑拿中心、美容院、游泳馆、西餐厅……”

“行了，带我上顶层。”

庄美娴撅着嘴走进电梯，暗地里把大头薛的长辈问候了五百多遍。她心里有气，就不想说话，大头薛也不是一个爱说话的人。

电梯到了顶层，有两家餐厅正在装修。大头薛的表情看起来有些吃惊，他大概没有想到，这里四周竟然全是玻璃，整个“天香庄园”一览无余。庄美娴的心里很是得意，刚要张嘴说话，不料大头薛说话了。

“2500万可以买多少平米？”

“对不起，您说什么？”庄美娴不得不怀疑自己的耳朵听错了。

“2500万可以买多少平米？”大头薛又重复了一遍。

哎哟，我的妈呀！庄美娴心里说。难怪这家伙这么大派头，果然有钱啊！

“您是说2500万吗？一次性付款？”庄美娴还是难以相信。

大头薛站在窗前点头。

“不知道您想买哪一层？我们这里起价是8800元，一次性付款可以优惠 8 个百分点。”

“最高的这一层。”

“对不起，您也看到了，这里已经卖出去了。47层还有680平米，46层还有……”

“你知道2500万是个什么概念吗？”大头薛转过头来问庄美娴。

“是……是很多钱。”

“没错，是很多钱。可在你们这里也就能买3000平米左右吧？”

庄美娴在心里计算了一下，差不多，只会少不会多。

“当初2500万就可以买下‘天香庄园’这一大片土地！一百亩！现在我才买了3000平米的空气！我太蠢了，太蠢了！”

你不是太蠢了，你是疯了。这块地是银子的，现在庄美娴已经毫不怀疑。虽然她并不知道银子的发家史，可也敢肯定和这个大脑袋的薛先生没关系。

“当初有人问我买不买这块地，2500万，跟白给的一样！可我没要，我买一块荒地干什么？但是有一个人买了，什么都没干，就那么荒着。后来，还不到一年，来了一个外商，看中这块地皮要盖楼，然后他就发了。”

“您说的那个人是戚先生吗？可是我们这里没有外商股份。”

“你们这里当然没有外商。外商给这块地估价9000万，结果你们的戚先生没有卖。他也没有像一般人那样以土地为资产与外商联合，他反而以16个点的利息找外商贷款，自己开发这片土地。他不发达谁发达？”

这一段天方夜谭从外人嘴里说出来，显然比银子自己说更具可信度。可是大头薛为什么要和自己说这些呢？

“我花钱买3000平米，就是为了提醒自己，这些东西本来就是我的，我会把它抢回来的！”

不是每个人都有阿飞那样的好运气，可以赖在床上。也不是每个人都像庄美娴那么倒霉，要陪着一个大头客户听他吹牛。天香庄园A区C座11层D号里就是热闹非凡，其实如果用乱七八糟来形容也许会更恰当些。每个人都在这里划分了自己的“势力范围”，本来很宽敞的地方，让他们弄得连只苍蝇都没处放脚。桌上堆着快餐盒、饮料罐、面包袋、唱片、杂志、四只花色各异的袜子……地上的惨相更让人目不忍视，就连打扫卫生的阿姨都要求加薪才肯来打扫，还要戴上SARS时期都不曾用过的口罩。

萨卡在这里工作，庄美娴已经开始管他叫“垃圾王子”了。

“喂，垃圾王子，一会儿去咖啡店！”

尽管庄美娴就在天香庄园的D区，可她还是宁肯浪费电话费也不肯到A区来找萨卡。

“不行啦，美娴姐，正进行到关键时刻。”

“什么关键时刻？你们都是关键时刻，就我一个人被你们扔出去堵枪眼。”

“怎么了，美娴姐？你的口气可不怎么好哦。”

“唉，别说了，遇到一个讨厌的客户。什么时候有时间给我打电话，别忘了叫上呼呼，省得你的小尾巴想你。我给你们弄饮料犒劳。”

想到呼呼，萨卡笑了。想到庄美娴的饮料，萨卡是想哭但

是哭不出来。

呼呼曾经勇敢地来过一次萨卡工作的地方，刚推开房门就被熏得倒退了三步才勉强站住脚。她深吸一口气走到萨卡背后拍了拍他的肩膀，回过头来的人竟戴着一副墨镜！天，原来干他们这一行的人都爱留长头发啊！呼呼认错人了。可为什么怎么每个人的背影看起来都和萨卡差不多呢？呼呼不禁为自己的“鹌鹑尾巴”羞愧起来，那里分明还有一个男孩的头发长到腰间，黑黑的头发又直又顺，完全可以去给“飘柔”做广告了！萨卡在哪里呢？呼呼没问，就算问，他们也回答不出。这个人刚刚起床工作，那个人就打着哈欠去睡了，他们的SOHO性质决定他们不关心别人的作息时间行动方位。呼呼只能蹑手蹑脚地自己搜索。还好，呼呼没费什么力气就找到萨卡了，他正坐在马桶盖子上上网，全神贯注。

这真是十分不美好的回忆，呼呼发誓再也不去萨卡的工作室了。为此，她没少跟庄美娴抱怨萨卡他们的恶习，可庄美娴也只是笑笑。她又不是没领教过他们的“厉害”，没什么意外的话，她宁可把萨卡请到咖啡店了解工作进程，也决不踏进工作室半步。谁让呼呼是为情所困呢？还是自求多福吧！

“可他们全是你找来的啊！美娴姐，快想想办法吧，这样下去该出人命了！”呼呼苦苦哀求。

“我真的没有办法啊！呼呼，我也求求你，让萨卡快点把游戏做出来，就不用过这种日子了。”

庄美娴说的是实话，只有游戏完成，这种情况才能结束。经过她的层层筛选，最终才有七个人走进这个房间，成了萨卡

的战友。这八个人的年纪都差不多，除萨卡之外，都已是软件设计这一行里的前辈。他们之间本来互不认识，可一通报网名，一提起自己的游戏作品，就差抱拳作揖口称“久仰，久仰”。

这是一个可以让青春肆意挥洒的地方，尽管总是垃圾飞扬。

各路神仙像是约好了似的，几天后陆续来到咖啡店。萨卡眉飞色舞地讲着游戏的进度，讲述他的战友有多厉害，讲到最后忍不住问：“美娴姐，你是怎么把他们找来的？”

庄美娴眯起眼睛嘿嘿一笑。如果她不笑的话，那样子和银子真是一模一样，都是那么神秘又不容置疑。

“好啦，算我没问。也不知道银……戚先生什么时候回来？”

这是谁都想知道答案的问题。

“你呀，有空还是多关心关心呼呼吧。省得一个还没回来，又跑了一个。不要以为人家追过你，你就可以不管不顾。下那么大的雨，你把她一个小女孩丢在工作室好几天，电话都没有一个，谁不气啊？我要是她，绝对不会被你两句话就哄回来的！”

萨卡揉了揉鼻子，心里说，幸亏你不是她。

庄美娴把一杯说不出是什么颜色的饮料递给萨卡，萨卡皱起眉头脸有惧色地问：“美娴姐，这又是什么？”

“梦幻世界！我用鸡蛋清、蜂蜜、猕猴桃汁、西红柿汁调的。很有营养的！”

“不要啦，美娴姐，我们又没有仇，干什么这么折磨我啊？”

“你到底喝还是不喝？”

庄美娴立起眉毛双手叉腰厉声质问。这分明就没的选择嘛！萨卡带着必死的决心端起了杯子……

“美娴姐，那边的工头叫你！”萨卡突然指着隔壁的装修工人说。

庄美娴应声望去，哪里有人喊她？她立刻明白了，回过头来看萨卡。萨卡已经把满满一杯“梦幻世界”全“喝”了，还舔着嘴唇心满意足地说：“真好喝啊！”

“真的好喝吗？”庄美娴堆起一个甜甜的微笑，“我就知道你会喜欢，所以做了一大罐，我再去给你倒一杯！”

“不要啊！”萨卡惨叫。

“拿来！”庄美娴伸出手，另一只手还举着一罐吓人的“梦幻世界”。

“什么？”萨卡还在装傻，“杯子吗？”

“塑料袋！”

“什么塑料袋？”

“你装‘梦幻世界’的塑料袋！别以为我不知道，每次遇到你不爱喝的东西，你就趁我不注意把它倒进塑料袋里！”

“不是啊，美娴姐，我不是故意的，喝了你的那些爱心饮料会肠穿肚烂的！”

“谁说会肠穿肚烂？没品位！把东西给你的Colin拿来！他保证喝得特别开心！”

说话的人正是刚进门的“独臂大侠”阿飞，他的手里还举着一瓶庄美娴梦寐以求的“冰酒”，身后跟着一身白衣的Colin。萨卡苦着脸对Colin摇头。Colin却走到庄美娴跟前接过“梦幻世界”，举起就喝。他喝了还没有一口就呛了出来。

“哇！这饮料，这饮料……”

“怎么了？” 庄美娴又叉上了腰。

“真的……太特别了！”

Colin的表情已经说明了一切，却还举起来一口一口地吞咽，萨卡已经不忍心看了。

“我算明白什么叫‘含笑饮砒霜’了。”阿飞大彻大悟般地说。算他聪明，还没等庄美娴有反应，马上讨好地把“冰酒”递过去，还抢着问萨卡：“你的小尾巴呢？”

萨卡还没来得及说话，Colin就抢着说话，顺便很自然地把“梦幻世界”放到吧台上，然后还很“不小心”地把它打翻了。

“你问呼呼啊？她去拍戏了！哎呀，小娴，真对不起，我弄翻了。下次你再做给我喝好不好？”

Colin一脸甜蜜的微笑，哪知庄美娴却没理他，连“冰酒”都被抛到一边。

“拍戏？拍什么戏？我怎么不知道？刚才打电话时还说要过来呢！”

女人，尤其是漂亮女人，对这种出风头的事情永远有热

情。

这种事说起来简单，但只要庄美娴的好奇心存在一秒，再简单的事也会变得复杂。Colin只好和萨卡两个人加在一起，互相补充叙述，才把这件事说清楚。不过Colin记得呼呼的叮嘱，没说出她老爸是投资方的事，也没说她去拍戏是她老爸授意的。于是一段并不曲折却也足够离奇的“星梦奇缘”就在庄美娴眼前上演了……

那是一个阳光苍白的下午，呼呼走在去图书馆的路上，一个穿着有很多口袋的坎肩的男人拦住了呼呼。他说她的气质和电视剧里面的女主角的好朋友很像，希望她来参加演出。呼呼当下拒绝了，可还没过两个小时，学生处的人就来找呼呼谈话，说年轻人要积极参加社会活动，这样走出校门的时候就不是一个书呆子了。呼呼万般无奈只好同意，但拒绝演女主角的好朋友。她选中了另外一个只有三集的角色——女主角的情敌，负责在学校的舞会上打女主角一巴掌。当然，呼呼也没那么占便宜，她还要被男主角轻轻地推一下，然后再抄起怀里的书劈头盖脸地砸向男主角。

“这个角色多不讨好啊！刚进娱乐圈就演这种角色，观众会不接受她的，以后转型就难了。”

庄美娴念念有词，自问自答，已经替呼呼设计出了一条非常完美的演艺道路，俨然成了呼呼的经纪人。那三个男人却趁这个机会聚在一起聊他们感兴趣的话题。

“你知道找呼呼的那个星探是谁吗？”Colin抽着烟斗问阿飞。

“谁？”

“就是被你开除的那个部门经理？”

“马屁刘？”阿飞嚼口香糖的速度变快了。

“就是他，听说在剧组里当了个副导演。”

“他？怎么会？”

萨卡揉了揉鼻子，根本不知道他们说的是谁。自己的女朋友就要成明星了，萨卡显然还没做好思想准备。他的脑子里只有MUD版的《烈火》、RGP版的《烈火》、Summer、Silver，他现在只想多和夏天聊聊，再找银子要一些原创音乐，做后期音效合成。如果他仔细听一下庄美娴的话，会不会高呼一声：“仙德瑞拉！”

“那个人怎么会找上呼呼？他是不是知道了呼呼和我们的关系，有什么阴谋？”庄美娴的耳朵还真长，嘴巴也够快，脑筋的旋转速度更是让人目瞪口呆。

Colin叼着烟斗，样子像极了他的偶像福尔摩斯。

“肯定没有阴谋！”Colin斩钉截铁地说。

呼呼演戏是她老爸的意思，马屁刘找到呼呼肯定是“工作需要”，与阴谋无关。可他偏偏不能把呼呼的秘密说出来，因为她不希望让萨卡知道。

“你为什么这么肯定？你不觉得太巧了吗？前几天刚有人对我说要把天香庄园抢走，今天又有被开除的马屁刘找呼呼演戏，怎么会这么巧？”

“也许我们都没有发现呼呼的表演天赋，他发现了。”Colin笑着说，脑子却飞了。

没有一个对手会在攻击前告诉你，他会打你的什么部位。那个大头薛不是脑子有问题，就是精神有问题。他的目的是什么？只是一时的气话，还是有必胜的把握？要么就是在散布烟雾？一直没有银子的消息，大头薛是不是已经确定银子无力还击，才这样口出狂言？银子是不是已经被他控制起来了？

Colin确实有推理天赋，可他毕竟不是福尔摩斯，而他的推理禁不住推敲的原因是：他并不了解事情的全貌。阿飞就比他了解多了。今天一听庄美娴提到大头薛，他就忍不住吃了一惊，在心里喊了一声："他们真的找来了！"是的，没错，他们就是找来了，无论阿飞躲到天涯海角，他们还是会找到他。大头薛，大头薛，他虽然换了名字，可是他缩小不了他的脑袋，阿飞就算变成一个白痴也不会忘记他那颗脑袋！能有那么一颗大脑袋的人，除了把金达逼上绝路的胡明，还能是谁？

难道这是巧合吗？不，不可能！否则为什么就在这个冒充姓薛的胡明出现的同一天，他就接了一个莫名其妙的电话让他去查银行账户，而一查就发现他的户头上多出了一千万？这样的巧合未免太夸张了，成本也太高了。难道那件事情直到今天还没有完结？为什么他只错过一次，就永远没有改正的机会？那一千万是什么？是他们给他的"安家费"，让他永远保持沉默？还是要他在他们的新计划中充当一个更卑鄙的角色？难道金达一个人的血还不够吗？这次他们很大方，出手就是一千万，而不是上一次的五百万。一千万啊，那是一个什么概念？可是，一千万就足以让他出卖他唯一的朋友银子，让他走上金达的老路吗？

阿飞忽然又觉得头好晕，眼前一片黑。不过这次他没有昏过去，就在他融进黑暗的一刹那，他看到夏天来了，穿着一件他不曾见过的水蓝色连衣裙。深V字领托出她饱满的胸脯，细细的腰不盈一握，微微飘起的裙摆盖住了她的腿，却更让人浮想联翩。男人都看痴了，连庄美娴也把嫉妒换成了赞叹。

“我来是想拿走银子的吉他和闹钟。”

夏天看着萨卡说。她只和萨卡说，好像旁人她都不认得一样。

庄美娴看了阿飞一眼，阿飞在剥糖纸。Colin兴致勃勃地盯着夏天，想把她和游戏里的Summer重叠起来。萨卡把Summer设计得很好，几乎可以说是一模一样，可一见到夏天的人才知道萨卡的设计还差得远。形有，神呢？

“是银子叫你来的吗？”庄美娴不怎么客气地问。

“是。”

夏天回过头看着庄美娴，她旁边就是阿飞，夏天眼里却没有他那个人。

“你知道他在哪儿？他对你说他要吉他和闹钟？他要你把这些东西带给他？”

庄美娴的问题把大家的注意力都吸引过来，他们的目光紧紧锁在夏天脸上。夏天看着自己的脚，穿着白球鞋的脚。

“我能找到他。”她说。

夏天背着吉他捧着闹钟走了，她的脚步很轻，却把阿飞的

心都碾碎了，他竟没有力气再去看她一眼。

庄美娴不甘心地问：“你真的相信她能找到银子？”

庄美娴的话当然是问阿飞的。他把口香糖塞到嘴里，又点上一支烟。

“我相信。”阿飞说。

“为什么？”

“因为她从来不用手机。”萨卡突然插嘴。

阿飞看着萨卡，萨卡也在看着他，破例没有揉鼻子，一种奇怪的味道在空中瞬间弥漫生成。

街上的夏天一边打电话，一边走路。庄美娴不记得夏天是不是从来不用手机。手机是现代生活的必需品，谁还会在意每天呼吸的是不是空气？

“你怎么知道的？”她问萨卡。

这很奇怪，不是吗？

萨卡低下了头。沉默有时代表拒绝。

“她用手机就表示她能找到银子吗？你和银子是十几年的朋友，银子都没有找你，为什么要找她？她不是不喜欢银子吗？为什么要帮银子做这些事？”她又问阿飞。

阿飞知道夏天以前是用手机的，也知道她现在不用手机了。他看到过报纸上夏天摔手机的照片，也知道是因为自己。但是夏天没对他说过，他也告诉自己别去想。如果答案是对自己不利的，那么不想也罢。可是萨卡的眼神分明在对他说：“夏天就是因为你才不用手机的。”那么银子消失后，手机在夏天手里重新出现，意味着什么？阿飞的烟烫到了手指。

“可以把你的小娴借给我一个小时吗？我想出去散步。”阿飞问Colin，仍然沿用Colin的说法。

秋日的夕阳是最美的夕阳，美得让人心疼。暑意尽退，暮色浓浓，没有什么比在栽满梧桐树的街道上散步更惬意。缓慢的速度，每一步都那么小心翼翼。

“为什么还要让我坐在轮椅上？” 庄美娴气愤地抗议。

“这样你才不会累。”阿飞温柔地说。

“我本来就不累！”

“你不累是你的事，我不希望你累是我的事。”

沉默。隔了一会儿，庄美娴才叹了口气说：“难怪夏天会喜欢你十年，你真会哄女孩子。”

“我真希望她喜欢的不是我。”

“难道你希望她喜欢银子？”

“你不希望？”

“我也不知道。银子爱她爱得那么辛苦，我也希望他们能在一起。可你们都是我的朋友，我也不希望她离开你。”

“她不离开我，我也会离开她。以前如此，现在还是。”

“就因为她要去找银子，所以你才……” 庄美娴不忍把话说下去，这种微妙的三角关系当事人虽然都清楚，可还是不希望第四者把它说出来。“你也是因为看到了她在用手机，所以才相信她一定知道银子在哪里吗？”

“不是。”

“不是？”

庄美娴惊讶得忍不住要回头，可她记得和阿飞的约定——决不能回头。

“我不能肯定她知道银子在哪里，可我一听到她要的那两样东西，我就知道她一定能找银子。”

“为什么？闹钟是银子的妈妈的遗物，这个我知道。可吉他呢？”

阿飞沉吟了一下，说：“吉他是我送给他的。”

“闹钟是母亲，吉他是兄弟，就是说……”

“没错。亲情、友情，银子全都有了，夏天带着爱情，所以她一定能找到他。”

“如果她能找到银子，就说明她爱银子？只有爱他，才能知道他在哪里？”

“你变聪明了！”阿飞笑着说。可庄美娴无论如何也听不出夸奖的味道。“但愿她也能明白。”他说。

他说的是“他”还是“她”？是夏天还是银子？

庄美娴不想问那么没水准的问题。她保持着与她不相配的沉默，看着眼前这条就快要走到尽头的小路。左转，一直走下去，可以看到山；右转，一直走下去，可以见到海。这个城市很美，有山有海，为什么爱情不可以更美一些？

“我们到前面右转，去海边走走好不好？”庄美娴叹了口气，她现在变得很喜欢为别人的事情操心，自己过得很幸福的人一般都像她这样。“我可不想再跟你一起上山了……”

没有阿飞的笑声，莫不是被倒在人行道中间指示牌吓住

了——“2吨以上卡车禁止通过”。怎么也没有人来修呢？道路管理部门都是干什么吃的？这样多危险啊！——咦，他怎么还往前走呢？真过分！我有那么重吗？推不过去可以说话啊，我又不是没有腿，我能走过去！干吗要这么吓我？庄美娴生气地想。谁知阿飞却推着她朝那个大铁棍一直走去……

“阿飞！你要干什么！”

眼看就要撞上了，庄美娴不得不破坏约定回过头。她呆住了！阿飞竟闭着眼睛!

从什么时候开始闭上眼睛的?

为什么要闭着眼睛?

“我只是想知道，一个人如果什么都看不见了，他该怎么走路，他该怎么说话，他该怎么了解这个世界……那是一种什么样的感觉?”

庄美娴知道自己在流泪，再大的风也吹不干她的眼泪。

她想奔跑，可奔跑并不能削弱她的恐惧与悲伤，还会给阿飞带来恐惧与悲伤。

“对不起，我吓着你了。”

“我不是故意闭上眼睛的。”

“从‘零度烈火’出来的时候我就已经什么都看不见了。”

“所以我才要你坐在轮椅上……”

庄美娴哭了。听了这样的话谁都不能不哭，除非他是聋

子。

“阿飞，你没事的。”

“阿飞，我们去找医生。”

“阿飞……”

每天银子都在这里看海上潮起潮落，看渔民撒网收网。他曾试图说服一个看起来比较和善的老人带他一起出海，老人把他上下打量了几个来回，告诉他度假村离这里还有七里地，每天早上都有一班开往那里的公共汽车。

银子苦笑了一下，他当然知道那班汽车，他就是坐那辆车来的，他又怎么会再坐那辆车回去？

他已经在第一时间收到了夏天的短信，知道了她的号码。她买了手机，她开始用手机了！是完全为了他吗？只为了他吗？

他们通过几次电话，每次都是他打给她，每次都是一些无关痛痒的内容。他开玩笑地说，如果有一把吉他，有一个闹钟，他可以在这里待一辈子。夏天说，如果他能看到一把吉他，看到一个闹钟，她敢保证他马上就会回来。

银子只是笑，却不和她争辩。她知道那把吉他是什么吉他？她知道那个闹钟是什么闹钟？连夏天这么冷静冷漠冷峻的人也开始为了安慰他而安慰他吗？他已经沦落到这种地步，已经变得这么可怜了吗？

手机提示电池电量不足，银子挂上电话，关了机。说不清

为什么，他想把最后的一点电池保留到最需要的时刻。

什么是最需要的时刻？

他在等待自己平静，等待一个人给他带来最不平静的消息。

那人终于把消息送来了，果然是一个极不平静的消息，银子不得不佩服作为当事人的阿飞还能保持这样的平静。可是，阿飞的平静不正是他所希望的吗？为什么阿飞真的平静了，他又心有不甘呢？

每当月亮就要升起的时候，海面总是那么的不安分。也许月亮女神真的国色天香，波塞冬一见到她就要激动。

银子望着逐渐变暗的海面，听着海潮扑来，忽然觉得无比寂寞。

手机还有电吗？还能挣扎着拨通那个号码吗？

银子坐在沙滩上，把一双脚伸进浪潮。在这个海神与女神约会的时刻，他是个不受欢迎的人，可什么能大得过寂寞？

电话通了。手机响了。银子回过头，看着手机铃音传来的方向。一袭水蓝色的衣裙静止在那里。

“你说过，这条裙子还有用上的时候。”她说。有点腼腆。

“你穿上它很美，非常美，真的。”他顿了一下，“可你怎么会找到这里的？”他无论如何也不相信这会是巧合。

“第一次你给我打电话时，我就听到了海浪声，所以我猜

你一定在海边。”

“海岸线这么长，你怎么知道我在哪里？”

“我的事情你都知道得清清楚楚，我想你一定不会忘记，那年冬天我在这里游过泳，自杀似的游过泳。”

她还是有一点腼腆，可这句话一说完，她就变得无比勇敢。

“我把它们带来了。吉他。闹钟。”

“你希望我一辈子留在这里？”他狡猾地问。

她笑了。

“你也在笑吗？”她问。

“我在笑。”

“笑得开心吗？”

“很开心。”

“为什么不让我看到？”

“我马上走过去，你就会看到。”

他走了过去。

“不！站在那里别动！”她突然喊。

“以前都是你走过来，现在该我走过去了。”她说。

她走了过去。

他看到她在笑。

他们离得很近，很近很近，近得可以感受到彼此的体温，听见彼此的心跳。

“你化妆了？”他问。

“涂了一点口红。”

“没抹胭脂？”

“没有。”

“那你的脸为什么这么红？”

她愣了一下，下意识地摸了摸自己的脸，随即笑了。

他拉起她的手，握着手机的那只手。他掰开她的手指，掌心里有一只水蓝色的手机。

“你开始用手机了？”他盯着她的掌心问。

“是的。”

“为了我？”他盯着她的眼睛问。

她注视着他，他也注视着她。她情愿被他这样注视着，他情愿这样注视着她。永远。

“是的。”她说。

她闭上了眼睛，开始等待两片唇的温暖。

她知道他不会让她失望。

永远不会。

9

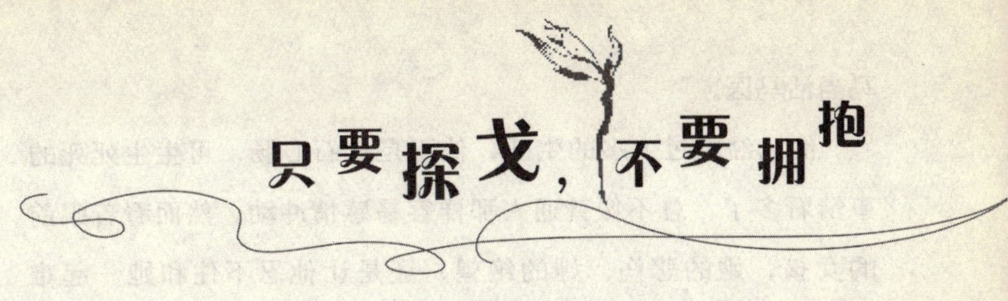

只要探戈，不要拥抱

庄美娴望着眼前这位慈眉善目的老医生，希望他说的话不要那么残忍，不要把一切希望全部打碎。

为什么？为什么？为什么！

阿飞真的就要死了吗？

“他脑部的肿瘤生在脑内动脉上，你看，就在这儿。看到这个阴影了吗？” 老医生指着CT光片给庄美娴讲解，“这个位置不能开刀。除非他突然颅内大出血，为了抢救我们才会去冒险开刀。可那个时候……姑娘，我跟你讲，那个时候只是死

马当活马医。”

他已经见过太多的生死，他不是铁石心肠，可生生死死的事情看多了，总不像普通人那样容易感情冲动。然而看着眼前的女孩，她的悲伤、她的绝望，还是让他忍不住和她一起难受。

“姑娘，想开点，你还年轻。”

“您的意思是说，他现在只能等死？”

庄美娴的目光呆滞，痴痴地问，声音变得空灵，仿佛来自天外。老医生不忍心看，也不忍心回答。

“我明白了，谢谢您。”

她知道，某些时候沉默就代表默认，无须答案，不用回答。

她慢慢地低下眼睛，慢慢站起来，慢慢地转过身，慢慢地往外走。

“您知道哪里有镜子吗？”

她走到门口，突然回过头来问。老医生怔了一下，看到她红红的眼圈，明白了。

“出门左转有盥洗室。”老医生忍不住叹了一口气说。

盥洗室里，庄美娴把水龙头开到最大。可就算开到最大，哗哗的水声还是盖不住她的哭声。那哭声太绝望了，像被盖子闷住，又像是时刻在被玻璃切割。她疼，却喊不出疼，她疼啊！她受不了这样眼睁睁地看着一个生命凋零，就好像有人拿着一把很钝的刀子拉锯似的划开她的皮肤。既然生得这么痛苦，为什么不在缆车坠落的那一刻干干脆脆地结束？何必让他

受这份罪？又何必让她来受这份苦？！

水从指缝里沁出，咸的，咸得发苦。是眼泪，还是水？谁还有心情去分辨？

“庄美娴……”

这声音太熟悉了，此时也太虚弱了。庄美娴抬起头，从镜子里看到了那张有一个酒窝的笑脸。疲惫，憔悴。

“你忘了关门。”他说。

“你都知道了？”她盯着镜子里的他问。

“我早就知道了。上次在医院，银子和医生说话时，我听见了。他没告诉我，我想，他是希望我活得开心一点。他是好意，我不能让他失望。”他的嘴巴不停地动，很慢，一定又在嚼口香糖了。

“我……”她的嘴巴一扁似乎又要哭了，他打断她。

“我先去‘那边’看看好不好玩，如果好玩，我再回来找你。”

他眨巴着眼睛一脸坏笑。她不想笑，可还是笑出来了。

“我们走吧，以后我有的是机会待在医院，现在我想多在外面待会儿。”

他的手搭在她的肩膀上，她靠在他的怀里，像一对相濡以沫的爱人走出盥洗室。门口的清洁工看见他们这么亲热也露出一个温馨的微笑，她在猜，这是一对年轻的夫妇，一定是刚刚得知妻子怀孕的消息，所以才这么恩爱。想到这里，手里的拖把挥动起来也更有力了。可惜她错得太离谱了。

三个月前，夏天的手就是这样被阿飞拉着，走进银子的咖啡店。而今同样的一只手又被银子握着，走进这家名叫“零度烈火”的咖啡店。

咖啡店变样了，变得富丽堂皇而又深藏不露，每一样小装饰小摆设都好像原本就生在那里一样，彰显着主人的品位与个性。白色的施特劳斯钢琴被光线镶上了一道耀眼的金边，比它更耀眼的是那个宽阔的舞台，为银子准备的舞台，迎接他的舞台。

夏天的脚步停在门口，如果不是银子的手紧紧地握着她的手，她几乎就要逃了。她不是一个畏首畏尾的人，可说也奇怪，只要一触到阿飞的目光，她就想逃。以前见不到他的时候，她会逃；现在见到他，她也想逃。

她在害怕什么？害怕他来见证她的移情别恋吗？他们可曾有过生生世世的契约？那么，她究竟在怕些什么？难道是来自心底爱或不爱的自问吗？她究竟还爱不爱他？她又爱不爱身边这个让她把手放在他的掌心里的男人？

庄美娴看着阿飞，从夏天出现的那一刹那，他已经停止咀嚼口香糖。他的眼睛划过一丝痛苦，她忽然记起缆车坠落时他说的那句话——我从来没有爱过她。

缆车上生死之间的“不爱”岂不等于现在的“很爱”？只有说“不爱”，只有让她恨他，才能让活着的人忘记已死的人，开始绚烂的人生。

世界上不是没有好男人，只是自己没有遇到罢了。有时即

使遇到了，也会因为过去那些不美好的回忆，错失了幸福。这些道理其实每个人都懂，可又有几个人肯去做呢？于是只能陷在自己的痛苦中，折磨自己，伤害自己。

看着阿飞的眼睛，庄美娴忽然在想，上帝其实是公平的。有过一个欺骗她、伤害她、让她一蹶不振的Colin，于是就出现了一个虽然爱吃醋却很爱她的Colin，身边还有这么多重情义的好朋友，这难道不是塞翁失马吗？上帝给她关上了一扇灰蒙蒙的窗，却为她打开了一道阳光灿烂的门，还有比这更划算的吗？

她已经读懂了阿飞的目光，他希望她帮他，让夏天对他死心，和银子在一起。这请求她不能拒绝，她也无法拒绝。

“你这臭小子，跑到哪儿去了？让我们担心死了！”

银子刚进门阿飞就迎上去给了他一拳，用这种方式表示欢迎，他好像根本没看到夏天的手和银子的手握在一起。

“看来你的胳膊已经完全好了。”

银子揉了揉肩膀，竟然用的还是那只拉着夏天的手，好像故意要把这个事实再次强调一下。

阿飞躲开了，伸手拉出一张椅子让银子坐下。

“来，戚先生，让我向您汇报一下公司这段时间的业绩。”

庄美娴识趣地拉起夏天的另一只手说：“我带你参观一下，这可是我带病坚持工作的成果。”

至此，这对连体婴终于被分开了。

咖啡店的墙壁上有萨卡的画，当然也有那幅《卖虾女》。萨卡的每幅画下都有一个出售的标签，这里俨然成了他的画廊。夏天饶有兴趣地看着他的画，在她眼里，这些画还有些稚嫩，但也算过得去。墙壁上还有几处是空着的，显然要挂上些什么。庄美娴似乎已经猜出她的心思，接口道："我知道你家里有很多摄影作品，愿不愿意借我几幅在这里展出？"

为什么是借?

夏天没问，庄美娴也没说。

"好啊。"夏天答应得很痛快，她好像已经变了一个人。"我确实有一幅很满意的照片，也希望更多的人可以看到。"

那幅照片来得很意外，却是夏天最满意的作品。

那还是去年的深秋，夏天一个人背着相机跑到近郊为工作室选外景拍摄地。现实总要比幻想来得残忍些，进入夏天视野的有一丛丛美丽的芦苇，一段废弃的铁轨，一轮西沉的红日，但同样还有几大堆三个人高的垃圾山。每个城市总有它不太明媚的一角，如同一个再完美的人，也会有点缺陷。越是完美的东西，它的缺陷就越显得触目惊心。

夕阳没在城市的尽头，红红的光把芦苇丛照得鲜艳奔放。夏天调好了光圈，一次次把这美景摄入镜头，巧妙地避开那些垃圾山。突然抽抽搭搭的哭声传来，夏天以为自己听错了。仔细一听，确实有哭声从身后传来，哭得好伤心。夏天顺着声音

的指引悄悄靠拢过去，发现一个七八岁的小男孩正坐在垃圾山脚下伤心地大哭，他的脚边躺着一只膘肥体壮的大肥猪，一动不动，似乎已经死了。男孩穿着一件一看就是拣来的牛仔夹克，一条黑色的绒裤，一双破了洞的白球鞋。而那只大肥猪却很干净，除了鼻子上有点脏像是刚吃过垃圾的样子之外，其余地方干净得简直不像是一只猪。远处是鳞次栉比新建的居民楼，近处是几座装修废料生活废物堆成的垃圾山，不能给人任何温暖的阳光洒在上面，垃圾山的影子似乎把居民楼淹没了……

夏天不再犹豫，迅速举起照相机对准这一幕。男孩看到她的影子，回过头来看着她，两个人都有几秒的停顿。男孩用无比悲伤的眼神看着这个闯入他伤心世界的人，仍不忘伸手护住那只已经没了呼吸的大肥猪，而夏天则被男孩眼角那颗在阳光照射下反着光的泪吸引。男孩的鼻涕眼泪交错纵横，脏兮兮的小脸被夏天的影子笼罩，唯独那颗泪那么晶莹闪烁。夏天把自己的影子也锁进镜头，咔嚓一声——楼房、垃圾山、死去的猪、哭泣的男孩、夕阳的氤氲、这个寒冷的秋，全都进了照相机。

每每看着这张照片，夏天就有一种心疼的感觉。毫无疑问，男孩和他的父母都是从贫困地区来的“新移民”，他们把城市作为梦想的发源地，他们做着城市人最不屑的工作，却还要遭到城市人的歧视。尽管如此，他们还是努力经营着自己的梦想。

夏天给这幅照片起名叫《不知所措的泪》，看着那个男

孩，她也不知道除了给他几百块钱安抚，她还能做什么，又能做什么来改变他的现状。男孩挂在眼角的泪珠是那么委屈又是那么无助，庄美娴一提照片，她马上就想起这滴泪了。

“既然你想彻底地帮他，给钱绝对不是最好的办法。你可以呼吁更多的人来关心他们，让他们上学，给他们工作！让他们自食其力，而不是依附于别人的施舍，成为社会的负担。”庄美娴很激动地说着，可是她忘记了，她们是谁？别人为什么要听她们的？“你可以把照片给报社送去，再配上文字说明，这样一定会引起社会关注的！而且，你本身就是个名人，有‘名人效应’啊！”她继续说着。

夏天沉吟着，并没有回答庄美娴的话。她的主意不错，可力量还是太单薄了些。如果这张照片可以发表在全国各个报纸上，那么即使只有万分之一的人来关注这些“新移民”，效果也会比现在好很多。

门口的风铃剧烈地响起来，庄美娴担心那些玻璃制成的郁金花会碎掉。所有的人都向门口望去，进来的是萨卡。

“你来得正好！”银子冲萨卡招手，“《烈火》做得怎么样了？”

萨卡愣了一下，他没料到银子会在这里。专门为银子一个人设计的《烈火》已经出来了，他还没准备交给他。萨卡的脑子里想的是另外一件事。

“你们有谁见过呼呼吗？”

“你把你的小尾巴丢了？”

阿飞嚼着口香糖，还是那副玩笑的口吻。

萨卡没理会他，甚至都没理会他的老板银子。

“我和呼呼约好今天去爬山的，可是她没去。”

“她是不是拍戏去了？”庄美娴从里面走出来问。

“我去山荔学院看过，今天没有她的戏。”

“你问过Colin吗？”

“他也没看见她。”

“现在你知道担心了吧？”阿飞站起来拍了拍萨卡的肩膀，想离开这里，“没准有谁追求她，她赴别的约会去了。”

“好了，阿飞，别开玩笑了。”

庄美娴似乎特别能体谅萨卡，而夏天却从这句话里感觉出别的味道。她已经可以亲切地叫他“阿飞”了吗？

“你有没有给她打电话？”庄美娴又问。

“没有人接。”

“别着急，也许……”

“我不能不急！你们看！”

萨卡把一张报纸递到他们眼前，一张篇幅巨大的寻人启事被红笔勾了出来。

“你是说，呼呼失踪了？”

庄美娴盯着报纸，完全不能相信自己的眼睛。寻人启事上说，有提供重要线索者奖励5万元；找到呼呼的人，可以拿到20万！

“你上次见到她是什么时候？”阿飞冷静地问。

“是……”

萨卡变得结巴了。他确实已经记不得了。这段日子他一直在忙着工作，根本没理呼呼。而呼呼自己也有事可忙，这段时间也没找他。他们只是在几天前的电话里约定今天去爬山，可到底是哪天他都不记得了。

“又有一个人失踪了。”庄美娴自言自语，“最近这是怎么了？很流行一个人去旅行吗？”

银子喝了一口Dry Cappuccino，没有说话。

最近的事情的确很多，所有的事情都集中到一起，为什么？都是和阿飞有关吗？

他的眼睛看着阿飞，阿飞的表情没有一点异样。可银子却平生第一次对自己最好的朋友产生了怀疑。

在那起金额高达几亿元的诈骗案里，阿飞到底扮演了一个什么样的角色？为什么他的老板兼合伙人自杀了，他还能泰然处之？他来到这里究竟是为了夏天，还是为了避难？他为什么要和小曼离婚？知道自己得了绝症，他为什么一点行动都没有？户头里多出一千万，他为什么一点反应都没有？呼呼的失踪和他有关系吗？……

银子的脑子乱了，这种猜测更让他心里难受。他待在外面不肯回来，一方面是为母亲的去世难过，另一方面也是在想阿飞的事情。阿飞到底怎么了？他到底还是不是那个会把自己最心爱的唯一的吉他送给别人的阿飞？

不知为什么，庄美娴的心情也有点复杂。她悄悄地拿出手机给Colin打电话，如她所料，Colin的电话果然打不通，语音

提示机主不在服务区。庄美娴几乎是下意识地冷笑了一下。这也太幼稚了吧？《手机》那部电影早把这些花招都揭露了，他就不能玩点新鲜的吗？他不是把呼呼搂在怀里，说过她是他的女朋友吗？难道，现在已经变成真的了？

所有的猜测都没有结果，唯一的结论是——等。

萨卡这一次破例没有把目光聚焦在夏天身上，垂头丧气地回去。他从来没有想过，呼呼的失踪，对他竟是这么重要！他只有一个感觉——心，空了。

望着萨卡离去的背影，所有人都觉得失落。夏天的手机破天荒地响起，被惊着的不只是她，还有阿飞。

她真的在用手机了吗？为什么那次给他打电话时，却不是手机号码？难道她连一个号码都不愿意告诉他吗？他在她的心目中已经沦落到这个地步了吗？

阿飞苦笑了一下，本来就没有味道的口香糖变得更加不堪忍受。也好，都离他而去吧。她本来就不是他的救命稻草，他也无须谁的拯救。关键是，现在谁也拯救不了他了。他把未来拴在风筝上，现在他低下头，发现那根线，早已不在他的手里。

"阿飞，你去哪儿？"银子叫住阿飞。

"老大，我当然是去医院了，你没发现我的手还没好吗？"

银子当然看到了，就算他不看阿飞，他也可以从夏天的眼睛里读出那份关心、焦虑。

"我还以为你要去公司，我们正好顺路。本来还有事要和

你说，那就现在说吧。下个礼拜你帮我去投标，S市的‘金达花园’。你在那里待了好几年，比我了解情况，一定要拿下。”

银子边说边观察阿飞的表情，意料之中的惊讶，但阿飞很快恢复了正常。

“好的。”他说。面无表情。

“美娴，咖啡店就交给你了，我给你算两成干股。名字起得不错！”

阿飞走后，银子就这么对庄美娴说，让她一点思想准备都没有。

“夏，我们走吗？”

银子冲夏天伸出了手。

庄美娴只剩目瞪口呆一件事可以干。

可是Colin在干什么呢？

庄美娴不喜欢去Colin的工作室，相识快一年了，她的脚甚至从未踏进过那间工作室。她本能地告诫自己，给别人自由就是给自己自由。她不去Colin的工作室，也就可以换回Colin对自己的毫不干涉。她好像忽略了一点，有时候这种“干涉”，实际上等于“关心”。她真的不需要一个她所爱的男人来“干涉”她吗？也许，就是因为害怕失望，害怕再一次伤心，她把自己首先伪装成一个“不爱”的人。

Colin在学校里很出名，庄美娴识相地找女生问Colin的工作室在哪里。她很快就找到了。

门是开着的，庄美娴还是敲了几下才走进去。里面弥漫着她熟悉的烟草气味，她闭上眼睛深呼吸，莫可名状的幸福温馨溢满全身。

闭着眼睛，只要闭着眼睛，闻着这熟悉的味道，她就会想起那幢殖民色彩浓重的小楼，想起那盏大蚌似的小灯，想起所有的美好。

他们的确幸福过，非常幸福。是什么摧毁了这幸福？

是她的心结，还有他的嫉妒。

那么现在他们还能不能像以前一样幸福呢？

庄美娴的心忽然有一点痛。如果那个孩子还在她的子宫里，这份幸福现在是否已是唾手可得？

房间乱得很有条理，到处都是图纸。庄美娴知道一个搞设计的人，他的东西虽然放得乱，但自己总是可以找到。如果别人好心给他收拾，最终的结果只能被他吼一顿。

桌上的笔记本电脑就是他们当初的媒人。庄美娴走过去轻轻地抚摩，这里的每一样东西都有他的痕迹，她觉得好亲切。打开电脑，庄美娴无事可做只想打游戏消耗时间。她知道乱动别人的东西不好，可Colin不是“别人”，她想她有这份特权。

“我只听听MP3，玩一会儿蜘蛛牌，没有别的。”庄美娴对自己说。

MP3里是一大堆英文歌，这不奇怪，奇怪的是里面竟还保存了《烈火》的全部曲目！庄美娴随便点开了一首。平实、没有一点华丽装饰的钢琴伴奏敲击着耳膜，接下来调子忽然变了，变得激昂高亢，却带着浓重的忧伤，银子的声音飘出来。

一个开始，因为一个结束

回想走过的那么多年

你还是我一碰就痛的伤疤

我想我们是爱过的吧

不然我的心不会痛到无力自拔

……

庄美娴的心动了一下。她不该怀疑他的。虽然只是那么短暂的一刹那，可还是不应该。猜疑总是无孔不入，她能做的不多，但是她可以用爱来包容。

鼠标漫无目的地点击。有时候一个人的电脑就像日记一样，总能引起别人的好奇，带着犯罪的快感来窥探。庄美娴也不例外。她决定浏览Colin的“我最近的文档”，很不幸，她看到了一张电脑扫描后的照片。

Colin的电脑上照片很多，他是建筑师，喜欢收集图片也没什么稀奇。而能让庄美娴打开的，也不过是因为文件名——呼呼。

那不是呼呼的照片，只是一张素描，右下角依稀可以辨认出萨卡的签名。

萨卡的画怎么会进了Colin的电脑？是谁放进去的？萨卡？呼呼？还是Colin？

庄美娴像撞见别人在黑暗中接吻一样，迅速把页面关了。可那份好奇，那份猜测，那份最终演变为气愤的心情却让她再

一次打开。

画上的呼呼很害羞，垂着眼睛不敢看人，脸上似乎还有红晕。这大概是萨卡最成功的作品，如此传神。

庄美娴已经记不清自己上一次脸红是在什么时候。在公司里，她不能脸红。面对客户脸红像什么话！做错了事也不脸红，脸红不是出路，她要想尽一切办法把错误弥补，哪有时间脸红？在港口就更不需要脸红了，尽管她知道老外喜欢含蓄害羞的东方淑女，可在讨价还价的时候，脸红只能让她的利益受到损失，不能给她带来任何好处。她好像已经忘了，女人是应该会脸红的。她已经不会脸红了。

庄美娴一次次地把呼呼的照片打开，又一次次地关闭。她重复着这个无意义的动作，只是想知道为什么。也许事情没有她想的那么复杂，与情爱无关，只是因为一个很小很小很无聊很无聊的原因，呼呼的照片就进了Colin的电脑。庄美娴决定不动声色，什么都不去说，只用眼睛看，静观其变。

装傻也是一门艺术。

庄美娴准备走的时候，Colin却回来了。庄美娴神色坦然，Colin却显得做贼心虚。他浑身脏兮兮的，雪白的衬衫上还有泥巴，两只鞋子好像在沼泽里跋涉过。他望着她的表情是那么奇怪，好像有什么事迫切地想要告诉她，却还在犹豫到底要不要开口。

这是庄美娴第一次看到Colin穿牛仔裤，她都不知道他竟然

还有牛仔裤！他全无体面地出现在她面前，虽然脏兮兮的，却不知为什么，在庄美娴眼里显得格外可爱。以往的Colin十分重视仪容仪表，永远那么整整齐齐，全身上下收拾得像一个保险推销员。现在的他看起来平易近人多了，庄美娴不由自主地把手伸了过去。

Colin的手里拎着一个帆布包，两只手上也沾满了泥巴。他不好意思地看了看手，害羞的表情竟和呼呼如出一辙，庄美娴的心不禁往下沉了一下。

没有了拥抱，MP3固执地唱着那首歌，庄美娴希望他对自己说点什么，Colin又何尝不是。两个人就那么无言地望着，沉默得近似尴尬。庄美娴鼓起勇气说："呼呼不见了，所以……"

"是吗?!"

他的声音很大，显得很惊讶，也很担心。庄美娴可以确定他们没在一起，但他为什么要这么担心呢？她被挂在天上的时候，他也是这样的吗？不！他只是嫉妒得发疯，他甚至认为孩子是银子的！

庄美娴的心，开始有那么一点点冷，接下来有那么一点点寒。为什么？为什么？为什么对一个没有任何关系的女孩子可以这么关心，而对自己深爱的人却多了那么多猜测与怀疑？难道爱是一种一边自我生成一边自我毁灭的东西吗？

可是，爱如果缺了嫉妒和怀疑这两种添加剂，那还有味道吗？

"我还有事，我先走了。"

无论她想没想过掩饰，无论她怎么掩饰，她那 pH值绝对小于 7 的味道，连楚留香都能闻得出。失落和嫉妒、嫉妒和失落，轮番轰炸，庄美娴就快要崩塌了。

“别走！”

Colin一把拉住了她。

她要的不就是这个吗？

她转过了身，看着他的眼睛。他的目光却躲开她，落在手里的背包上，手上的力气越来越轻。她轻易甩开了他的手，她不用“甩”就可以离开他的手。

“我走了。”

“别走！”

他的声音又高了，又亮了。他的目光锁在她的脸上。

“10月7日是什么日子，你还记得吗？”

他的目光又落在背包上，她眼里的怒气融化了。她一直以为只有女人才会记着这些日子，没想到一个大男人也会这么细心。

“去年的10月7日我遇到了你，今年的10月7日我要找回原来的你，原来的我们……”

他低着头，慢慢地，一字一顿地说。说着说着，他抬起了头，目光灼热烫人。那温度真的太高了，她觉得自己被他烫着了，皮肤烫得发热，烫得红了脸。

“我知道我有很多地方做得不好，对你不够体贴，不够大度，胡乱猜疑。我很想对你说‘对不起’，可我的自尊又不允许。我们虽然和好了，可我们心里都还有一个结。这个‘结’

是我结下的，所以……”

他打开那个背包，把包里的东西倒在桌子上。她睁大了眼睛，简直不敢相信包里装的竟是这些东西！

“这些日子，我每天都去山里。我……”他放下了包，向她走过来，不再理会自己身上的泥巴，把她紧紧抱住，在她耳边喃喃细语，“我把这些东西找回来，只是为了向自己证明，我可以找回从前的你，从前的我们。小娴，我真的很爱你，很爱很爱……”

庄美娴望着桌子上那些沾着泥巴的东西，手机、钱包、化妆镜、口红、钥匙……玻璃鱼！

庄美娴流泪了。

“让我们一切从头开始好吗？原谅我所有的一切好吗？”

Colin在她耳边呢喃，她听出他也流泪了。她一直僵在空中的手，终于在他的背上找到了依托。

她轻抚着他的背，这个怀抱很暖，很暖……

“小娴，你要干什么？”

庄美娴抓起桌子上的玻璃鱼走进洗手间，丢进马桶里，“哗”地一下冲下去。旋转的水流卷起小鱼飞了，它们终于回到了水里。

“小娴，你这是要干什么？”Colin从背后揽住她的腰，柔声问道。

她回过头，温柔地笑着。

“我们不是说好，要一切从头开始吗？我为什么还要留着过去的垃圾？”

Colin吻了一下她的头发。

“把你的手机给我。”

“干什么？” 庄美娴问着，把手机递了过去。

“给你设置‘呼叫转移’啊！以后，只要你不接电话，所有的电话都会转移到我的手机上。”Colin边说边干，“再也不会发生上次那样找不到你的事情了，我绝对不会让你离开我的视线一分一秒。”

庄美娴笑了，笑得很甜。

这才是恋爱的味道，难道不是吗？

夏天的手从来没有这样紧紧地被握着过。她很想问银子点什么，却不知从何说起。眼前是一条蜿蜒起伏的街道，犹如她的心情。她的手被一个男人握着，前一秒她还觉得踏实，这一秒她却觉得万分不安。

她现在的身份似乎已经成了银子的女朋友。有过拥抱，有过亲吻，不是女朋友是什么？可她好像还没有适应这种角色转换，尤其是见到阿飞的时候。他的脸上有过痛苦吗？他的痛苦是因为她吗？她一直相信自己是一个敢作敢为的人，今天的事实却向她证明，她在感情上依然是一个优柔寡断的胆小鬼。

“你看，他养了一只鸟！”银子说，“我已经很久没在他那里买报纸了。”

银子的声音无比惆怅，夏天不知道原因。她当然不知道银子有多么渴望这样拉着她的手，走到他的母亲面前说：“妈，

这是我的未婚妻。”一切都无可挽回了。从偷了妈妈的闹钟去卖掉的那一天起，银子就知道自己已没有退路！无论他有多么成功，他都抚慰不了母亲那颗伤透了的心。

“发财”在母亲的耳朵里不是一般人想象的那么美好，而是撒旦的诅咒。如果父亲不是为了发财离开家，又怎么会至今生不见人死不见尸？母亲厌恶钱，固执地坚守着自己的清贫——财富是灾难。而银子最大的梦想不过是拥有一把最普通的吉他，人民币几十元而已。这却只能是一个梦，还要靠阿飞来实现。他比任何人都热爱财富，甚至不惜偷了父亲留给母亲唯一的纪念来换取做梦都想拥有的财富。他以为母亲会原谅他，他却忽略了母亲心里的伤。

人走错了一步，似乎就只能一错再错。银子只是想得到别人都有的东西，却没想到财富最终成了他最大的耻辱，而他却仍舍不得放手。他多想丢下这一切，跑到一个没有人认识他的地方弹他的吉他啊！

鸟关在卖报老人的笼子里，那也许不能算是一只鸟，因为它是一只鹰。夏天觉得奇怪，怎么会有人养这种宠物？

“走，我们去买报纸！”银子拉着她的手走了过去，卖报老人见到银子很高兴。

“你可好久没来了。”老人笑着说，说话的工夫他已经把报纸递到了银子手里。一看老人的动作就知道银子经常在这里买报纸，根本不用说他要买什么报，老人就知道。

“老大爷，这只鹰为什么关在笼子里？”夏天俯下身子问。

“怕它飞了。”老人笑眯眯地看了夏天一眼，又看了看鹰，“晚上回家我就把它放出来，白天要把它带出来，只能关在笼子。”

夏天哦了一声不再说话，银子拉起她的手对老人说：“我们走了。”

老人还是笑眯眯的，点点头，不再说话。

“他人很好，别看他无儿无女，日子过得倒很滋润。”银子把报纸夹在腋下，他已经没有看报纸的必要了。

“他这么可怜，你为什么不多买点报纸帮帮他？”

“可怜？”银子惊讶地看着夏天，夏天被他看得不知所措，“你为什么说他可怜？也许我们比他有钱，可我们的日子没有他过得幸福。别拿自己的标准去衡量别人。只有自认为自己比别人强的人，才有资格去可怜别人，那样就等于把自己凌驾于他人之上。你是这样想的吗？你觉得你很强大吗？你有资格去施舍吗？我不这样认为，我觉得他和我是平等的，买一份报纸是情谊，买多了就是对他的侮辱。”

夏天被银子教训得一句话也说不出。她一直认为银子虽然很有钱，虽然在别人面前威风凛凛，可在她跟前只是一个柔情似水的男人。但是今天看到他对阿飞那种命令加威胁的态度之后，她发现她还远远不够了解他。她似乎根本不曾了解过他！

这究竟要怪谁呢？夏天忽然发现她这一生中根本没有了解过任何一个男人。她不了解阿飞，不了解他的性格、感情、经

历，不知道他在想什么、他要做什么。她只知道他结过婚也离过婚，她爱这个男人，她的眼睛被“爱”蒙蔽了。她也不了解银子，尽管他那么赤裸裸地把自己的一切呈现在她面前，她却没有看到。她的眼睛被“不爱”蒙蔽了。她曾经以为自己很爱阿飞，甚至可以为了他放弃自己辛苦奋斗得来的事业。而今她才忽然明白，那不是为了阿飞，而是为了她自己！她只活在自己的世界里，只有她的感情她的感受才是最重要的！她所做的一切不过是在捍卫自己的选择，她所在乎的不是阿飞的“不做”，而是她的“做了”。原来她竟是这么自私的一个人！这发现让夏天从头凉到脚，寒彻骨髓。

“鹰是不应该关在笼子里的，是吗？”银子忽然问夏天。

夏天想说是的，可如果是因为怕它飞了，那么关在笼子里也有道理。

“如果它是鸟，关在笼子里也就罢了，可它偏偏是只鹰……”银子目视前方，握着夏天的那只手更用力了，“以前我相信你是一只鹰，现在我希望你是一只鸟。”

银子的脚步停下了，他看着夏天的眼睛里塞满了撕裂的爱。夏天觉得自己的身体也被撕开了，浑身湿淋淋的，完全化到那对深情的眸子里去了。

“告诉我，你到底是什么？我要你亲口告诉我。”

她怔怔地看着他，被他的问题搞糊涂了。我是什么？我是什么！

“我是夏天。”她喃喃地说。

银子的手陡然松开了，眼睛里凝重的热情瞬间土崩瓦解。

夏天看着他，他却看着远处的地铁站，好像那里承载了他的全部生命。

一条潜伏在地下的大铁虫，谁也看不到它，它却把人送到他想去的地方。它是看不见的梦想。

“我知道你是夏天，那就做出夏天的样子给我看吧！”

银子又从口袋里掏出了那张皱巴巴的报纸。难不成他每天都带着它？夏天认得它，那上面有摄影比赛的消息。

“参赛日期截止到这个月的月底，你还有时间做回夏天。”

夏天拿着那张报纸，什么也想不了，什么也干不了，大脑不能支配她的四肢和思想，她只能眼睁睁地看着银子走开。

“忘了告诉你一件事。”银子停了下来，没有回头，“我十年前就认识你，只比阿飞晚了一天。可你的世界，却从不曾有过我……”

他深吸了一口气，回过头来，他知道自己其实舍不得离开她，连少看她一眼都不行。

“谢谢你能在那个时候去找我，我很感动，我知道你其实并不喜欢我。如果那段时间我有什么对不起你的地方，请你不要介意……”

说着，他低下了头。他指的是什么？是那些拥抱和亲吻吗？他们之间的事就用这些生分的客套话了结了吗？他这么说是不是觉得后悔？难道他不觉得她会难堪吗？

“十年，过起来长，现在想想，真的只有一眨眼的工夫。就这么眨了一下眼，十年就过去了……”

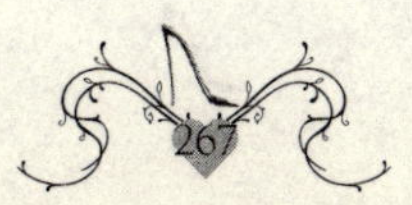

他仰望着天，她看不见他的表情。天上什么都没有，他什么也看不到，她知道他只是不想让她看见他的泪。

“我还要告诉你一件事！”

“你说。”

“我和阿飞永远都是好朋友。”

“我知道。”

“但是我希望你离开他。”

“为什么？”

夏天忽然觉得很紧张，手心都沁出汗珠。没来由的感觉告诉她，银子将要说出的话，是她承受不了的。

“第一，他不爱你。”

夏天松了一口气，她当然知道。没有一个男人肯让心爱的女人等十年。他肯定不爱她，至少不如她那么爱。

“第二，他可能做了一件自己永远不能宽恕自己的事。”

到底是什么事？什么事会这么严重？

银子不说，可是夏天想知道。

“他告诉过你，他为什么要来这里吗？”

他为什么来这里？难道不是为了她？她知道阿飞是一个商人，商人无利不起早。难道他来到这里只是为了和银子一起做生意，只是“凑巧”才碰到她的？

是啊，应该是这样的。他根本不知道哪天是她的生日，又怎么会在生日这天突然出现给她惊喜呢？真的太凑巧了。

莫不是银子的安排？这样的逻辑分析下来，似乎只有这个答案。可银子既然这样问，这个答案就被否定了。他到底为什

么要来这里？

夏天看着银子，银子叹了一口气，说："我只是说'可能'，我希望不是他，和他没有关系……"

"可是你发现和他有关系是吗？他到底做了什么？什么事和他有关系？"夏天一激动，声音变大了。

银子还是叹了口气。"听说过那句话吗？我不杀伯仁，伯仁却因我而死。"

"你是说……"夏天的声音变了样。

银子望着她，又望了望天。

他能告诉她，阿飞的老板兼合伙人已经跳楼自杀了吗？而这一次，不知道会是谁。

独自走在路上，阿飞的头又疼了起来。他反复告诫自己，一定要撑住，一定要撑住！可想要昏倒的欲望还是占据了每一个细胞。昏倒只是一种欲望，一种拼命想要坠落的欲望。坠落了，就可以逃避了。

10月3日，阿飞与几个出手阔绰的香港人相识。

10月6日，阿飞将他们介绍给自己的老板兼合伙人金达。

10月10日，以胡明为首的几个香港人正式加盟金达公司，成立金达房地产开发（股份）公司，法人代表仍是金达。

10月13日，有传闻说S市的房价将上涨20%。

10月28日，金达公司将正在开发中的地皮，以一张张图纸、一块沙盘里的模型、一个个漂亮能干的售楼员等方式向外

公开发售，他们承诺转年12月底可将商品房交付使用。

12月17日，金达公司一期工程全部售罄，他们又拿出了二期工程图纸。起步价较之第一期工程上涨了12%，但仍供不应求。

自转年2月1日起，金达公司售楼处就经常被人围攻，理由是，开发商承诺12月底交付使用的楼盘，至今仍是荒草一片。

2月5日，房价即将暴涨的消息已经成为每个市民议论的话题。

2月7日，金达公司法人金达先生对外宣布，因对钢材市场走势估计不足，自去年12月中旬，全球钢材市场上涨，导致成本上涨，金达公司面临资金短缺危机。他诚恳地对业主说："金达公司的信誉因此受到影响，各位业主的心情我也能够理解，对此我深感抱歉。如果有谁想退回订金和房款，请到财务处办理手续。如果各位仍对金达有信心，我们将尽快开工，争取在明年3月底交付使用。对于支持金达的业主，我们将免收三年物业管理费。"

4月1日，金达花园三期工程已开始发售期房。

4月17日，胡明等香港人突然不明去向。

4月25日，外界风传金达已携款潜逃。

5月21日，金达跳楼身亡。

6月16日，阿飞与小曼离婚。

6月17日，阿飞与银子、夏天在明珠娱乐城见面。

公元322年，王导看到周伯仁曾为他进言请求赦免的奏折，后悔王敦问他是否要杀周伯仁时，竟未为伯仁进一言，痛哭流

涕曰："吾虽不杀伯仁，伯仁由我而死。"孰不知，王导当年的"不说"，亦是"杀"。本已存杀心，又何必为自己开脱？

小曼说："如果不是因为你的贪心，胡明又怎么会有机可趁？金达死得不冤，他瞎了眼，竟认为你是他的朋友！这是老天对他的惩罚！"

阿飞欲哭无泪。他知道小曼说得没错，他也知道，无论他有什么理由，事实都已无法挽回——业主被骗了钱，金达跳了楼。小曼说过，钱买不来幸福。可他偏偏以为钱可以让她幸福，于是才动了这份心思，收了胡明的五百万。但他可以对天发誓，他真的不知道那些人竟是诈骗犯！他知道那些传言都是他们散布的，他天真地以为他们只是为了鼓动市民买楼，他们还是会把楼盖起来的，所以那五百万收得心安理得。他真的不知道他们最后竟会携款潜逃，他也没有料到身为法人的金达会因此被告上法庭，而脆弱的金达会选择轻轻一跃结束自己的生命，从此死无对证，反倒给了那些人逍遥法外的机会。他本以为可以换个地方重新开始，他终会带着一笔钱回去，把那片"金达花园"按照图纸上的模样盖起来，让小曼重回自己怀抱。他什么都计划好了，唯独没想到自己的时间已经不多了。

想到下个星期就要回到那片染过鲜血的土地，阿飞不由自主地想起一个词——造化弄人。

金达花园的烂摊子以拍卖的形式画上了句号，而在阿飞这里却才刚刚开始。户头上的那一千万来得莫名其妙，他的心像掉进东非大裂谷，他的腿似在沼泽里跋涉，抬眼望去，是无穷无尽的森林。为什么不干脆死掉？

“你想死可没那么容易。别耍花招，听到吗？”

他头上戴着棒球帽，鼻子上架着墨镜，故意压低声音。房间里没有一丝光亮，散发着让人恶心的霉味，呼呼认不出他的脸，却觉得他的声音很熟悉。

“你还没有拿到我爸爸的钱，怎么舍得我死？”呼呼故意逗他说话。

“算你识相！你最好乖乖地待着，不然我连饭也不给你吃！”

“饿死我有你什么好处？《刑法》第二百三十九条规定，‘以勒索财物为目的绑架他人的，处十年以上有期徒刑或无期徒刑’。而‘致使被绑架人死亡或者杀害被绑架人的，处死刑’。所以啊，最好还是你乖乖的。”

他的嘴角抽搐了几下，拳头握得紧紧的，好像随时可以冲过来把呼呼暴打一顿。但呼呼却没有刚到这里时那么害怕了——他没有同伙。他们到这里已经三天了，他一直没有和外界联络过，说明只有他一个人。那么只要说服他，自己就有希望。呼呼已经看出来了，他是一个“新手”，那么紧张，神经随时都可能崩溃的样子。现在呼呼才开始感激起爸爸，如果当初不是他坚持让她读法律，她可能还学不会这种“攻心术”。

“你别以为我不敢打你！明天是最后期限，你老子要是要钱不要女儿，到时候……”

他的嘴角露出一丝狞笑，呼呼也有些心虚，可她还是强打

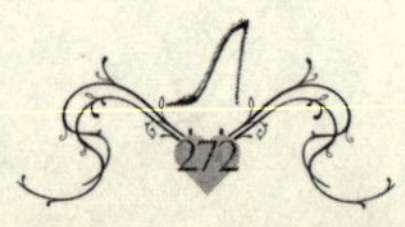

起精神和他周旋。

“敲诈勒索公私财物，数额较大的，处三年以下有期徒刑、拘役或者管制；数额巨大或者有其他严重情节的，处三年以上十年以下有期徒刑……”

“你……什么意思？”

“我没什么意思，我只是想告诉你，绑架罪和敲诈罪的量刑区别。”

“什么狗屁区别！你再说话我就把你的嘴堵上！而且……”他忽然很得意地冷笑了下，“现在就算你死了，你那老子也不会知道。你已经和他通电话了，他还以为你好好地活着呢。”

“这就是区别！如果你想杀了我，那就是绑架；如果我好好地活着，你只是勒索！”

呼呼仍旧做着最后的抗争，她知道激怒他并没有好处，但她还是要搏一搏。她总觉得自己是认识他的，而他的谈吐即使到了这个地步也还算文明，所以她要在“几年徒刑”的问题上赌一赌。一个讲点“文明”的人，总是对法律有所畏惧。只有真正无知的人，才能做到无畏。他不是一个丧心病狂的罪犯，也许在犯罪伊始他就假设过自己将要受到怎样的惩罚。呼呼正是在赌他的这种心理。

“其实，我也不想这样……”

他忽然哭了，呼呼的心却狂跳起来！

难道是他?!怎么竟会是他?!

10

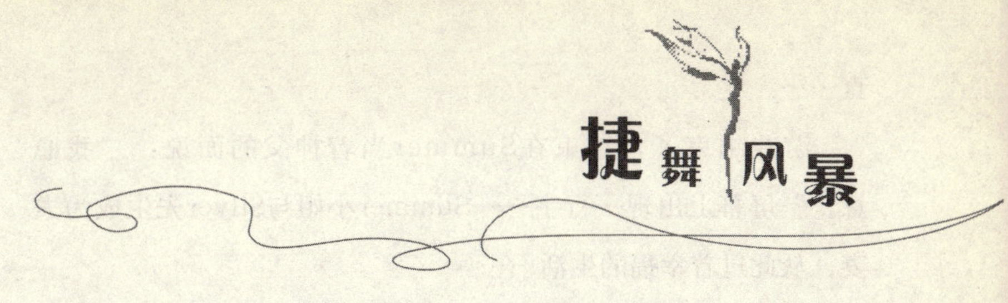

点击，进入。银子看到了烈火，看到了Summer，看到了Silver，看到了夏天，也看到自己，看到了自己的愚蠢，看到了自己的不甘，看到了自己的狂爱。

Summer变得古怪精灵，不再有夏天的忧郁深沉。Silver可以用各种方式追求她，但求能博她一笑。银子喝着他挚爱的Dry Cappuccino，在游戏里拼命打工，就是为了给Summer买一双又一双的漂亮高跟鞋。他似乎永远不会疲倦，他似乎永远不会觉得厌烦，从和夏天分开的那一刻起，他就在玩这个游戏，一

直……

游戏结束了，结束在Summer当着神父的面说：“我愿意。”屏幕上出现一行字——Summer小姐与Silver先生成为夫妻，从此过着幸福的生活……

咖啡杯掉到地上，银子才惊醒。游戏结束了，可属于他的人生还得继续下去，不是吗?

他做这款游戏究竟是为了什么?!

“萨卡，游戏做得很好，我很满意。”银子隔着听筒对萨卡说。

萨卡一边手忙脚乱地把呼呼的画像发到各个网站，希望有见到过呼呼的人和他联络，一边含糊地应付着银子。一个习惯在网络生存的人，想解决什么问题时总是第一个想到网络。他似乎已经忘记了，他的理想本来是一位名震四方的画家，而现在居然随波逐流地迷恋上了他最以为耻的网络。遗憾的是，所有的回复不是夸呼呼漂亮，就是问哪里可以找到这个“PLMM”（漂亮美眉），要么就是无意义的灌水帖子。而Colin那边也没有什么好消息给他，白白浪费了呼呼的那张画像。（也许，如果不是当初那么有“先见之明”地把呼呼的画像放在Colin的电脑里备份保存，今天呼呼就不会失踪了？）他的工作伙伴们还在兢兢业业地忙碌，为《烈火》的MUD版进行最后的测试。他的狂热却比任何初涉网络的“菜鸟”有过之而无不及，整天趴在网上等待回音，如同一个思春的少女，只等爱的召唤。

“无论怎样Summer都会和Silver结婚吗？”银子支吾了一

下，终于问。

“嗯？哦，对，是。这是游戏里的既定情节。”萨卡心不在焉地回答，“就是Summer倒过来追Silver也一样，他们都会结婚的。”

银子的心动了一下，他怎么没想到呢？如果夏天来追他，为了他可以做任何事的话，他又将是什么反应？银子忽然有了一种做坏事的感觉，当一次“夏天”又怎样，又有谁会知道？原来游戏还可以满足这种心理！

如果在一个人心里从来一直认为只有一加二才等于三，那么有一天当他发现二加一也可以等于三的时候，他会比站在新大陆上的哥伦布更加狂喜。

庄美娴觉得自己有必要和夏天谈一谈，她觉得有必要就是有必要，所以为了这个“必要”，她可能要做很多更“必要”的事。

比如，第一个“必要”是，她得给在电话局工作的Colin打电话，央求威胁哀求恐吓他帮她查出夏天的手机号码。第二个“必要”是等，等阿飞离开，只有阿飞离开了，她才能去找夏天。第三个“必要”是躲，躲过银子。第四个“必要”是，夏天必须答应。

夏天接到庄美娴这个非常“必要”的电话时正在邮局，她已经决定拿《不知所措的泪》去参赛。为了获奖么？肯定的，没有一个人真的有“重在参与的体育精神”，就算让一个长跑

选手去跳水，他也会在潜意识里希望自己走狗屎运，得了冠军。何况夏天本就是个跳水好手，没理由放弃这个机会。她所有的雄心壮志似乎在“是鹰还是鸟”的那一刻被激发出来，她不后悔在个人影展上洒泪离开，但如果照片上的那颗“泪”不能被更多的人看到，她会觉得对不起自己手里的相机。

庄美娴说要和她好好谈一谈，夏天答应了，就约在“零度烈火”。她没去猜庄美娴要和她谈什么，不是银子就是阿飞，还用得着猜吗？庄美娴也没有侮辱她的智商，谈的就是银子和阿飞。但是庄美娴喜欢老套的开场白——今天天气不错、阳光很好月亮很圆、你还爱阿飞吗、你是不是真的爱上了银子……

咖啡店里的客人很多，庄美娴果然不辱银子的使命，把“零度烈火”经营得很好。她也终于在这里找到了自己的理想——经营一家咖啡店，每天迎接不同的客人，把她创意的各种饮料送到别人嘴边……她真的喜欢这个工作，喜欢这种生活。她终于知道最需要安稳的人其实是她，“漂泊”只是没有办法时的办法。服务员穿着统一的制服，温和有礼，轻柔的音乐仿佛可以让人在这里睡上一万年，忘却一切烦恼。夏天看着庄美娴火红的头发，发根已经露出黑色。她下意识地摸了一下自己的头发，说了一些不着边际的话。

“我找到银子以后，我们又在海边住了几天。那个地方我以前去过，不是人们平时去的那个海滨浴场，要比那里远好多。在那里除了海，只有几只偶尔飞过的海鸥——你听过孔雀的叫声吗？和海鸥很像。在我眼里，再也没有比这更美的海边了。这次我去的时候，发现它有点变了。还没到那里就看见一

大片养虾场，路上还有招牌，说往前几百米有活虾活蟹什么的……”

夏天说着点上了一支烟，庄美娴把烟灰缸推到她面前，她笑了笑。

“我们每天都到海边散步，每当银子和那些渔民聊天的时候，我就一个人拿着相机去拍照片。就在我们回来的前一天，银子牵着我的手在海边散步，几只海鸥在浅蓝色的海面上飞翔。他忽然对我说，‘用不了一年这个城市就会被开发成非常发达的旅游城市，这里背山面海，地理位置、自然气候这些条件都非常得天独厚，不会就这样一直平静下去的！我得赶在别人前面把这块地买下来，盖酒店、度假别墅，做旅游的一切附属产业。第三产业会很快成为这个城市的支柱产业……’”夏天停住了，问，“我可以喝一点酒吗？”

葡萄酒送上来，还是夏天钟爱的波尔多红葡萄酒。她深情地喝了一口，眯起眼睛，眼角的皱纹毫不掩饰地跳了出来，她也不在意。

“那时我只是觉得他说这话很煞风景，现在我才想明白，他是银子，我是夏天。我们是两个世界的人……”

“那么阿飞呢？他不也是一个商人吗？”

庄美娴有些不服气地申辩。她本来要说服夏天回到阿飞身边，陪他度过最后的日子。现在听夏天这么说银子，她就不高兴了。

“没错。我现在已经知道了，所以……”

“所以你永远不会回到他身边了是吗？”

夏天平静地点了点头。可能是酒精让她平静，让她放下十年的感情而丝毫不觉得疼。庄美娴却炸了。

“我问你，如果你就要死了，你最舍不得的是什么？”

夏天想了想，说：“相机。”

“如果你的相机有生命，你死了它会不会难过？你该怎么办？”

这个问题太孩子气了，但看着庄美娴认真的眼睛，夏天不好意思笑出来，所以还是想了想说：“我可能会让它离开我。”

“如果它很爱你，不肯离开你怎么办？”

“那我就让它恨我，把它赶走。”

夏天微笑着把这个无理取闹的问题继续下去，庄美娴紧绷的神经却像突然断了一样，身体重重地靠在沙发上。

“缆车掉下来的时候，阿飞对我说，让我告诉你，他从来没有爱过你……”

夏天的脸变得苍白，然后又恢复了平静，恢复了微笑。

“也许他说的是实话。”

无法形容庄美娴此时的失望、绝望，她简直不能再看夏天一眼，她怕冲动的自己会扑过去给她一记悲愤的耳光。

“你走吧，我真的不想再看见你了，让我好好地为阿飞哭一场。”

夏天又笑了，这个小女孩是怎么了？阿飞不过是去了S市，又不是去死，有什么好哭的？

“你真是一个狠心的女人，我从没见过你这么狠心的女

人！”庄美娴忽然哭了起来，店里的客人都往这个方向张望，“阿飞就算真的死了，你也不会为他掉一滴泪！他真不该为你浪费那么多感情！他看起来好像很无情，让你等了他十年。可你知不知道你才是他最爱的人？他让你等，是因为他不忍心让你为他难过……他就要死了！”

那还是在塞纳河边，夏天和一个孟加拉人、一个美国人、一个肯尼亚人坐在露天咖啡馆里喝饮料。既然来到这里，少不了聊一下五十年前颇为风光的“左岸派”“新浪潮”。那个肯尼亚人忽然端起自己的黑啤酒站起来，叫大家一起进到咖啡店里，别人还在莫名其妙，天上就突然炸响了一个雷，刚刚还晴空万里，这一瞬间就换了世界。再看那个肯尼亚人，头顶似乎还在冒着烟，那顶小牛皮制的礼帽已经烧焦了，大家都傻了。这已经是他第二次被雷击中，他说他是被神眷顾的人，雷电是他的亲戚。

夏天想起这些不是因为别的，而是此刻，外面虽然还有阳光照耀，她却仿佛已被晴天霹雳击中。

阿飞就要死了？！

这是Colin第四次检查礼堂的地下室。整个礼堂的内部结构就像一个乒乓球，人流从中间进入，再向四面八方分散，而礼堂的地下室是有文艺表演时用来当化妆间、负责舞台升降等等

的机关所在。检查是为了整个礼堂结构的稳妥，上一次检查是在四个月之前，可想而知我们的大设计师这几个月都在忙些什么。

地下室的门没有锁，Colin却推不开。这里还没来得及装锁，是谁在里面把门顶死了？

Colin没有叫人来帮忙，窥探的欲望、冒险的热情让他誓死要把这扇门撞开。他知道只要他一离开，里面的人就会趁机逃走。而地下室除了几个通风口根本就没有别的出路，那里又不可能藏住人，他决定假装走开，再回到门口悄悄埋伏。

也许Colin真的太迷恋福尔摩斯的故事了，这迷恋让他总有一种渴望成为智慧型英雄的冲动。今天上帝似乎也特别眷顾这个执著的男人，十分钟后，他终于听到了里面的开门声……

获救后呼呼哭了起来，大哭。她还是一个孩子，就算她能忍受一日三餐的速食面，就算她能克制住她的恐惧，就算她表现得机智勇敢，可想起和这样一个“凶神恶煞”般的人物相处了四天，大小便都不能避开他的视线，她就难受得哭了起来。

她扑进Colin的怀抱，泪水横流，仿佛要把这一生一世的冤屈都哭个尽。Colin什么都问不出，只能拍着她的背轻声安慰。而等她哭够了，她却质问起Colin为什么不去追那个大坏蛋？

“我一见到你，就只想着你好不好、有事没事，其他的，什么都忘了。”

Colin说的是实话，呼呼不见了，所有人都在着急，让他碰

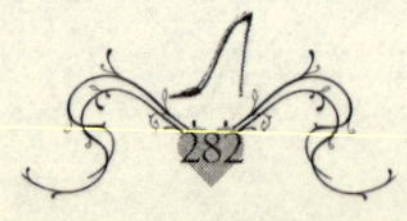

上了，除了关心她的安危，还能想到什么？

可他这一句话却打翻了呼呼心里的五味瓶，一时间，千般思绪万般情愁全都涌上心间。

为什么找到自己的人是这只“死鹌鹑”，不是她的大画家萨卡？

他对自己的关心岂不超过了旁人？

他原来是真心喜欢自己的啊！

女人为什么只瞧得见自己喜欢的人，却瞧不见喜欢自己的人？

于是，呼呼就像武侠小说里描写的那样，“嘤咛”一声，再次投入Colin的怀抱。而Colin也终于晓得，烤山芋这种古老的食品到底有多么烫手。

以后的事情当然是给家人朋友报平安，到公安局报警。呼呼认出绑架她的人就是剧组的副导演，这倒是让大家很意外。不过，我们亲爱的马屁刘先生没怎么让大家失望，呼呼刚来到“零度烈火”就接到公安局的电话，说马屁刘去自首了。

“他为什么要绑架你呢？如果他想报复的话，也应该找我和银子，或者是阿飞啊，因为我们让他丢了这个金饭碗。他是不是本来想绑架我，结果找错人了？”

庄美娴忍不住要问，萨卡也很想知道。呼呼和Colin对望一眼，心想，绑架这种事怎么也有人要争呢？庄美娴可真不是普通的妄想狂。

“呼呼，他到底为什么要绑架你？是不是因为你演的那个角色本来是要他的朋友来演的，结果被你抢了，所以他才恨你？”

萨卡的想象力在这方面更丰富，Colin心里骂他是笨蛋。呼呼连女二号都不肯演，有谁会因为她演一个打人耳光的角色就绑架她啊！

“是不是因为那个女主角有很多仇人，她们生气你演这个角色，她们自己就打不到了，所以才指使马屁刘去绑架你？”庄美娴顺着萨卡的思路继续往下说。

面对歹徒，呼呼没有被吓倒，但面对萨卡和庄美娴的想象力，呼呼觉得还不如刚才就休克好呢。

“因为呼呼的爸爸是刁逸寒……”

不得已，Colin只好说了。再任由他们的想象力驰骋，卫斯理都要羞愤自尽，斯皮尔伯格也要请他们加入制作班底，下一集的《哈利 · 波特》也要换编剧了。可这话说了的效果还不如不说的好，萨卡还好一点，庄美娴却再也不顾忌她的淑女风范了。

“刁逸寒！那个据说比银子还有钱的刁逸寒？呼呼，你有这样的爸爸为什么不早说？别说你想打女主角一耳光，就是你想在电视剧里杀了她，导演都得听你的！天哪，天哪，天哪……呼呼，你怎么不早点告诉我们？我怎么一点都没看出来？”

“告诉你干什么？你以为有这样的爸爸很快乐吗？马屁刘不就是因为知道呼呼的爸爸是刁逸寒才被绑架的吗？”

Colin几句话就让庄美娴闭嘴了，他倒不是说庄美娴知道呼呼的父亲是刁逸寒就会去绑架呼呼，他只是不喜欢庄美娴这种爱慕虚荣的口气。有钱真的很了不起吗？他也知道庄美娴不是真的那么嗜财如命，可反感的情绪还是掩饰不了。

呼呼咬着嘴唇不说话。她很想反驳Colin，有这样的父亲不像他说的那么倒霉，她还是以他为傲的。她不说她是刁逸寒的女儿，是因为她不希望别人都认为她的成绩是靠父亲取得的，她不希望自己的努力被抹杀。不过Colin说得似乎也没错，如果她不是刁逸寒的女儿，还会发生这样的事吗？钱到底是个什么东西？

萨卡一声不吭地站起来往外走，庄美娴终于有机会开口说话。

“你去干什么？”她叫住他。

萨卡头也不回冷冷地说：“还待在这里干什么？如果人家掉了一根头发，你赔得起吗？”

庄美娴呆住了，Colin也呆住了，呼呼更是呆住了。萨卡走了。

“你去把他追回来啊！”庄美娴自然是在对Colin说话，“要不是你刚才说那番话，萨卡能走吗？”

“不，你别去！”呼呼的声音尖锐刺耳，“如果他真的爱我，他就会回来。如果他不爱我，找他回来又有什么用？”

一种经历往往可以改变一个人，有好的方面，当然也有不好的方面。庄美娴确定那次生死线上的挣扎让她往好的方面变了，而呼呼的话却让她猜不透。呼呼成熟了，可这种大彻大悟

般的成熟会不会让她就此对爱情心灰意冷呢?

庄美娴望着Colin，Colin也在望着她，他们想的一样。

“也许，等到他有了self-confidence的那一天，他就会回来了。尊严和爱不爱你是两回事。”Colin深有体会地说道。

“我可以抛弃女孩子的尊严来爱他，他为什么不可以？爱就是爱，不爱就是不爱，如果我们在一起的时候，我永远都要小心翼翼地呵护他的尊严，那样还是爱吗？”

呼呼的问题没有人可以回答。有人认为为了心爱的人放弃自己的一切就是爱，而有人却认为只有得到回应的爱才可以继续下去。也许这本不矛盾，不同的只是当事人是怎样一个人，他（她）才会怎样想。不过我们还是欣喜地看到，那部该死的《Camille Claudel》投射在呼呼身上的阴影已经消失了，殉道者时代终结。

真的终结了吗?

如果在阿飞身边的夏天知道，银子从她离开的那一刻就把自己关在房间里不眠不休地玩《烈火》，她是否会有一点感叹，感叹造化弄人？可能在她的心里，现在什么都没有比陪伴阿飞更重要了。她可能也想不到，她跟大明说要辞去“峡谷”的工作后的第一时间，大明就通知了银子，银子什么都做不下去，才沉迷到《烈火》中，更加无法自拔。他什么都不管了，他什么都不顾了。管他是薛大头还是王大头，管阿飞有没有参与这个阴谋，管自己有黄金万两还是一个穷光蛋，他只和

Summer相伴，Silver只和Summer相伴！

而阿飞却成了夏天的软肋。如同她也是银子的软肋一样。

每个人都有可能成为殉道者。如果终其一生都未曾尝过苦恋的滋味，是该高兴还是该难过？

几月未见，金达花园的土地上，荒草已经长了一人多高。售楼处被打上法院的封条，墙壁上依稀可见愤怒的业主涂上的字迹——无耻开发商，欺骗血汗钱。

阿飞的眼睛痛了。一双柔嫩却有力的手扶住他摇摇欲坠的身体，他回过身，露出一个惨淡的笑容。

“你都知道了？”

夏天点点头。

“你不该来的。”

夏天摇摇头。

“我实在是一个坏人。”

夏天点点头。

阿飞愣了一下，招牌酒窝又挂在脸颊。

“既然你知道，为什么还要来？”

“既然你也认为自己是一个坏人，为什么不做一件好事？”

“我？我正在努力。”阿飞目不转睛地盯着这块土地，“银子也许没有料到，他的‘扩张政策’给了我赎罪的机会。”

“你在说什么？”夏天莫名其妙地问，“这和银子有什么关系？什么扩张政策？”

“那你说的是什么？做什么好事？”

“和我结婚。”夏天一字一顿地说，“你亏欠我太多了，你不想穷尽你的一生来弥补我吗？”

穷——尽—— 一 ——生！

我这一生有过多少亏欠？我的一生还有多少日子？我为什么不能穷尽这剩下的日子弥补她？

一周后，银子接到阿飞的电话，金达花园的地皮最终以4652万的价格落入别人囊中。而银子给阿飞的底价是5500万。

“银子，对不起，我已经尽力了。”阿飞在电话里违心地说，“对方来头很大，有官员撑腰，我们……”

“我知道了，没关系。”银子平静地说。

电话陷入了沉默，阿飞觉得自己的心很痛。他骗了他的朋友，他骗了银子！对方没有什么来头，对方只是给他打了一个电话，告诉他，如果他竞拍成功了，他们就要告发他，告诉所有人他是一个诈骗犯！告诉银子，他的朋友阿飞出卖了他！他收了别人的一千万，就是为了不让银子得到这块地皮。他们不但不想让银子得到这块地皮，他们还想逐步剥夺他的一切，就像他们当初对待金达一样。他们要那块地皮，因为他们知道，银子相中的东西，就一定会得到。这样他们就有资本来和银子讨价还价，他们不会把地皮卖给他，他们要跟他“合作”，然

后一步步吞噬他的王国。而阿飞在这个阴谋中即将扮演的角色是，一个出卖者，一个商业间谍，一个丧失良心的人，也许最终还是一个杀人犯。他为什么要屈从于这样的威胁？因为他害怕被人告发，那样所有人都将离他而去。而他——就要死了！他不想孤独死去！比死更可怕的就是孤独，那是他唯一的理由。

“你什么时候回来？”银子首先打破了这个沉默。

“这一两天就回去。”阿飞的声音反倒没有那么激动，他沉吟了一下说，“银子，我回去以后大概就要结婚了。”

结婚!

银子的脑袋炸了，耳朵嗡嗡作响。结婚？和夏天？这么快？为什么？

也许是因为太突然了，银子的声音反而平静了。

“恭喜你们，需要我做些什么？”

阿飞愣了一下。为什么说“你们”？银子已经知道了他是要和夏天结婚吗？夏天来的时候已经告诉他了吗？

阿飞忽然觉得很对不起银子，夏天是银子最爱的女人，而他却……夏天的话又在阿飞耳边响起：“我知道你会很矛盾，因为银子……可我爱的人终究不是他。你为什么不能满足我最后的一点奢望？”

这奢望就是成为阿飞的新娘。

“谢谢。有一件事，我想等我回去以后再和你说。”阿飞没有任何一丝欣喜地说。

“我等你。”

“什么？！”庄美娴就差从沙发上蹦起来了，她不能相信的不只是耳朵。

“我想请你和银子做伴郎伴娘。”夏天又重复了一遍。

“你真的要和阿飞结婚了？你已经决定了？”

夏天微笑着点头。

“你……我……哎呀，我告诉你阿飞的病可不是为了逼你嫁给他，我只是觉得他最爱的人既然是你，那他当然希望你能在这段日子里陪着他。我……哎呀，银子怎么办？”

“我明白你的意思，谁也逼不了我的。”夏天幽幽地说，“银子一个人可以活得很好，阿飞却……”

“喂，你也太老套了吧？你现在不是要把肾捐给阿飞，你捐的是自己的未来！虽然……虽然阿飞就要……”庄美娴咬了咬嘴唇，到底没有把“死”字说出来，“可现在又不是秦始皇年代，你也不是孟姜女，梁祝也过去好几百年了。你到底是因为爱他才要嫁给他，还是为了别的？”

“我为了什么？”夏天像是在自言自语，“这些现在还重要吗？”

庄美娴明白了，不管夏天因为什么，可以肯定的只有一点——不是为了爱。

如果不是爱，那么到底是为了什么？像夏天这样一个可以为了爱抛弃成功的女人，到底是为了什么才会把自己嫁给一个时日不多的人？

“我要给自己的‘十年’一个交待。也许我本就是一个自私的人，我不能接受我的‘十年’是那么一个结局，所以我才要这样。”

庄美娴怔怔地说不出半个字，还是夏天临走时拍了拍她的肩膀说：“日子就定在这个周末，别忘了。无论怎样，我们都需要一个婚礼。为我们的十年，做一个了结。”

一切都变得太快了不是吗？Colin搂着呼呼的肩膀说这是我女朋友，呼呼却是萨卡的小尾巴；庄美娴和Colin和好了，呼呼却挑剔起萨卡；夏天本来要隐姓埋名地度过此生，离婚后的阿飞却许给她十天的美好；而今银子和夏天好不容易在一起，夏天却突然说要嫁给阿飞……

庄美娴托着自己那颗引以为傲的头，被这些事搅和得头晕眼花。她第一次面对这么隆重的外事活动——婚礼伴娘——却没有想要穿什么，而是在想“为什么”。翻着手里的星相书，她终于得出结论：夏天是双子座，典型的双重性格，外表与内心有强烈反差；阿飞是天蝎座，天生的风流倜傥，其实有一颗脆弱的心；银子是摩羯座，总是愿意用忍耐与等待来换取愿望的实现；呼呼是金牛座，忠诚、敏感、钟情、认真，有时却过分固执，爱犯“牛脾气”；Colin是处女座，完美主义者，有点小心眼儿，却细心体贴，不到最后关头决不轻言放弃；而萨卡和她自己都是白羊座，典型的外冷内热，受累不讨好的倒霉蛋。

这样一看，庄美娴坦然多了。很多问题她不愿去想，比如，只有12个星座，难道世界上只有12种人吗？庄美娴已经不是那种爱自寻烦恼的人了，只要能给她一个可以说服自己的理由，她就接受。不过此时她想到了一个以前没有想过的问题，为什么别人的爱这么不值一提，想放弃就可以放弃，只有自己的感觉才是第一重要的？

夏天坚持选择西式婚礼，倒不是她崇洋媚外，她只是喜欢那段耳熟能详的誓词："你愿意嫁给（娶）×先生（小姐）为夫（妻），无论贫穷与富有，无论健康或疾病，你都会爱他（她）、尊重他（她）、永远忠于他（她）吗？"这是夏天做了差不多十年的梦。

"零度烈火"被拿来充当临时礼堂，好在婚礼在仓促中决定，客人也不多。司仪是从婚庆公司里"抓壮丁"来的，幸好那段誓词他朗诵得倒是颇为流利。除了庄美娴陪在夏天身边，其他人都在咖啡店里集合了。

阿飞和银子相对无言，银子耳朵上的耳钉此时看来像是一颗泪，而阿飞还是一刻不停地嚼着他的口香糖。Colin和萨卡很想说点什么打破沉默，可无话可说还要强说话的局面更为可怕，他们也就作罢。

呼呼特意穿了一件小巧的礼服，比芭比娃娃还要可爱。她默默地坐在椅子上，不知自己在等待什么。我难道不够好看吗？萨卡为什么还不过来说话？难道他真的不再理我了吗？我

为什么要等他来说话？我才不会在乎呢！

萨卡时不时地瞄一眼呼呼，眼睛又飞快地挪开。也许他想借着这份喜气来和呼呼和好？可他到底有没有勇气？没有了这条小尾巴，他就像少了一只手断了一条腿。可就算四肢都没了，也比心空了好啊！

银子的手时不时地总要摸一摸西装的上衣口袋，心脏的位置有他为夏天准备的生日礼物，直到今天还没有送出去，以后恐怕一辈子都没有机会了。他的心情要比任何人都复杂，因为他知道太多别人不知道的事情，可他偏偏还不能说。什么时候都可以说这些事，以前可以，以后也可以，唯独现在不可以。如果因为他把这些事情说出来，导致阿飞和夏天结不成婚——他不允许自己成为这样的“小人”。当然，如果他们是因为自身的原因不结婚，那银子会高兴得跳起来。如果可以的话，他还希望把这变成自己的婚礼。可这样的事情会发生吗？一向叱咤商场的冷面银子竟也有这样瞻前顾后犹豫不决的时候？这一点也不好笑。

阿飞嚼口香糖的频率越来越快，二度当上新郎，少了当年的欢喜，多了一分今生的惆怅。他到底为了什么才结婚？真的是为了弥补夏天，还是怕人生路上的孤单？他这样做是成全了夏天，还是把她拖进深渊？他心里最爱的不是小曼吗？难道他已经忘记了当年那场婚礼上的誓言？突然他看到了那个人——他的头很大，也在看着阿飞。哦，不，他是故意让阿飞看到他的！那个微笑意味着什么？是不是在警告他，他的一切都在他们的掌握之中？

Colin坐在乳白色的钢琴前，他是今天的琴师，要弹奏那首激昂人心高亢嘹亮庄重煽情的曲目——婚礼进行曲。可他的手一触到那琴键，却情不自禁地弹出了《你是我的伤疤》的调子。

音乐很轻，银子的心却仿佛已被捏碎。他今天要扮演的角色是伴郎，他要看着他这一生唯一爱过的女人走进别人的怀抱，而他却只能微笑。他们没有这最后一分钟，他再也没有任何机会凝视她的眼睛度过任何一分一秒。

……一个电话就可以打破那么多年的梦

我真的以为我们是爱过的啊

……

银子的吉他悄悄地融进钢琴，原本还略显嘈杂的“零度烈火”此刻也变得安静。他不能唱，今天是阿飞大喜的日子，他不能让阿飞的婚礼蒙上这种左右为难的哀伤。

也许，他还不够爱她。如果足够爱她的话，他又怎会让她嫁给别人？

也许，他很爱她。如果不是很爱她的话，他又怎会以她的幸福为自己的幸福？

呼呼轻抚着庄美娴的宝贝Lucky。她已经20岁，不再是一个别人眼中的小孩子，她能够懂得这些“大人们”的心事。她觉得银子不够勇敢，就算夏天爱的不是他，他也要做最后一搏。可她又觉得银子很伟大，可以把自己心爱的女人拱手让人。

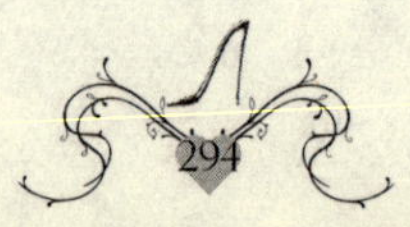

阿飞又何尝不明白？是他的绝症拆散了这对原本可能在一起的人，如果不是他的病，如果不是他的胆小怯懦自私，也许……阿飞忽然有一种说“我不愿意”的冲动。他为什么要答应夏天？让她有限的青春消耗在他这个时日无多的人身上呢？如果他很快让她当了寡妇，那也就罢了。可如果最终的结果是他成了植物人，他岂不要拖累她一辈子？！她最好的年华浪费在等待，他还要她的余生也为他付出吗？

阿飞呀阿飞，怎么经过了这么多事，你还是这样自私的一个人？

门口突然喧闹起来，新娘坐的礼车已经快到了，人们正在准备鞭炮，阿飞想从门口离开已经来不及了。他知道操作间后面有一个小角门，正想不被人注意地往那边移动，一双有力的手却钳住了他的胳膊。

“现在想走已经不行了，难道你还要让她在众目睽睽之下遭受这种打击吗？难道你忘了三年前吗？难道你觉得她的心还不够碎吗？上一次你毁掉了她的事业，这一次你还要毁掉她的什么！”

银子的话让阿飞停住了脚步。如果他想走，是谁也拦不住的，可是银子……现在他终于明白夏天为什么坚持要银子来做伴郎了，只有银子才能防止他逃走！

“我知道你在想什么。”银子松开了手臂，他已经确定阿飞不会逃之夭夭了，“阿飞，她不是礼物。”

大头薛微笑着踱步走近他们。

“戚先生，婚礼结束后，可以谈一会儿吗？”他有一张世

界上最讨厌的脸，阿飞恨不得撕烂它，可他偏偏还不能发作，只能听这个大脑袋说话。

“我姓薛，薛明。”他开始做自我介绍，也不知是有意还是无意地瞥了阿飞一眼，“我打算在‘天香’买一层楼，不过我更想和你谈一桩生意，关于‘金达花园’的。”说完，他又意味深长地看了阿飞一眼。

阿飞觉得自己的心都提到嗓子眼了，而银子却很泰然地说：“好啊，等婚礼结束吧，我们约个时间。”

“好的。”大头薛痛快地伸出了手，和银子握完手，又把手伸向阿飞，“恭喜你啊新郎倌，没想到除了在拍卖会上能见到你，在这里也能见到你。希望我们以后有更多的合作机会。”

鞭炮噼里啪啦地响了起来，阿飞终于不用和大头薛再次握手了。

每个新娘都是最美丽的女子。一个最平凡的女人，在她成为新娘的那一天，也是全场最美丽的那一个。

门德尔松的《婚礼进行曲》塞住每个人的耳朵，他们只剩下力气去望着那个美丽的新娘，她脸上幸福而甜蜜的微笑。

阿飞就站在那里的尽头，夏天望着他，忽然希望这条路长一些，再长一些，让这种幸福的感觉持续得久一点，再久一点。

Colin却像很了解她的心意，曲子一改，银子的《路》又飘

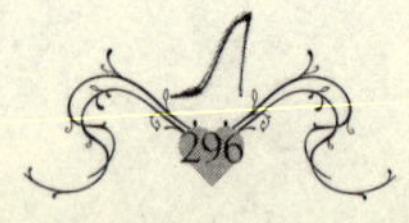

了出来。

有时候希望那条路很短很短

轻轻眨巴一下眼睛

我就可以跳到你的面前

有时候希望那条路很长很长

一辈子也走不完

永远不要对你说再见

有时候觉得那条路很短很短

只有几步

我就要开始祈祷下一个明天

有时候觉得那条路很长很长

等待的时间

要用光年计算

思念可以变得很长

生命可以变得很短

这个Colin到底在搞什么？

恐怕不止银子一个人这么想，庄美娴的白眼也递了过去，全场一片哗然，那个“神父”更是手足无措。可夏天微笑赞许的眼神却制止了人群的骚动。今天所有的一切本来就是为了讨新娘的喜欢，既然她高兴，那有什么不可以？

夏天终于走到了阿飞跟前，“神父”捏着的那把汗也落下。他清楚地看见新娘的眼眶里有了泪珠，不禁微微笑了笑。婚礼当天不落泪的新娘太少了，尽管这位新娘总是别出心裁，但在这一点上还是流俗了。他清了清嗓子，暗示大家今天的重头戏登场了。紧张的时刻、重要的时刻、煽情的时刻、许以生生世世的时刻！

“翁鹏飞先生，你愿意娶夏天小姐为妻，无论贫穷与富有，无论健康或疾病，你都会爱她、尊重她、永远忠于她吗？”“神父”笑眯眯地问。

阿飞凝视着夏天的脸，那么熟悉又那么陌生，那么美又那么永恒。

“我……愿意。”

他是对她说的。银子的心才放下。

“神父”又笑眯眯地看着夏天，夏天也温柔地笑着望向“神父”。

“夏天小姐，你愿意嫁给翁鹏飞先生为夫，无论贫穷与富有，无论健康或疾病，你都会爱他、尊重他、永远忠于他吗？”

“神父”庄重地问出了这句话，只要再等几秒钟，等她说出那三个字，他就可以完成今天的工作。他参加的婚礼已经不少了，没有一百次也有八十次，很多事就是走一个过场，做给别人看的。就拿今天的新娘来说吧，这么急火火地举办婚礼，把宣读结婚证书变成念誓词，没准就是因为怀孕了，才……他现在只对揣在裤子口袋里的人民币有感情，对别人的私事没兴

趣。

“我不愿意！”

“神父”好像听见了自己的下巴落地的声音。

“对不起，夏天小姐，你是说你……”

天啊，有谁可以告诉这个可怜的“神父”现在应该做些什么？

“我不愿意。”

夏天仍是微笑着看着这个倒霉的“神父”，有哪个婚礼司仪在主持婚礼当天就见证离婚的？

“阿飞，你为我穿了一次礼服，站在这里宣誓，我的愿望已经实现了。但我不能嫁给你，你最爱的人是小曼，快去找她吧！你需要她，她也需要你。还愣着干什么？”

她的微笑比任何宗教油画上的仙女都要纯净温柔，和在场观众的目瞪口呆形成鲜明的对比。

“夏天，你……”阿飞愣得不知该说什么好。

“我还有我的相机，我也是今天才发现我最爱的还是它。我们应该高兴，因为我们都知道了自己最爱的是什么。”

夏天走了，阿飞没去追她，银子也没动，庄美娴急得跺了一下脚追了出去，却被Colin拦住了。

“你没权利让她为了别人活着。”Colin说。

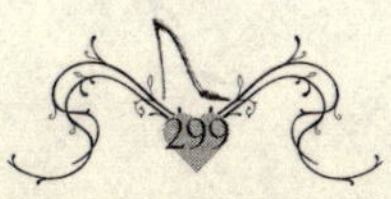

“可是她……总该给我们一个理由吧。”

“理由？夏天已经说了。”

“那算什么理由！”

“什么样的理由才是你想听的理由？”

庄美娴被Colin问得说不出话来，但是Colin明白夏天究竟是为了什么才走的。她说的理由全是真的，所以Colin才放她走。他想帮夏天一把，他不愿意让任何人追上她。如果有人看到她脸上的泪，也许还会说服她回来，那么她好不容易决定的事情，是不是就因此而改变了？

有时候，我们应该放下一些不属于我们的、不应该由我们来承担的责任。这不是自私，而是某些东西注定要由始作俑者去解决。

“你对夏天说什么了？”银子阴沉着踱到Colin身边问。

Colin看了跟前的庄美娴一眼。

银子清了清嗓子对来宾说：“婚礼临时取消了，各位可以留下来喝一杯再走。”

他的意思当然是——你们赶快走吧。于是人陆陆续续地走了。

银子又对庄美娴说：“美娴，帮我弄一杯咖啡好吗？”

庄美娴不情愿地走开了。

“现在你可以说了吗？”

Colin笑了一下。这个银子，真是一只老狐狸！

“我只不过给她听了一段录音。前几天我到山上去了，想找回小娴他们那次掉在那里的东西，带回来给她一个惊喜。我

找到了她的录音机，已经坏了，但磁带还在……”

“你听到了什么？”

“一个男人说，‘告诉小曼，说我从来没有爱过她’。”

“那个男人就是我。”

阿飞不知什么时候已经站在他们旁边，Colin叼着烟斗看着这个男人，忽然觉得这一幕很有趣。一个几乎被全世界所有女人迷恋的男人，如今孑然一身，还能如此坦然地微笑，到底因为什么？

“银子，我有话要对你说。”

“现在吗？”

“是。”

“那我们只能到操作间了。”

“好的。”

在“零度烈火”里，只有操作间是相对“与世隔绝”的。银子很默契地相中了这里，似乎他已经猜到了阿飞要讲的事是“不可告人”的。

“我的户头里多了一千万，是胡明也就是今天出现的薛明给我打过来的，为了让我配合他们的行动，包括让他们竞标成功，包括以后他们在与‘天香’的合作中……”

“胡明也是‘金达’的股东之一……”

“后来他把业主的钱全卷走了，剩下一个烂摊子丢给金达……”

“金达是法人，他被起诉，结果……”

“我虽然没有直接参与胡明的阴谋，但是我有不容推卸的责任，而且我也收了他们的钱，五百万……”

“我不够男人，没有勇气承担自己的责任，我只是不想在我最后的日子里，剩下自己孤单一个人……”

“银子，我想，到了我们该说再见的时候了……”

“你要去哪里？”银子终于开口说话了。

“公安局，把我知道的一切原原本本地说出来，接受法律的制裁。我不能因为我的胆怯，让胡明他们逍遥法外。”

说完，阿飞终于抬起那双负罪的眼睛，看了银子一眼。一瞬间，银子明白了，他们还是朋友，还是兄弟。

“银子，我们现在还是朋友吗？”阿飞问。

“当然，我们永远是兄弟。”

“那我就放心了。”

阿飞转身要走，银子却叫住了他。

“阿飞，我也有话要对你说，你来到这里以后，我就找人去调查……”

银子没有把话说完，因为阿飞突然倒地了，任谁也唤不醒他。

11

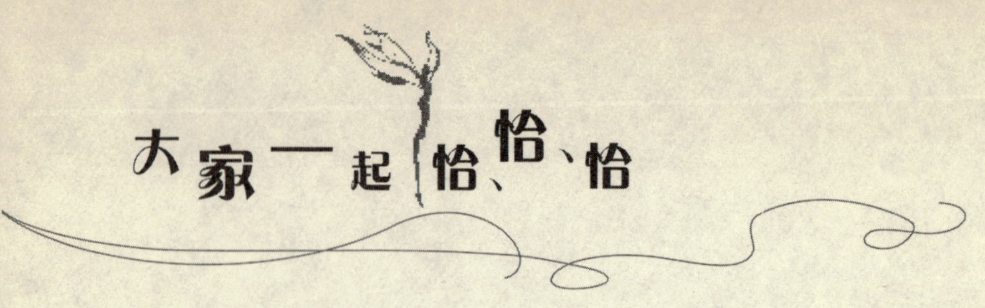

大家一起恰、恰、恰

“银子，明天晚上八点是《烈火》测试版正式在网上登录的日子，你不去酒店出席发布典礼吗？”

庄美娴每天都以倒计时的口吻给银子发短信（他的手机一直打不通），可他从来都没回过。

早在一个月以前庄美娴就给自己买好了这一天要穿的衣服，结果当然是每次买的时候都觉得典礼那天穿再合适不过了，可只要买回家，她马上就觉得没有比这件衣服更糟糕的了。现在房间里堆满了各大商场的名牌购物袋，每次Colin拖着

疲惫的身体从工地回来都要被这些袋子绊一下。既然买了衣服就需要与之匹配的鞋子、皮包、首饰、一整套彩妆……于是整个房间就成了时装发布会的后台，美艳得惨不忍睹。看着庄美娴兴高采烈在自己跟前展示风采的样子，Colin每次都忍不住对自己说：“我一定要努力工作！不然真的养活不了她……”

终于到了典礼的前一夜，庄美娴坐在衣服山中绝望地捂上了眼睛，痛苦不是因为没有选择，而是备选项实在太多了。“过犹不及”，这个词绝对是经典中的经典！

“Colin，我该怎么办？”

“你天生丽质，穿什么都好看。”

“人家问你意见呢。”

“就穿夏天结婚那次你穿的礼服好了，和你的肤色、头发的颜色都很配。”

“唉，也不知道明天夏天去不去。”庄美娴忽然叹了一口气说。

Colin深吸了一口烟，吐出一个烟圈。

“恐怕她也和银子一样，不去。”

“可她是《烈火》的形象代言人啊，她不去像什么话？”

“她连自己的个人影展都能撇下不管，何况这个形象代言人呢？哎，你的手机响了！”

“我听见了！……是夏天，她说她在昆明参加颁奖典礼，回不来了。”

“我猜的没错吧？”

“唉，银子不去，夏天也不去，萨卡也不去，这个发布典

礼还有什么意思？”

“萨卡为什么不去？”这倒让Colin觉得意外了。

“他没告诉你吗？他昨天就回学校了。他说这次设计《烈火》让他觉得自己知道的东西太少了，而且他也发现他最喜欢的其实还是计算机，所以就又回去上学了，学校破格答应让他继续读三年级。这个小家伙终于明白学校的重要性了。”

“那他和呼呼……”

“你怎么也这么‘三八’了？难不成你想代替他……”庄美娴和Colin开玩笑。

“行啦，我的心思你还不了解吗？我最大的梦想就是娶你这个老板娘了！快点准备吧，别忘了，待会儿我们还要去山荔学院占好位子呢，今天有双子座的流星雨！”

“对，对，对！我差点忘了！快给呼呼打电话，让她给我们占位子！你说我们还要不要带毛毯？山上凉……”

唉……

Colin只能无奈地摇摇头，可他却越来越喜欢庄美娴这种“八婆”的样子了。

双子座流星雨就要降临的消息，早在一个礼拜以前就传遍了山荔学院，每个人都等着那一天对着流星把愿望喊出来。按照呼呼的话说，像她这样一个“好事之徒”怎么可能错过这种千载难逢的奇观？对着一颗几万光年以前就开始坠落的星星，在那灵光一闪的刹那说出自己想过千次百次的愿望，那份无法

言表无法想象无法形容的喜悦、激动、兴奋……啊！天啊！光是想想就能让人尖叫了，何况到了晚上就可以亲眼看到了？

一大早呼呼就开始沐浴更衣，为了能够熬到半夜亲眼见证星星的“集体葬礼”（流星雨不就是星星陨落吗，陨落不就是星星死掉了吗——呼呼语录），呼呼下午还特意和人打了几局乒乓球，为了——哦，赶快把体力消耗光睡一觉，到了晚上好熬夜啊！结果——唉，可想而知。有“睡神”之称的呼呼一觉就睡到了转天早上，任凭室友使出毕生绝学，也没能在晚上叫醒呼呼的一根小手指，更别提替庄美娴和Colin抢到有利地形了。于是，当呼呼充分展示了她的绝望透顶之后（包括不让庄美娴睡觉，缠着她生动细致形象地描述流星雨全过程），她开始拿着一个小本本在全校范围内统计谁也像她一样没有看到流星雨，想找个难友。遗憾的是，每个人向她描绘的都是一副波澜壮阔的景象，好像都得戴钢盔出席才行，否则就会被砸到头。

萨卡已经从庄美娴那里听说过呼呼有多“幸运”了，盼了那么多天的流星雨竟以睡死过去为结局，真够可怜的。想着她那写满遗憾的小脸，萨卡真恨不得马上飞到她的身边。

“那你就飞回来啊，路又不远，有两个小时不就够了吗？萨卡，不是我说你啊，呼呼对你那么好，你也该为她做点什么了。”庄美娴又开始以一副大姐姐的嘴脸教训起萨卡了，“哎呀，我不和你说了，发布典礼就要开始了，我得准备去了。”

庄美娴匆忙地挂上了电话，萨卡看了看腕子上的Swatch，才上午10点半啊，离开始还有足足九个小时，她有什么需要准

备那么久啊？不过，她说的也没错，两个小时的路程而已，如果我想做什么的话，为什么不去做呢？

流浪了那么久，经历了那么多，最终回到学校难道不是一种幡然悔悟吗？萨卡的决定是对的，他的梦想还是比尔·盖茨！

可是学业和爱情矛盾吗？如果不能朝夕相处，那还是不是他梦想中的爱情？不知道。他回答不出。他只知道如果他不能实现呼呼的这个梦想，他恐怕一辈子都不能原谅自己。他们之间只是有一点路程，并没有什么不可逾越的鸿沟。现在通讯那么发达，OICQ、MSN、Yahoo Message、E-mail……什么不可以呢？他可以在电脑这一头继续比尔·盖茨的梦，呼呼可以在电脑的那一头努力追上她的偶像……一切不是很完美吗？

在四季温暖如春的昆明，夏天每次都穿着那件水蓝色的晚装出现在颁奖会、新闻发布会、酒会、展会上。她固执地穿着白色的球鞋，只因她相信这身装束可以给她带来好运。在最后一天的酒会上，夏天看到了一直在对着她微笑的小曼。尽管她们从来没有见过面，可夏天还是牢牢地记住了这张面孔，有些忐忑还有些兴奋地向小曼走去。

"夏小姐，恭喜你！"小曼先伸出了手。

"谢谢！"夏天的手和她高兴地握在一起。

"我这次是代表S市的《晨报》，想采访你一下，不知道你有没有时间？"

“当然有，只是……没想到你还是记者。”

小曼微微一笑，没有接话，只是问：“三年前的个人影展上，你为什么会那样走掉？”

“现在就开始了吗？”

“如果你不介意的话。”

“我想S市关于那次的报道应该已经不少了吧？”夏天呷了一口香槟说。

“是很多，不过没有一家报纸披露过那个男人的名字。”

“我想我没有权利那么做。”夏天一口喝光了香槟，拿了一颗草莓含在嘴里，“这样香槟的味道会更好，你不试一下吗？”

“为什么？”小曼没有理会她的提议，无论哪个女人都很难对第三者保持风度。

“因为我没有资格。”

“夏小姐，你为什么会这么说？你很漂亮，事业上也很成功，我很难理解‘没有资格’四个字是什么意思。”

小曼的眼睛冒出一道冷光，夏天又有了一种自己都说不出的心虚感觉。她的眼睛不敢再与小曼对视，而小曼却利用这个机会仔细地打量她。

“你的项链很漂亮。”小曼说，“我想，他选这份礼物一定花了很多心思。”

小曼的话与其说是赞美，不如说是醋意大发。不过夏天很理解她这种感觉，甚至她还因为这样的话开始喜欢上了小曼。因为他们爱得是如此之深，而小曼又是如此的坦白。事过境

迁，她还有什么不能坦然的呢？阿飞已经死了，死于脑袋里的那颗肿瘤。在她离开的那一刹那，也许那颗炸弹就引爆了。很幸运，阿飞没有任何痛苦，在昏迷中走完了他的人生。而她，也如愿地做了一次他的新娘。无论如何，她也做过他的新娘了，这对她来讲，已经足够。

“我也很喜欢这条项链，所以我一直戴着它。”夏天抚摩着那条眼睛一样的项链深情地说——她甚至不知道银子是什么时候塞进她的行李包里的。

“是你不肯说出名字的那个男人吗？”

夏天捏着手里的杯子，短短几分钟，她已经喝掉好几杯香槟了。

“知道我为什么说我‘没有资格’吗？”夏天回到了原来的问题上，“因为他是别人的丈夫！无论他走到哪里，永远都只有一个女人有资格提起他的名字！只有那个他最爱的女人才有资格说出他的名字！而这条项链……”夏天拉起了自己的项链，“不是他送的，是一个我最应该去爱的男人送的。”

“那么你打算怎么办呢？”

“你觉得我应该怎么办呢？”夏天反问。

“重新开始我们的人生吧，你我都一样。”

小曼忍不住哀叹了一声，这一刻，夏天明白，所有的一切都过去了。

夏天从桌子上拿起一杯香槟递到小曼手里，说：“说真的，我开始有点喜欢你了！干杯！”

“说真的，我开始讨厌你了。因为你让我有点喜欢你。干

杯！”

两只杯子碰在一起，发出清脆的声音，金色的液体来回晃动。

“你会为今天的事情保密的，是吗？”夏天问。

“我会的，你呢？”

“你猜？”夏天冲小曼眨了眨眼睛，拉住路过她们的一个熟人聊天去了。

小曼又拿起一杯酒一饮而尽。今天的采访稿要怎么写？已经有一个结局了吗？如果不是，那么什么时候才可以写上一个结局？花瓣上的舞蹈什么时候才可以落幕？到底谁可以舞得更美一些？到底谁可以得到观众的掌声？

“干什么呀？放假也不让人在家好好看电视，来这个破礼堂干什么呀？这么晚了来这儿不是要拍鬼片吧？喂，死鹌鹑，你也太省了吧，连路灯都不开！喂！你走慢点啊！”

老远就能听见呼呼不情愿的声音，唠叨个没完。心里揣着小秘密的Colin有点紧张，还有点着急，拉着呼呼的小手，恨不得天上马上掉下一个大巧克力蛋糕，好塞进呼呼说个不停的嘴巴。

“Colin，你看见天上的星星了吗？那星星多美啊！”

“是啊，有点像萤火虫。”

“不像，像偷工减料的芝麻烧饼。”

“你就会破坏气氛！”

“嘿嘿！”呼呼傻笑着，突然被一种莫名的失落包围。“Colin，昨天——要比今天美多了吧？”

昨天——是啊，昨天真的很美。当第一颗流星眼睁睁地从眼前划过时，伴随着操场上大家情不自禁的尖叫，心感受到的是一种猝不及防的震颤。那是一种无可比拟的感动，看到的人是多么幸运啊，那是只有眼泪才能表达出的幸运啊！真的无法用语言去形容那一刹那的感觉，Colin自愿放弃修辞的机会。他在心里不停地默念着：我希望和小娴在一起，我希望和小娴在一起……只有这样不停地重复，才能保证在那一闪即逝的刹那被星星听见，把他的祈祷带到上帝身边。不知道小娴许的是什么愿……

“不知道萨卡许的是什么愿，有没有想到我……”呼呼幽幽地说着，“对着流星许下的愿望真的能够实现吗？如果真的是真的，我希望我们大家都快快乐乐的，你、我、萨卡、美娴姐、阿飞、银子、夏天，我们都快快乐乐的，永远永远快乐地在一起……”

呼呼的声音让人听起来心疼。看到流星的人，是言不尽的幸运；没看的人，却是道不完的遗憾。

“呼呼，别太难过了，流星雨有的是呢！下次一定还有机会！而且，对流星许愿就能实现的话都是骗人的，这你还不知道吗？”

“真的吗？那为什么还有那么多人要去看，要去许愿呢？”呼呼天真地问。

“那是因为我们以前都没被骗过啊！你看，我昨天许的愿

就没实现！”

“什么愿望？什么愿望？你快说啊！”呼呼来了精神。

“我希望你这个烦人精赶快消失，可是你看，你还在这里……”

“死鹌鹑！”不用眼睛看也知道此时的呼呼已是面露狰狞。

“救命啊！杀人啦！Help me！Help！Help！……”只剩下Colin一个人呼救的声音。

“哇！”呼呼突然兴高采烈地叫了一声。Colin 吓了一跳，难道被她发现了？不会吧？——“好黑啊！清明节早就过了吧？”

唉，拿她有什么办法呢？耳边还是她絮絮叨叨的声音——

“嗯，我同意了，把你设计的礼堂评为山荔大学最黑的楼，明天给你们送证书来！要不，我给你们画一张证书吧？……”

呼呼自言自语地说着，等她回过头去找 Colin的时候，发现他已经不在了！身边的人竟被“乾坤大挪移”成了萨卡！

令庄美娴意外的是，《烈火》的发布会上不但银子出现了，连萨卡也出现了。她作为主办方一边迎着镁光灯念完致词，一边拿眼角瞟着这几个时不时就要玩消失的家伙。还好，他们极不规律地分散在各个不显眼的角落里，没有要走的意思。

“夏天在昆明呢，你怎么没去找她？”从台上下来，庄美娴就风疾火燎地质问银子。

“有小曼陪着她呢！”银子漫不经心地说。

“什么！你说什么？你不怕她们打起来？毕竟她们爱过同一个男人！”庄美娴又对着银子吼了起来，可马上又变得有些哀婉，“虽然现在阿飞不在了，可是她们心里的伤，会因为阿飞的死而愈合吗？”

银子沉默了。不会愈合吗？如果不会愈合的话，夏天就不会把项链戴在脖子上，报纸上也不会出现她穿着那身水蓝色晚装戴着那条项链参加活动的照片。

“美娴姐，今天就别问阿飞哥了。”萨卡忍不住嘟囔了一句。

“喂，你这臭小子怎么回来了？不上学啦？”庄美娴也觉得话题沉重，索性冲着萨卡开炮，转换话题。

“他的‘小尾巴’不开心，他怎么有心情上学？”银子也想活跃一下气氛，积极配合庄美娴。

“啊！你们这些家伙，气死我了！Colin呢？Colin怎么不见了？他去哪了？”

“你问他呀？嘿嘿……”

萨卡和银子都颇有默契地谁都不肯说。

“我带你去一个地方！”萨卡看了看手表，突然拉起庄美娴的手，“美娴姐，这件事你一定要帮我！”

“你要带我去哪里啊？发布会还有两个小时才结束呢！这里怎么办啊……”

“再不去就来不及了！Colin哥已经帮我去准备了，我要给呼呼……”

庄美娴穿着仪态万方的礼服就这样被萨卡拉了出去，太没形象了。日后每当庄美娴想起这件事都要无比恶毒地诅咒萨卡一番，责怪他使她失去了上镜的机会。可每当想起山荔学院里的那场“流星雨”，她又觉得浪漫得无以复加。

远远地，萨卡就听到了呼呼的大呼小叫，又是想笑，又是觉得紧张。如今这可人儿就站在他的身边，惊诧地看着他，他更加不知所措。

“别紧张，别紧张。”萨卡在心里安慰着自己。

他深深地吸了一口气，走到尚未完全竣工的礼堂台阶前，轻轻地按下录音机的PLAY键。呼呼的唠叨声被带子卷过的声音一点点淹没，萨卡觉得自己的耳根在慢慢地燃烧。燃烧，燃烧，好热，好烫。

“太习惯不知不觉走到你门外，沿着月光的小径夜深更自在，唱一首肉麻情歌不谈有多爱，太露骨的话恕我说不出来……”录音机在唱。

萨卡紧张得有些僵硬地走到呼呼跟前，伸出一只早就想伸到她面前、想一辈子握住不放开的手。夜色是如此深沉，可他还是担心脸上的温度烫到他心上的小人儿。

“干吗？”呼呼的声音细不可闻。

萨卡听到的是他再熟悉不过，却又如此陌生的声音。柔得

像水，柔得像果冻，柔得心醉。

“做我的舞伴好吗？”

自己的声音怎么也这么肉麻？

手，不由自主地放到他的手里，从来没有跳过舞的她，竟也在这样一个好舞伴的带领下跳出了华美的舞步。可是她又怎么知道，这个出色的舞伴，可是被Colin强迫着刻苦训练才调教出来的啊！

“You are my apple！”他俯在她耳边轻轻地说。

“我是你的苹果？”

“小笨蛋！这是美国俚语。——你是我的女神！”他在她耳边轻轻地吹出这几个字。

是吹出来的，没错，就是吹出来的！她的脸被这几个字迅速吹红了，吹烫了，吹得恨不得钻到他怀里，不要让他瞧见她这害羞的模样。

脚，缓慢地移动，左一下，右一下，左一下，右一下，和着俏皮的节奏，柔美的两步舞。这个姿势，已经变成拥抱了吧？眼前是黑漆漆的实验楼，还有他干净的头发。突然——那是什么？

一个小小的光点缀在小小的降落伞上缓缓飘落，从天而降。一个，一个，又一个，还有一个，还有！……飘落，飘落，摇摇晃晃，星星点点，挂在漆黑的夜晚，飘在呼呼周围，落在呼呼被幸福溢满的心间。

“小傻瓜，流星来了，还不快许愿！”萨卡提醒着被幸福冲昏的呼呼，“快许愿啊！还愣着干什么？”

“萨卡，我在想，我在想……”

“想什么？”

“我在想那些亲眼看到流星的人都在想什么，想的是不是和我一样？”

“你在想什么？”

“我在想，什么是幸福？幸福其实就是天赐的幸运！是老天把你赐给我，让我知道什么是幸福……” 呼呼一字一顿地说，缓慢而真切。

荧荧的光亮点缀着呼呼的眼眸，萨卡从里边看到的是一个唯一的自己。音乐停了，沙沙的电流声在耳边荡漾。

“我常想你的好你的坏，你多么无赖。你生气你发呆，对我都精彩。我注定这一生要将你宠坏，让人笑我痴呆，却不得不愉快……”

萨卡在唱。

“呼呼，我学会了，唱得好听吗？”

人工流星摇曳在黑暗中，呼呼听见的是一串串只为她一人奏响的音符，看见的是用心做成的幸福……

礼堂顶层，Colin按照自己的构思新增的钟楼上，庄美娴和Colin死死地捂住嘴巴生怕笑出声来。

“萨卡那么早把我拉出来原来是为了给呼呼下流星雨啊！我还奇怪你怎么也不出现呢，原来你们早有预谋啊！”

“是啊，我得给他准备啊！不过我可真没想到这小子也会

这么肉麻，看来我得多向他学习了！”Colin小声地在庄美娴耳边嘀咕。

“等会儿再向他学习吧，先把这些‘流星’扔下去，呼呼还等着我们这个‘天’赐给她幸运呢！”

“哎，你们女孩是不是都这样啊？看见流星就觉得这是——‘天赐的幸运’？”Colin捏着嗓子学呼呼，庄美娴轻笑着打了他一下。

“什么呀！我才没那么想呢！”

“那你想什么了？”

当流星来袭时，我已被幸福击中，哪有时间去想别的呢？庄美娴望着Colin的眼睛，在心里悄悄地对自己说。

“唱一首肉麻情歌不谈有多爱，太露骨的话恕我说不出来……”

萨卡的声音好柔，黑黑的夜幕缀上了暖暖的玫瑰色，那是幸福的颜色。

庄美娴被萨卡拉走以后，银子也偷偷地溜出发布会，那里面的气氛实在不是他喜欢的，总是被陌生人拉住问东问西，想想就觉得头大。

黑暗中，银子右耳上的耳钉更加闪烁，却忍不住叹了一口气。司机老牛开着车偶尔偷偷瞄上坐在后座上的银子一眼，听见他这一声叹息，体贴地问：“戚先生，您是不是又想翁先生了？”

银子没有回答。这些日子处理完阿飞的丧事，将胡明一伙举报之后，他一直在想，如果阿飞临死之前没有向他承认那一切，他是不是就不再把阿飞当做他这一生中唯一的朋友，而永远带着责怪与失望回忆起阿飞？阿飞毕竟收了一千万，而那一千万就是出卖背叛银子的代价。可是他，他就有资格做阿飞的朋友吗？阿飞最终还是承认了一切，而他可曾向阿飞承认过他曾经调查、监视他的事实？他错过了最后的机会。也许人生就是这样，总是要错过一些，然后才能得到一些。

"老牛，开快点。"银子说。

无论如何，今天是他的梦第一天变成现实的日子，他想早点回去上网看一看。那里是他的梦，也是所有人的梦。

酒会已经接近尾声了，小曼却不由自主地转到了夏天的身边。

"夏小姐，据我所知今天有一款游戏正式发售，是以你为原型设计的……"

"你连这个也知道？"

小曼眯起眼睛笑了笑，说："我做了差不多十年记者，什么事情是我不知道的？我还知道你是天香集团为这款游戏聘请的形象代言人！"

"还有呢？"

"还有？"小曼脸上又露出一个迷人的微笑，夏天惊讶地发现她的右脸颊上有一个酒窝，"我还听我的同事说，天香集

团的主席说这是他为他这一生最爱女人所做的游戏。他希望所有爱情失意的人，都能在这款游戏中找到慰藉。”

“小曼，我这么叫你可以吗？我想对你说的是，如果一个人想让一件事、一段时光成为历史的话，希望你能给她一个机会。而如果一个人渴望去爱另一个人的时候，她希望把最完美的自己呈现在他面前。我说的是谁，你当然知道。”

“哎，可是……”

小曼晚了一步，夏天已经走了。不过她记得很清楚，夏天脸上挂着的是信心百倍的微笑。

“不知道酒店有没有宽带……”夏天又收住了脚步，回过头来对小曼说，“玩网络游戏的时候最好还是有宽带是么？”

“你还爱他吗？”小曼高声问道，“我是说阿飞。”

“亲爱的，我对你说过，我要把最完美的自己奉献给我的爱人，你当然知道他就是银子，不过不是现在……”

“Colin，你说萨卡和呼呼也在玩这个游戏吗？”

“你上线不就知道了？”

“那银子他们呢？”

“你上线不就知道了。”

“夏天会选择银子吗？”

“你上线不就知道了。”

“哎呀，你怎么什么都让我上线啊？”

“只有一件事不用上线就可以知道。”

“什么事？”

“我爱你……”